U0754362

海浪

The Waves

[英] 弗吉尼亚·伍尔夫◎著

木梓◎译

台海出版社

译者序

《海浪》是弗吉尼亚·伍尔夫创作巅峰时期的文学作品，也是英国历史上伟大的小说之一。直到如今，我们依然为其行云流水般的精巧构思和充满诗意的写作风格所感染。

弗吉尼亚·伍尔夫是英国意识流文学的代表作家，也是二十世纪伟大的现代主义与女性主义文学先锋。在两次世界大战期间，她都是英国文学界举足轻重的人物。

《海浪》具有很强的抽象性和程式性，极富场景。说它是一部小说，倒不如说它像是一部包含九个乐章的音乐作品，每个乐章又分为引子和正文两部分。散文和诗歌失去了原有的界限，太阳的东升西落、海浪的惊涛拍岸都在这里被赋予了意义，六个主人公的一生在这一起一伏中被勾勒出来，生命的短暂和永恒之间的冲突也尽显无遗。

与伍尔夫同时代的英国著名作家爱德华·摩根·福斯特曾高度评价这部作品，形容它"略少一笔，则将失去它所具有的诗意；略增一笔，则它将跌入艺术宫殿的深渊，变得索然无味和故作风雅"。在这部实验性的作品中，融合了复杂的内容、精巧的结构以及臻于化境的艺术技巧，它是那么恰到好处，在保留了诗意的同时，强烈的艺术气息也跃然纸上，堪称伍尔夫最完美的作品。

目录
≈≈≈ Contents ≈≈≈

001　　太阳还没有升起。海天共一色，只是海
　　　　面有些微的褶皱……

019　　太阳正缓缓往上升。蓝色的海浪、绿色
　　　　的海浪像扇子一样拍打着海滩，从海冬
　　　　青的花穗绕过去……

055　　太阳升起来了，海边落下黄绿色的光线，
　　　　历经岁月侵袭的小船的舷板上也因此被
　　　　金色的光辉所照耀……

085　　太阳远离那温暖的被褥，放射出来的光
　　　　线把那些亮晶晶的宝石都穿透了。它露
　　　　出自己的真面目……

119 太阳已经升高。它不再是隐约的一团，它的存在不再只是通过一些若有若无的影像和光束来推测……

135 太阳已经偏离中天，它的光线变成了斜线。这会儿它的光线落在一朵云彩的边缘……

151 现在天空中的太阳越发低了，如同小岛一样的云朵变得越发浓重，缓缓地从太阳身边掠过……

173 太阳正慢慢往西边落下去。像岩石一样僵硬的白昼四分五裂了，从那些裂片间倾泻出光亮……

197 现在，太阳已经沉下去了。海和天浑然一体，根本无法分清彼此。洁白的扇形水头被迸裂的海浪推得远远的……

太阳还没有升起。海天共一色，只是海面有些微的褶皱，就像绸子上细碎的纹理一样。随着天色渐渐变亮，天边出现了一条暗痕，把海洋和天空分隔开来。那块灰色绸子上涌起一条条厚重的波纹，在水面下一个接一个地移动着，追逐着前面的浪花，永不停歇。

　　当它们靠近海岸的时候，每一道海浪都凌空升起，崩裂，在沙滩上掀起一层薄薄的白色水幕。海浪平息了下来，然后重新掀起，发出叹息声，就像沉睡者在不自觉地呼吸。渐渐地，海平面上那道幽暗的黑影变得清晰起来，就好像一瓶老酒里的沉渣沉淀后，绿色的酒瓶透出澄澈的光。在海平面之外，天空也逐渐明朗起来，好像那里的白色沉渣已经沉了下去，又好像海平面下有一个女人用手臂举起了一盏灯，让白色、绿色和黄色的朦胧光线在天空中蔓延，就像扇子上的一条条扇骨一样。然后，她把灯举得更高了，空气似乎变得像纤维织品一样，从绿色的海面挣脱，在红黄交织的纤维中间闪烁，如同从篝火堆里冒出来的烟火。渐渐地，熊熊燃烧的烟火中的千丝万缕逐渐融合成炽热、朦胧的一团，把灰蒙蒙的像毛毯一样的天空托起来，让天空显现出无数柔和的蓝光。海面慢慢变得透明，波光粼粼，直到那道暗痕几乎消失不见。举着灯的手臂慢慢地越举越高，直到最后可以看见一道宽阔的火焰；海平面的边缘燃起了一道弧形的光芒，周围的海水闪耀着金色的光。

阳光照在花园里的树上，将一片片叶子映得透明。一只鸟在高处啁啾着，停顿了一下，然后另一只在低处开始啁啾。阳光映照出的房子的轮廓变得清晰起来，然后又像扇尖一样落在一个白色的百叶窗上，抚过卧室窗户前面的树叶，留下一片蓝色的指印般的阴影。百叶窗微微晃动了一下，但是屋内的一切都是暗淡而虚幻的。鸟儿在外面唱着单调的旋律。

“我看见一个圆环，”伯纳德说，“悬挂在我的头顶上。它颤动着，四周围绕着一个光晕。”

“我看见一片淡黄色，”苏珊说，“蔓延着，直到和一道紫色的条纹相接。”

“我听见一个声音，”罗达说，“叽叽喳喳，叽叽喳喳，忽上忽下。”

“我看见一个球，”内维尔说，“悬挂在某座山的巨大侧翼上。”

“我看见一条深红色的流苏，”珍妮说，“上面缠着金线。”

“我听到有什么东西在跺脚，”路易斯说，“一只巨大的野兽的脚被锁住了。它不停地跺脚，跺脚，跺脚。”

“看看阳台角落里的那张蜘蛛网，”伯纳德说，“它上面有水珠，闪烁着白光。”

“窗边散落的树叶就像动物尖尖的耳朵。”苏珊说。

“一个影子落在小路上，”路易斯说，“就像弯曲的胳膊肘。”

“光影在草地上游动，星星点点就像岛屿，”罗达说，“它们是从树叶的缝隙漏下来的。”

"在树叶间的缝隙中，鸟儿的眼睛闪着亮光。"内维尔说。

"花茎上覆盖着粗糙的茸毛，"珍妮说，"还有水滴挂在上面。"

"一只毛毛虫蜷缩成一个绿色的环，"苏珊说，"它身上长着一排排短脚。"

"这一只灰壳蜗牛穿过小路，把身后的草叶压平了。"罗达说。

"窗户玻璃反射的灼热阳光，在草丛间闪烁。"路易斯说。

"我的脚能感觉到石头的冰凉，不管是圆石头还是尖石头，我都能感觉到。"内维尔说。

"我的手背在发烧，"珍妮说，"但是我的手掌湿漉漉的，沾满了露水。"

"现在公鸡啼叫，就像白色潮水中突然喷出一股红色急流。"伯纳德说。

"鸟儿在我们身边忽高忽低地穿梭，不停地唱歌。"苏珊说。

"野兽在跺脚，那是一头被锁住脚的大象，它在沙滩上跺着脚。"路易斯说。

"看那座房子，"珍妮说，"它的每个窗户上都挂着白色的窗帘。"

"冷水开始从后厨的水龙头流出来，"罗达说，"流到盆里的鲭鱼身上。"

"墙壁上布满了金色的裂缝，树叶的蓝色阴影映在窗户下。"伯纳德说。

"现在，康斯特布尔太太穿上了她那双厚厚的黑袜子。"苏珊说。

"当炊烟升起时，睡意就像雾一样从屋顶上飘离。"路易斯说。

"鸟儿们首先合唱，"罗达说，"然后洗碗室的门被打开了，它们就都飞走了，像撒出一把谷子一样飞走了。不过，还有一只独自在卧室窗前歌唱。"

"平底锅的底部冒出了气泡，"珍妮说，"然后气泡往上升起，越来越快，像一条银链子浮向水面。"

"现在比利在用锯齿刀刮鱼鳞，将鳞片都刮到一个木头盘子里。"内维尔说。

"餐厅的窗户变成了深蓝色。"伯纳德说，"烟囱上方的空气在飘。"

"一只燕子栖息在避雷针上。"苏珊说，"比迪把水桶丢在厨房的石地板上。"

"教堂的钟声敲响了第一声，"路易斯说，"随后就连续敲了起来，一声，两声；一声，两声；一声，两声。"

"看这块白色桌布，沿着桌边垂下来，"罗达说，"桌上摆着一圈白色的瓷盘，每只盘子上都印着银色的纹路。"

"突然一只蜜蜂在我耳边嗡嗡作响，"内维尔说，"它在我耳边，它飞走了。"

"我在发烧，我在颤抖，"珍妮说，"我要避开阳光，进入阴影里。"

"现在他们都走了，"路易斯说，"只留我独自一人。他们进屋去吃早饭了，只剩下我站在墙边的花丛中。现在还很早，还没有到上课的时候。一朵又一朵的花点缀在青草丛的深处。花瓣五颜六色。花茎从下面的黑色洼地里长出来。花儿就像光线幻化成的鱼儿一样，在暗绿色的水面上游动。我手里拿着一根花茎——我觉得我就是那根茎。我的根深入地球的深处，穿过夹着砖块的干燥或潮湿的土地，穿过铅和银的矿脉。我全身都是脆弱的纤维，颤抖着，抽搐着，沉重的大地压在我的肋骨上。我的眼睛是绿色的叶子，什么都看不见。我是一个穿着灰色法兰绒裤子的男孩，腰带上系着一条带蛇形铜扣的皮带；我的眼睛呆呆地睁着，就像尼罗河边沙漠里的狮身人面像。我看见女人们拿着红色的水罐走向尼罗河边；我看见骆驼在蹒跚前行，男人们戴着头巾。我听到脚步声，颤抖声，骚动声，围绕在我周围。

"在这里，伯纳德、内维尔、珍妮和苏珊（但是没有罗达）在花坛上挥舞他们的捕虫网。他们从摇曳的鲜花上捕捉蝴蝶，像是把世界表层都筛了一遍。他们的捕虫网里装满了扑动的翅膀。'路易斯！路易斯！路易斯！'他们喊道。但他们看不见我。我在树篱的外边。树叶间只有几个小小的孔隙。哦，主啊，让它们过去吧。主啊，让他们把手帕铺在砾石上，把蝴蝶放在上面。让他们去数乌龟壳，还有那些赤蛱蝶和菜粉蝶吧，但是别让他们看到我。我浑身都是绿的，像树篱阴影中的一棵紫杉。我的头发是树叶。我扎根在地球的中央。我的身体是一株花茎。我按了按手里的花茎，一滴浓浆从断口处的孔眼里渗出来，十分黏稠，慢慢变得越来越大。突然，一个粉白色的东西从树篱的缝隙中闪过，一道目光穿过了缝隙。她看到了我。我只是一个穿着灰色法兰绒衣服的小男孩。她找到了我，亲了我的脖颈后面一下。她吻了我。一切都乱了。"

"吃完早餐后，"珍妮说，"我在跑步。我看见树篱上的一个洞里有树叶在动，我想'那一定是一只鸟在它的巢里'。我拨开树篱看了看，没有看到什么鸟巢里的小鸟。可是叶子还在继续动，我很害怕。我跑过苏珊身边，跑过罗达身边，又跑过在工具房里聊天的内维尔和伯纳德身边。我边跑边哭，越跑越快。是什么在让树叶晃动？是什么触动了我的心，让我的腿不停地跑？我冲到这里来，看到你绿得像灌木，像树枝，一动不动，眼睛一直盯着一点。'他死了吗？'我想，然后我吻了你，我的心在我的粉红色衣服里面跳动，就像这些树叶一样，虽然没有什么使它们动，它们却还是不停晃动。现在我闻到了天竺葵的味道，我闻到了泥土的味道。我跳着。我口若悬河地说着。我像一张用光织成的网一样笼罩着你。我颤抖着扑倒在你身上。"

"透过树篱的缝隙，"苏珊说，"我看见她吻了他。我从正在侍弄的花盆上抬起头，透过树篱的缝隙往里看。我看见她吻了他。我看到他们，珍妮和路易斯，在接吻。现在我要把我的痛苦包在我的手帕里，把它紧紧地揉成一团。上课前，我要独自去山毛榉林。我不想坐在桌子旁边做算术。我不想坐在珍妮和路易斯身边。我要把我的痛苦埋在山毛榉树下的根上。我会检查它，用指头掂量它的分量。他们不会找到我的。我要吃坚果，从荆棘丛中偷偷地找鸟蛋。我的头发会乱七八糟，我要睡在树篱下，喝沟里的水，然后死在那里。"

"苏珊从我们身边走过。"伯纳德说，"她走过工具房门口，将手帕拧成了一团。她没有哭，但是她美丽的眼睛眯成了一条缝，就像猫在起跳之前眯着眼睛一样。我会跟着她，内维尔。我会轻轻地走到她身后，带着我的好奇心，时刻准备靠近她，在她发怒并且觉得'我很孤独啊'时走上前去安慰她。

"现在她漫不经心地、大摇大摆地穿过田野，装出无忧无虑的样子，避免让我们发现她的悲伤。然后她来到水池边；她认为没有人看到她，就将双拳紧握在身前，开始奔跑。她的指甲紧紧地掐住那一团手帕。她冲向见不到阳光的山毛榉树林。她张开双臂向树林走去，像个游泳者一样分开双臂，钻到了树荫下。但是她由于刚刚从阳光里走出来，眼睛还没有适应黑暗，就被绊倒在地，扑倒在树根上，那里的光线好像喘着气一样时隐时现。树枝上下晃悠着。这里充满了骚动和麻烦，充满阴郁。光线断断续续，仿佛充满着痛苦。树根在地上形成了一副骨架的形状，枯叶堆成了一堆。苏珊把她的痛苦铺开。她把手帕放在山毛榉树的根上，她啜泣着，蜷缩着坐在刚才摔倒的地方。"

"我看见她吻了他。"苏珊说，"我透过树叶看到了她。她浑身闪耀着钻石般的光彩，跳起了舞，像尘埃一样轻盈。而我却身材矮胖，伯纳德，我很矮。站在地上，我能看到草丛中的虫子。当我看到珍妮亲吻路易斯的时候，我心中的热情化成了冰冷的石头。我应该吃草，然后死在堆积着腐烂树叶的水沟里。"

"我看见你走了过去，"伯纳德说，"当你经过工具房门口时，我听见你喊道：'我真不幸。'我放下刀——当时我在和内维尔一起用木头做船。我的头发乱糟糟的，因为康斯特布尔太太让我梳头的时候，有只苍蝇困在了蜘蛛网上，我问：'我能放了这只苍蝇吗？我应该让它被吃掉吗？'所以我做事总是慢半拍。我的头发没有梳理，一些木屑粘在上面。我听到了你的哭声，就跟着你，我看见你放下手帕，把它铺开，又带着愤怒和仇恨把它打成结。不过这一切很快就会过去。我们现在靠得很近。你听到了我的呼吸。你看到甲虫背着一片叶子，跑向这边，又跑向那边。所以，在你观察甲虫的时候，想要拥有一样东西的愿望（现在这个东西就是路易斯）一定也在动摇，就像山毛榉叶子里忽隐忽现的光线一样。然后，在你心灵深处，言语隐晦地闪过，它们会解开裹在这块小手帕里的苛刻怨恨的结。"

"我又爱，又恨。"苏珊说，"我只想要一样东西。我的目光很呆滞。珍妮的眼睛散发出千万道光芒。罗达的眼睛就像飞蛾夜宿的那些苍白的花朵。你的眼睛长得圆而饱满，永远都那么炯炯有神。但我已经开始了我的追求。我看到草丛中的昆虫。虽然我的母亲还在为我编织白色的袜子，缝围裙的褶边；虽然我还是一个孩子，我却又爱又恨。"

"可是当我们紧靠着坐在一起的时候，"伯纳德说，"我们靠说话融为一体。我们被迷雾包围着。我们组成了一个虚幻缥缈的王国。"

"我看到那只甲虫。"苏珊说,"我看见,它是黑色的;我看见,它是绿色的。我不会说很复杂的语句,而你的思绪却会飘远,溜走,升高,连珠炮似的说一个又一个短句。"

"现在,"伯纳德说,"我们一起去探险吧。树林里有一所白色的房子。它一直位于离我们脚下很远的地方。我们要像游泳的人正好用脚指头碰到河床一样,一直往下沉。我们要从那绿叶成荫的大气穿过,一直往下沉,苏珊。我们在跑的同时沉下去。在我们的上空,气流闭合;在我们的头上,山毛榉树的叶子聚集在一起。这里是马棚里的闹钟,镀金的指针闪耀着光芒。那里是巨大房屋屋顶的平整和隆起的部分。这里是马夫,在院子里兴奋地跑着。那里就是埃尔维顿①。

"现在我们已经从树梢穿过,降落在地。我们上空不再绵延着大气那冗长的紫色波浪。我们和大地亲密接触了,我们行走在大地上。女主人的花园里那修剪得异常整齐的篱墙就在那里。午间时分,她们时常在花园里漫步,用剪刀对玫瑰进行修剪。现在我们来到一片周围是围墙的树林。这就是埃尔维顿。在十字路口,我们看到过路牌,上面的箭头直指'通往埃尔维顿'。没有人到那里去过。羊齿草的味道浓烈,红色的蘑菇生长在下面。现在我们把睡眠中还没有和人类打过照面的寒鸦唤醒了,现在我们脚踩着腐烂的橡实,因为长期的岁月侵蚀,这些橡实变得又红又滑。在这片树林的周围有一道环形墙,没有人到这里来过。听!那是一只硕大的癞蛤蟆正蹦跶在矮树丛中;那是一些原始冷杉的松果掉到羊齿草中腐烂了。

"来,你踩着这块砖头,看看围墙那边吧。那里就是埃尔维顿。

---

① 埃尔维顿这个地名是作者虚构的。

那位女主人正坐在两扇长窗中间写字。那是园丁在打扫草地。我们是最早抵达这里的人。我们发现了一块不为人知的地方。安静！假如那些园丁发现我们，会用枪射击我们。我们会像黄鼬一样被钉在马棚的门上。别动！牢牢抓住墙头上的羊齿草。"

"我看到女主人在伏案写着什么，园丁们在打扫。"苏珊说，"假如这里成了我们的葬身之地，没有人会来掩埋我们。"

"赶紧走！"伯纳德说，"赶紧走啊！我们被那个长着黑胡须的园丁发现了！我们会被射死的。我们会像樫鸟一样被射死，之后被钉到墙上。这一带的乡下人十分仇恨外人。我们一定要逃到那片山毛榉树林里。我们一定要在那些树底下藏起来。在我们来时，我曾经把一根树枝折弯了，作为记号。那里有一条很难被人发现的小路。尽可能猫着腰走。跟上，不要回头。他们会把我们当作狐狸呢。赶紧走！

"现在我们平安了，我们可以把身子直起来，我们可以自由伸展了。在这辽阔的天空下，在这宽阔的树林里，我听不到任何声音。那只是空中气流的声响。那是一只斑鸠正从那片山毛榉树树梢的隐蔽处冲出去。那只斑鸠拍打着空气，那只斑鸠用笨拙的翅膀拍打着空气。"

"现在你越说越离谱了，"苏珊说，"你总是虚构一些华丽的辞藻。现在你的思绪就如同气球的绳子一样飞到了天上，从层层树叶穿过去，越飞越高，遥不可及。一会儿你又慢吞吞地，落在我身后，往后看，捏造着华丽的辞藻。你已经把我扔下了。这儿就是篱墙。在这里的小路上，罗达正不断摇晃着漂浮在那个紫色洗脸盆里的花瓣。"

"我所有的船只都是白色的，"罗达说，"蜀葵或是天竺葵的红色花瓣我是不要的。我要把洗脸盆倾下，让白色的花瓣漂起来。我现在拥有一支正在扬帆出海的舰队。我要扔进去一根树枝儿，给一名落水的海员当救生筏。我要扔进去一颗石子儿，之后看到从海底升上来一些气泡。内维尔已经离开了，苏珊也已经离开了，可能珍妮正和路易斯一起采摘红醋栗。当赫德森小姐在课桌上摊开我们的作业本时，我有过一段美好的独处时光。我可以拥有短暂的自由。我把所有凋落的花瓣都捡起来，任由它们漂浮。我把雨滴洒在花瓣上。我要设一座灯塔在这里，把一个'甜美爱丽斯'①的头种在上面。呵，为了让我的船队可以乘风破浪，勇往直前，现在我要顺着边儿用力摇晃这个棕色的洗脸盆。有的船将会沉下去。有的船将会在悬崖上撞碎，只剩下一条船踽踽独行。那就是我的船。它驶到冰窟里面，那里有吼叫的海熊，碧绿的链条悬挂在钟乳石下面。海浪掀起滔天的巨浪，浪峰弯下了腰，观看桅杆上的灯火。船只四散、船只沉到了海里，只有我的船还在向浪峰攀登，乘着狂风漂到海岛，在岛上鹦鹉叽叽喳喳地说个不停，那里长满了爬山虎……"

"伯纳德到哪儿去了？"内维尔说，"他把我的小刀子拿走了。我们正在工具棚里造小船，苏珊从门口走过。于是，伯纳德丢下他的小船，带着我的小刀子，和她一起离开了。那是一把用来凿龙骨的刀。他就如同一根摇晃的电线，一个破损的钟舌，说话时总是有很重的鼻音。他就如同在窗外攀附的海草，干湿交替。他把我一个人扔下，让我十分尴尬，他却和苏珊一道离开了。假如苏珊一哭，他就会拿着我的刀子，跟她胡诌。那大个的刀身是一位皇帝，那破损的刀片是一个黑人。对于向人夸耀和跟人纠缠，我都憎恨不已。我不喜欢游荡，把事情搅得一团糟。现在铃响了，我们要迟到了。现在我们必须把我们的玩具扔下。我们一起进去了。那些作业本已经在蒙着绿呢子的课桌

---

① "甜美爱丽斯"，学名叫香雪球，一种在沙地上生长的小草，开白花。

上摆放好了。"

"我是不会去回答动词变格的，"路易斯说，"我要等伯纳德先给出答案。我父亲在布里斯班[①]银行上班，因此我说话会带有澳大利亚口音。我要等一等，把伯纳德的答案原封不动地搬过来。他来自英国，他们都来自于英国。苏珊的父亲是一位牧师。罗达是个没有父亲的孩子。伯纳德和内维尔都有显赫的家世。珍妮和她的祖母一起在伦敦居住。现在他们正在吮着笔尖。现在他们把作业本卷起来，看着旁边的赫德森小姐，查看她紧身上衣的紫色纽扣有多少颗。伯纳德的头发里有一片木屑。苏珊的眼睛有些红。他们俩的脸都是红扑扑的。而我却面无血色，我衣着得体，我用一条蛇形铜扣的皮带扎紧了我的灯笼裤。我的功课已经都掌握了。我永远比他们知道得多，我会变格，也会变性。世界上的所有事物我都可以了解，只要我愿意。可是我不想说出答案，彰显自己的独特。我的根部受到压制，就如同花坛里的根须一样，围着世界不停地绕圈。我不想显得自己多么独特，像这座黄钟面的、总是响个不停的大钟这样活着。珍妮和苏珊、伯纳德和内维尔，合起伙来欺负我。他们对我的整洁极尽嘲讽之词，对我的澳大利亚口音嘲笑不已。现在我要试着模仿伯纳德的样子，先轻咬一下舌头，含糊地说几个拉丁字。"

"那些是洁白的词，"苏珊说，"就如同人们在海边捡到的卵石一样。"

"我一把它们说出来，它们就摇晃着尾巴。"伯纳德说，"它们摇晃着尾巴，它们三五成群地飘游在空中，时而向这边游去，时而向那边游去，漫无目的地飘游，有时合到一起，有时又四散开去。"

---

① 澳大利亚的港口城市。

"那些是金黄的词语，那些是火红的词语，"珍妮说，"我多想要一套火红的礼服、一套金黄的礼服、一套茶色的礼服，这样等到了晚上，我就可以穿了。"

"第一个时态的含义都是不一样的，"内维尔说，"在这个世界上存在一种秩序，世界也有区别，有差异，我则来到了这个世界的边缘地带。因为这只是一个开始。"

"现在，"罗达说，"赫德森小姐把书本合上了。令人恐惧的事情马上就要上演了。现在她在黑板上写下了几个数字，六、七、八，之后又打了个叉，接着又画了一道横线。答案是什么？其他人都在看，他们带着一副明了的神情看着。路易斯开始写了，苏珊写了，内维尔写了，珍妮写了，现在就连伯纳德也动笔了。可是我却什么也写不出来。我只看到几个数字。其他人已经开始交卷了，他们挨个上去。现在该我交了。可是我却一片空白。其他人都可以离开了。他们用力把门带上了。赫德森小姐走了。我则被留下来找答案。如今那几个数字毫无意义。意义已经不在这儿了。闹钟不知疲倦地响个不停。那两根指针就如同两支在沙漠中前进的车队。钟面上的那些黑线则是一片片绿洲。那枚长指针已经大踏步向前去找水了。另一枚指针，正艰难地前行在热腾腾的石头上。它就要在沙漠里死去了。厨房的门被用力合上了。远处传来野狗的吠叫声。看，时间慢慢填满了那像圆一样的数字，它包裹了世界。我把第一个数字写出来，于是世界就被包围在其中，而我自己则身处在这个圆圈的外边。现在我连通圆圈，使之形成一个整体——就这样挨个连起来。世界就是一个整体，而我则被排除在外，我哭着叫着：'啊，救救我，让我进入时间圆圈里面。'"

"在教室里，罗达在那里端坐着，"路易斯说，"双眼无神地望着黑板，而我们却在这里游荡着，不是采一撮麝香草，就是摘一片青蒿叶，而伯纳德就在这里絮絮叨叨地讲着他的故事。罗达的两个肩胛骨就如同一只小蝴蝶的翼翅一样缩向后边。而且当她呆呆地看着那几个粉笔字时，她的心也同时进入了那些白色的圆圈，它从那些白色的曲线中慢慢穿过。她找不到它们的答案。她和别人不一样，她没有任何形体。而说话带澳大利亚口音，父亲在布里斯班银行就职的我，却不像害怕别人那样害怕她。"

"我们现在，"伯纳德说，"爬到红醋栗的树叶形成的华盖下面，讲讲故事吧。让我们在土地的下面待着，营造一片不为人知的地盘，那些如同大大的枝形烛台架一样悬在上面的红醋栗照亮了那片国土，一边通体发红，闪闪发光，另一边则暗淡无光。珍妮，到这边来，假如我们把身体蜷起来，再靠近一点儿，我们就可以在红醋栗的树叶形成的华篷下面坐下来了，看那烟雾缭绕的美景。这是我们的宇宙。其他的人都走了。赫德森小姐和柯里小姐的长裙像扑灭蜡烛用的拍子一样扫过。那是苏珊的白色短袜。路易斯那干净的跑鞋，在沙石上留下了沉稳的脚印。枯树叶吹起一阵热风经过这里。现在我们在一片沼泽地上，在一片处处弥漫着瘴气的丛林中。一头身上爬满白蛆的大象已经被箭射死在这里。那些活泼的鸟——苍鹰、秃鹫的眼睛闪闪发光，具有明显的寓意。我们被它们当成被砍倒的树。它们吃着一条虫子，——那是一条头部有皮褶的眼镜蛇，身上还有一个腐烂的伤口，只等着狮子在撕碎它。我们的世界就是这样的，新月和星星照亮了这里。缝隙被巨大的半透明的花瓣堵住了，就像紫色的窗户一样。每种东西都很神奇。所有东西既庞大又微乎其微。花茎像橡树一样粗，树叶像大教堂的圆顶一样高。我们在这里躺着，是两个会让森林为之颤抖的巨人。"

　　"在这儿就是如此，"珍妮说，"现在是这样。可是我们不久就要离开了。柯里小姐马上就会把她的哨子吹响了。我们就要离开了。我们会道别，你会去上学。你会有两位男老师，他们用白丝带挂着十字架。我会有一个东海岸学校里的女教师，总是在王后亚历山德拉的一幅肖像下面坐着。我要去的地方就是那里，还有苏珊和罗达。只有在这里才是这样的，只有现在才是这样的。我们现在在醋栗树下躺着，只要有风吹过，我们全身就会发光。我的手像蛇皮，我的膝盖就如同桃红色的漂移不定的岛屿。你的脸庞如同一棵织着网的苹果树。"

　　"丛林里的热气正在慢慢消退，"伯纳德说，"我们头顶上的树叶正在扇动黑色的翅膀。柯里小姐已经吹过哨子了。我们得赶紧从醋栗树叶形成的华篷底下钻出来，站直了。珍妮，你的头发里有些小树枝儿，脖子上有一只绿毛毛虫。我们得排成一排，两个人站一排。当赫德森小姐开始登记成绩表时，柯里小姐要带着我们先去散会儿步。"

　　"真是太没有意思了。"珍妮说，"总是顺着大路走，路边没有可以欣赏的窗子，没有朦胧的像眼睛一样的绿玻璃，要不然我们就可以通过它们看到里面的过道了。"

　　"我们得两人站成一排排成队。"苏珊说，"步伐整齐地前进，不许太快，也不许太慢，让路易斯当我们的排头兵，因为路易斯很机敏，而且非常专心。"

　　"既然在别人眼里我是一个虚弱的人，不能和他们一起去散步。"内维尔说，"既然我很容易就感到疲惫，总是看起来病恹恹的，我就把这段安静的时间利用好，把这段不需要跟别人对话的时间利用好，围着这间屋子转一圈，再爬到那架扶梯半中间的梯级上面去。如果可以的话，再重新感受一下昨晚当厨子反复对火门进行调节时，我从转门听到的和那个死人有关的事情。当别人发现他时，他的喉咙已经被割断了。当时我觉得苹果树的叶子在空中僵化，月光袭人，我连抬脚上楼梯都困难。他是在水沟里被人发现的，他的血顺着水沟往前流。他的下颌毫无血色，就像死掉的鳕鱼一样。我要用'苹果园的死'来命名这残酷的事件。灰色的云在天上飘，这棵无法被原谅的树就位于下面，这棵无法被原谅的树裹着银灰色树皮。我的生命的波澜毫无意义。我跨不过去。有一种阻碍。'我没办法从这奇怪的阻碍跨过去。'我说。而其他人已经成功跨过去了。可是我们的命运，我们所有人的命运，都被这苹果林，被这我们无法跨越的、不被原谅的树注定了。

"如今这件残酷的、无情的事件已经画上了句号。在这快要结束的午后，在这傍晚，我要继续围着我这房子转一圈。这时，油毡布被太阳晒出了斑驳的油光，墙上落下一道光线，椅子腿像被折断了。"

"当我们散完步回来时，"苏珊说，"我看见弗洛里正在厨房外面的花园里待着，她的周围晾着各种各样的衣服，有睡衣，有衬裤，还有长睡袍什么的，全都被风吹得高高的。恩斯特在吻她。他把他的绿色粗呢围裙围在腰间，正擦拭着银器。他的嘴噘得高高的，正隔着睡衣把她牢牢抓住。他像一头蛮牛一样横冲直撞，而她却气愤地晕了过去，脸上一点儿血色都没有，只剩下几条细血管还隐隐透着红色。虽然他们现在正在传递着茶点所用的面包、黄油和牛奶，可是我却看到地上有一条裂缝，正冒着热腾腾的水汽，茶壶也沸腾了，就如同恩斯特的吼叫声，而我，哪怕我的牙齿正在咀嚼温软的面包和黄油，我的嘴里喝着香甜的牛奶，我也像那些睡衣裤一样，被风吹得鼓鼓的。酷热的夏天和寒冷的冬天我都不怕。罗达一边吃着浸过牛奶的面包片，一边浮想联翩。路易斯一直用圆溜溜的绿眼睛看着对面的墙壁，伯纳德把他的面包揉成一个个小圆团，并给它们命名为'人民'。内维尔已经快速把点心吃掉了，他把餐巾卷起来套到那个银圈里面。珍妮在桌布上快速转动着她的手指，似乎它们正沐浴在阳光中欢快地跳舞，做着脚尖立地的旋转动作。可是，再热的夏天我也不怕，再冷的冬天我也不怕。"

"我们现在都站起来，"路易斯说，"柯里小姐在管风琴上摊开了那个过错记录簿。只要我们哼起歌谣，用"孩子"称呼自己，希望上帝保佑我们睡觉安稳时，就很难不让眼泪夺眶而出。当我们满面愁容，因为害怕而颤抖不已时，大家相互依靠，一起唱歌是美好的。我靠着苏珊，苏珊靠着伯纳德，大家手牵手，都有着自己的烦心事：我烦恼我的口音，罗达担心数字，虽然如此，大家还是鼓起勇气要把这些难题克服掉。"

"我们像小马驹一样排着整齐的队伍上楼梯，"伯纳德说，"秩序井然，跺着脚，叫嚷着，挨个走到浴室里面去。我们相互打闹着，在洁白的硬床板上欢快地蹦着。该我了，我马上去洗。

"康斯坦布尔夫人把一条浴巾围在腰间，把那块柠檬色的海绵放在水里浸了浸，它转瞬就变成像巧克力一样的棕褐色，往下滴着水，她把它举得高高的，高过我的头顶——我在她身边战栗着——挤了挤里面的水。水沿着我的脊梁往下淌。有种利箭往上射的感觉出现在脊沟两边。我感觉全身都暖和得要命。我身上那些干燥的角落也被淋湿了，我身体的温度马上升了上来，它被冲得很干净。冲下来的水瞬间把我包裹住了。现在我用一条暖和的毛巾包裹住自己的身体。当我擦拭我的脊背时，我的血液都被它擦得直流。在我心灵的屋顶上涌现出一种温润又强烈的感觉。这一天在树林中所经历的种种，就像一阵大雨从天而降，还有埃弗顿、苏珊和鸽子，从我的心灵的墙壁缓缓流下来，汇聚到一起，让这一天变得异常精彩。现在我随意套上我的睡衣睡裤，之后在这条飘浮在微薄光影里的薄薄的被单下面躺下来，这条被单就如同被浪头掀起的水雾，在我的眼前形成一道帷幔。通过它，我可以隐约听到远处传来的合唱开始的声音：车轮声、狗吠声、人的喧闹声、教堂的钟声，以及合唱开始了的声音。"

"当我把我的罩衫和衬衣折起来，"罗达说，"我也就不再奢望自己变成苏珊、变成珍妮了。可是我要把我的脚趾伸直，让脚趾尖碰到床头上的栏杆。我需要用脚趾尖碰到栏杆的方式，才能确定自己有牢靠的东西可以依靠。现在我不会往下沉了，现在我也不会陷入薄薄的床单了。现在我把身体舒展开，在这张易损的床垫上躺下来，安静地呼吸着。现在我是在大地上。我不再把身子挺得直直的，不会再被人撂倒，也不会再被人摧毁了。所有一切都显得那么柔和、乖顺。墙壁和碗橱有白光在闪烁，它们的黄色侧面弯曲变形，有一面泛白的镜子位于顶上，正发出刺眼的光芒。现在我可以尽情地倾诉了。我可以思考一下我那正在破浪前行的无敌舰队了。我巧妙地躲开了难以抵抗的接触和碰撞。我一个人航行在白色的山崖下面。哦，可是我在往下沉，我在往下陷。那是碗橱的角，那是儿童室的镜子。可是它们在延伸，在伸长。我在一堆像黑色羽毛一样的睡梦中沉沦，我的眼睛被它沉甸甸的翅膀压得死死的。在黑暗中穿行，我看到那些花床延伸开来，而康斯坦布尔夫人从蒲苇地的那个角落里跑出来，告诉我说我的姑妈来了，要坐马车带走我。我爬到车上，我要逃离，我在有着弹簧鞋底的靴子的帮助下，从树梢跳过去。可是现在我又掉到了停在大门口的马车里面，她坐在里面颔首，摇动着黄色的羽毛，眼神冰冷。哦，醒醒吧，不要再做梦了！看，这里有衣柜，让我逃离这些波涛吧。可是它们压向我，它们把我卷进它们的波峰间，我被弄得倒立了，被翻转了，我仰面躺倒在这些长长的光影里，这些悠长的浪涛里，这些绵延不绝的道路上，还有人在后面紧追不舍。"

太阳正缓缓往上升。蓝色的海浪、绿色的海浪像扇子一样拍打着海滩，从海冬青的花穗绕过去，在沙滩上留下一片片亮晶晶的水坑。退潮时，一道光影交错的边缘留了下来，那些曾经模糊的礁岩，此刻慢慢有轮廓显现出来，一条红色的裂缝清晰可见。

草地上洒下一道道清晰的阴影，花园被舞动在花心草尖上的露珠变成一幅还正在绘画中的只有一些亮斑的镶嵌图案。那些有鲜黄和玫瑰红斑点点缀在胸前的鸟雀，不是高声鸣唱着一两支曲子，就是突然离开，徒留一片沉寂。

太阳在房屋上留下越来越大的光斑。窗户角落里的一个莫名的绿东西在光线的照耀下，变成一块硕大的绿宝石，一泓就像无核水果一样的纯绿。在阳光的照耀下，椅子和桌子的边角轮廓都显得异常清晰，而且在白色桌布上留下金色的线条。当光线越来越强，丝丝花蕊变成盛开的鲜花，带着绿色的脉纹，不间断地晃悠着，似乎因为盛开时太过用力，以至到现在都还在震颤，而且当它们稚嫩的铃舌和它们白色的铃壁相碰撞时，似乎发出了模糊的钟铃叮咚声。所有东西都变得模糊起来，就如同碟盘的瓷是液态的，而制作刀的钢也是液态的一样。同时，那些破碎的海浪波涛起伏，发出阵阵轰鸣声，就如同圆木倒塌在海岸上。

　　"现在到时间了，"伯纳德说，"重要的一天到了。出租马车就在门口停着，乔治的罗圈腿被我沉重的箱子压得变形更严重了。让人烦不胜烦的仪式终于结束了，还有那些叮嘱和在前庭里的道别。现在应是强忍着泪水和母亲告别的仪式，是和我的父亲握手道别的仪式，现在我得持续挥手，持续挥手，直到我们从那个房角转过去。那些仪式现在结束了。太好了，所有的仪式都结束了。我变成了形单影只的一个人，生平第一次要到学校去。

　　"所有的人做事好像都是只干这一次，下次不会再干。不会再干。硬要干这事真是太可怕了。每个人都知道我准备去上学，正准备平生第一次到学校去。'那个男孩正准备平生第一次到学校去了。'女仆边擦着楼梯台阶边说。我要忍住哭泣。我一定要像个没事人一样看着他们。现在到车站入口了，它正咧着嘴欢迎我，'那只圆面的大时钟一直盯着我看'。我得连续不断地说一些华丽的辞藻，以便有一些牢靠的东西阻挡女仆们盯着我看，把时钟的凝视、那些凝视的面孔、那些冷漠的面孔都隔绝在外，要不然我会哭出声来的。那里是路易斯，那里是内维尔，身穿长外套，提着手提包，在售票处的一边站着。他们看上去那么镇定，可是又那么独特。"

　　"伯纳德来了，"路易斯说，"他很镇定，很淡定。他边走边晃动着他的提包。我要紧紧跟在伯纳德后面，因为不管遇到什么事情，他都不会退缩。在人流的裹挟下，我们经过了售票处，来到月台上，就如同树枝和枯草在河水的裹挟下围着桥墩打转一样。这儿是那个极其威猛的火车头，它是深绿色的，没有脖子，只有脊背和大腿，有水汽往外冒。列车员把哨子吹响了，信号旗手已经打过信号，就如同很轻易就引发的一场雪崩，我们轻松地顺势开动了。伯纳德把一张小毛毯铺在地上，开始玩羊拐骨游戏。内维尔在读书，伦敦逐渐变得散乱。伦敦慢慢扩大延伸。一座座烟囱和高塔涌现出来。那儿是一座白色的教堂，那儿是一根比塔尖还高的桅杆。那儿有一条运河。现在，一片广阔的空地出现在我们眼前，上面有一条柏油路，让人惊讶的是，这会儿还有人在那路上行走。一座小山出现了，上面是一排排红房子。有人正从一座桥经过，一条狗紧紧跟在他后面。现在那个身穿红色衣服的男孩开始射杀一只野鸡，那个身穿蓝色衣服的男孩一把推开他。'我叔叔是英国最厉害的射手，我表哥擅长驯养猎狐犬。'开始说大话了。而我却不会说大话，因为我说话有澳大利亚口音，我父亲在布里斯班的银行里任职。"

"经历了这些喧闹后，"内维尔说，"经历了这些聒噪以后，我们终于到站了，这确实是一个特殊的时刻，——这确实是一个神圣的时刻。我来了，就像一位爵爷来到他装修豪华的府邸。我们学校的创始人在那里，我们学校赫赫有名的创始人，他正站在院子里，还抬起了一只脚。在这个严肃的四方庭院里，一股尊贵的罗马气派飘荡在空气中。各年级的教室里的灯都开了。那些可能就是实验室，那里是图书馆，我将在那里研究正宗的拉丁语，对那些优美的词句加以了解，朗诵维吉尔、卢克莱修写的那些明亮的六音步诗句，还要阅读那本厚厚的四开本大书，一脸热情地、清晰地吟诵出自卡图卢斯之手的爱情诗①。而且，我还要在处处是刺得人发痒的绿草的田野上躺下来。我

---

① 维吉尔、卢克莱修、卡图卢斯这三个人都是古罗马诗人。

要和我的朋友们一起在高高的榆树下躺下来。

"看，那个校长。太遗憾了，一看到他，我就不由得想笑。他太世故了，而且也太脏污了，就如同公园里的雕像一样。一枚十字架挂在他的背心上，在他那绷得浑圆的背心的左边。"

"老克莱恩，"伯纳德说，"现在起身跟我们说话了。老克莱恩，那个校长，鼻子长得像落日照耀下的大山，下巴上有一道蓝色的裂口，似乎是被某个游客放火点着的满是树木的沟壑。他慢慢晃动着身体，假装夸些海口。我喜欢美丽的辞藻。可是，他夸的那些海口过于炽烈，因此缺乏真诚。可是这一次，他相信它们是真诚的。而当他跟跟跄跄着从房间离开，把弹簧门撞开走出去时，所有教师都摇晃得更加厉害了，一样把弹簧门撞开走了出去。这是我们第一次没在姐妹们身边，在学校度过的第一个夜晚。"

"这是我从父亲身边离开，从我的家离开，在学校度过的第一个夜晚。"苏珊说，"我的眼睛肿了，双眼因为泪水酸胀不已。那松树和油毡的味道真是太难闻了。那经历过风霜的灌木和卫生间里的瓷砖都让我痛恨不已。那些让人忍俊不禁的玩笑和每个人油亮亮的面孔都让我极其痛恨。我让男仆照顾我的松鼠和我的鸽子。厨房的门发出了剧烈的声响，珀茜射向乌鸦时，树叶间回荡着嗒嗒的枪声。这里的一切都太可笑了，一切都是俗不可耐的。罗达和珍妮身穿棕色哔叽呢衣服坐在远处，望着正坐在一幅亚历山德拉王后肖像下面读书的兰波特小姐。那里还有一件手工针织物，不知道出自哪个女人之手。如果我不是把嘴噘得高高的，如果我不是拧着我的手帕，我一定会哭出声来。"

"兰波特小姐的戒指上紫色的光，"罗达说，"持续闪烁在那祈祷书洁白的书页上的黑色斑点上面。那是一种像美酒一样的颜色，那是一种满含激情的光泽。因为我们已经在宿舍安顿好了行李，我们便一起围坐在世界地图下面。这里有课桌，上面有装着墨水的缸子。我们将用这里的墨水书写作业。可是在这里，我没有什么地位，没有面孔。这里一大群人，全都穿着棕色的哔叽呢，让我的个性完全展示不出来。我们都是冷冰冰的，毫无友情。我想办法装出一副面孔来，一副镇定的、与众不同的面孔，我还要让它具有全能的神气，并且让它像护身符一样，天天陪伴在我的左右，之后（我要就此发誓）我要在树林里找一处阴凉的幽谷，以便于我展示我那各种各样的珠宝。我发誓一定要做到这一点。因此我一定不能哭。"

"那个皮肤黝黑的女人，"珍妮说，"颊骨突得老高，有一套像贝壳一样带花纹的闪闪发光的衣服，准备在晚上穿。这在夏天确实挺好，可在冬天，我甘愿穿一套薄点儿的，上面镶嵌着红色的丝线，在炉火的映照下会发光的衣服。这样当灯都亮起来以后，我会把我的红色衣服穿在身上，衣服将像薄纱一样紧紧包裹着我的身体。当我用脚尖旋转着走到房间里时，它还会飘动着。当我坐到房间中央一张描金的靠椅里时，我的红色衣服会变成一朵鲜花的样子。可是兰波特小姐穿的衣服却是灰暗的，当她在王后亚历山德拉的肖像下面坐着，用洁白的手指使劲按着书页时，从她那雪白的花边披肩下面，就垂下来她那像小瀑布一样的衣服。之后我们就开始祈祷了。"

"现在我们两个排成一排前进，"路易斯说，"我们排着整齐的队伍走进小教堂。当我们进入这座肃穆的建筑物时，那忽然而至的暗淡的光影让我很是喜欢。我喜欢排着整齐的队伍前进。我们两个一排走进来，我们坐了下来。当我们进入时都将自己的个性抛到了一边。没有一个人鹤立鸡群。现在，当克莱恩博士一步一挪地——可是这只是因为他的个头所引起的——登上布道坛，开始诵读放置在铜鹰背上的《圣经》时，我对这一切都充满了欣喜。我很喜欢，我很高兴他这么高大、这么权威。他让一直萦绕并扰乱我颤动的心的灰暗乌云消散了——那时我们围着圣诞树开始跳舞，在分送礼物时，他们竟然忘了我，那个胖胖的女人则说：'这个小男孩还没有收到礼物呢。'之后就从树梢上把一枚闪闪发光的国旗取下来送给我，而我则因为恼怒哭了起来——因为我是被人同情才被人想起来。现在他的权威、他的十字架缓解了一切。我觉得一种感觉弥漫着我的全身，我脚踩着大地，我的根扎向下面，直到它们缠绕在地心深处的一种坚硬的东西上。当他诵读《圣经》时，我重新变得完整，我和大家一起列队前进，变成正转个不停的巨轮上的一根辐条，最后这让我直起了身，就在当下。我一直在黑暗中存在，我一直是隐匿的，可是当这轮子转动起来（当他诵读经文时），我就直起身来，来到这模糊的光影中。我刚刚在这里看到那些跪着的孩子，那些圆柱和黄铜祭器，可是看得不太清楚。在这里，没有忽然的亲吻，没有鲁莽的言行。"

"那蠢汉做祷告时，"内维尔说，"总是会威胁到我的自由。当他马甲上的那枚闪耀的十字架起伏不定时，因为想象力不足，他那让人无法激动的话语就如同铺路的石头一样冷漠地向我袭来。那些权威性的话语总是被他们说得一团糟。对于这种可悲的宗教，这些全身颤抖不已、深陷在悲伤中的人面无血色地行进在一条无花果树遮阴的道路上，我总是嗤之以鼻。有一些孩子趴在路边的尘埃中——一些全身不着寸缕的孩子，而那些因为装满酒而显得鼓鼓的羊皮酒囊在小酒馆的门上悬挂着。复活节时，我正和我的父亲一起在罗马旅行，整条街的人都佩戴着基督圣母的摇摇欲坠的画像，而且人们还抬着一个用玻璃匣子装着的基督受难像慢慢前进。

"现在我要把身子侧向一边，假装在挠大腿，这样我就可以看到珀西瓦尔了。他就在那帮小家伙中间笔直地坐着。他用他那直挺挺的鼻子用力呼吸着。他那双奇怪的蓝眼睛里满是异教徒的无情，一直盯着对面的圆柱看。他倒可以做一名出色的教会执事。他应该拿一根桦树枝在手里，去鞭打那些犯错的小男孩，他就如同那些刻在黄铜祭器上的拉丁文词句。他不看任何东西，也不听任何东西。他离我们所有人都远远的，一个人在异教的世界里待着。可是，看——他轻轻拍了拍他的后脑勺。有的人会因为这种动作而不由得爱上某个人。道尔顿、琼斯、埃德加，还有贝特曼，都像这样拍了拍自己的后脑勺，可是他们都失败了。"

"咆哮的声音，"伯纳德说，"终于停下来了。讲道结束了。门口飞舞的那些白色蝴蝶被他讲得无影无踪，变成了粉末。他那粗鲁的声音就如长满胡须的下巴。现在他就如同一个喝多了的水手一样，步履蹒跚地回到他的座位上。其他所有教员都特别想模仿他这种行为。可是，因为身体素质太差了，因为穿着灰色的长裤显得肥大，他们只会让自己变成小丑。我并没有看不起他们。我觉得他们可笑的行为值得人同情。我在笔记本里写下了这件事以及其他很多事情，以便将来参考。长大以后，我会随时带一个笔记本在身上———一个很厚的大本子，按字母顺序编排好。我将把我的警句妙语记录下来。'蝴蝶的粉霰'会出现在 B 栏里。如果我准备在我的小说里对映照在窗台上的阳光进行描写，我就会查找一下 B 栏，找到"蝴蝶的粉末"。那将是大有好处的。树'用绿油油的指头给窗户带来阴凉'，那将是大有好处的。可是太遗憾了，我很快就分神了，一束像糖果一样的头发，以及西莉亚的象牙色封面的祈祷书就是罪魁祸首。路易斯可以保持专注，连续观察大自然。我却很快败下阵来，除非是和它说话。'我那没被搅和的心灵之湖，温柔地晃荡着，不久就沉沉地睡了过去。'这一句也是有意义的。"

"我们现在从这座凄清的庙宇走出去，来到黄色的运动场，"路易斯说，"而且，因为今天是个半放假的日子（公爵的生日），所以当他们打板球的时候，我们就停留在茂密的草地上。假如我是'他们'，我也会做出同样的选择，我会把我的护胸套上，在击球手的前面从运动场走过。现在，看哪，珀西瓦尔走在最前面。他是个迟钝的家伙。他愚笨地从运动场走出去，从高高的草地穿过去，向那些高耸着榆树的地方走去。只有中世纪的指挥官才具有他身上那种恢宏的气势。他走过的草地上留下一道闪光的印迹。看着我们这些紧紧跟在他后面的人，他忠心耿耿的仆人，要像待宰的羔羊一样，因为他一定会去完成某种几乎不可能实现的冒险事业，并最终在战场上死去。我开始伤心起来，它就如同一把双刃锉刀，对我进行着两方面的刺伤：一方面我对他的恢宏气势羡慕不已，另一方面我对他那慵懒的腔调表示不屑——我的确比他强多了——而且我真的对他充满嫉妒。"

"现在，"内维尔说，"让伯纳德先讲吧，让他不停地给我们讲故事，而我们只需要懒洋洋地躺着就行了。让他来对我们看到的一切进行描述，好让它符合逻辑。伯纳德说，处处都有故事。我是一个故事，路易斯是一个故事。有和那个擦鞋侍者有关的故事，和那个独眼龙男人有关的故事，也有和那个卖海螺的女人有关的故事。让他不停地讲他的故事吧，我则要四脚朝天地躺好，通过那些颤抖着的草叶，去观察那些戴护胸的棒球手两腿僵硬地往前走的样子。好像整个世界都在变动——地上动的是那些树木，天上动的则是那些云朵。我从树丛看过去，看向天空。似乎那上面就是竞赛的场地。我在那些温和的白云中间好像听到喊'跑'的声音，模糊听到说'那是什么情况'的声音。当那些云朵被风吹散，它们就没有那团团白色。假如那片蓝色可以一直保持下去，假如那个空洞可以一直保留，假如当下不会消失……

"可是伯纳德依然在讲着，各种生动的比喻，它们如同水泡一样直窜到上面。'就如同一匹骆驼'……'一只兀鹰'。那匹骆驼是一只兀鹰，那只兀鹰是一匹骆驼，因为伯纳德是一个没定性的人，无拘无束，却让人很有好感。没错，因为他只要一说话，一说起那些蠢笨的比喻，你就会觉得浑身一阵轻松，还会像泡沫一样飘起来。你会得到自由，你会觉得，我终于自由啦。就是那几个胖乎乎的小家伙（道尔顿、拉朋特和贝克）也会感受到这种自由。在他们看来，比起板球运动，他们更喜欢这个。他们可以马上抓住那些词句。他们的鼻子被小草挠得痒痒的。他那奇怪的笑容好像是在认可我们的微笑。可是现在他已经一摇一晃地从那长长的草地穿过去。我想他肯定正咀嚼着一根草茎。他觉得很烦，我也觉得很烦。伯纳德立刻就发现我们很烦躁。我发现他的语句中存在某种用力过猛的东西，某种极度夸张的东西，似乎他在拼命说：'看！'而珀西瓦尔总是给出否定的答案，因为他总是率先发现别人的虚伪，而且又丝毫不留情面。因此一句话才说了一半，声音就慢慢变小了。没错，让人惊讶的时刻终于出现了，伯纳德的劲头消失了，说出的话也变得不连贯，他情绪一度低了下去，勉为其难地说了几个字就不再说了，他的嘴张得大大的，似乎要哭了一样。这样看来，我们的朋友甚至连讲完他们的故事都没有可能。"

"现在让我来试验一下吧，"路易斯说，"在我们站起来以前，在我们去喝茶以前，此刻好好努力一次。这是可以做到的。我们各自分手，有的人去喝茶，有的人去抓鱼，我去让巴克先生看我的论文。这总是可以做到的。我那满目疮痍的心在经历了不睦、仇恨（对于炫耀想象力的人，我非常看不起——我不喜欢珀西瓦尔那过度的热情）、某种忽然而至的体悟而再次安定下来。我要让这些树、这些云朵来做我的证人，证明我的心已经完全平和下来。我，路易斯，我，这个将在世界上活七十年的人，天生就是健康的，不再将仇恨、不睦放在心上。这里，在这片圆形的草地上，在某种强大的内驱力的作用下，我们曾经围成一圈坐在一起。树枝摇动着，浮云飘动着。终于要到这些独白被众人承受的时候了。我们不能像打鼓一样，总是只发出一种声音，反复敲个不停。孩子们，一直以来，我们的生活就像打鼓一样，吵闹不已，因为失落而流泪，在花园里互相搂后脖颈。

"现在草和树，让蓝天出现一场裂缝，又让裂缝再次重合，让树叶开始晃动又让其回到原来的样子的空气，还有我们团团围坐在一起，都在对某种更好的、不一样的、能够理性体现出来的生活秩序进行揭示。这是我猛然间领悟到的，而且今天晚上我会用语言把它表达出来，将它变成一个钢质的圆环。尽管在一群小跟班的簇拥下，珀西瓦尔从草地上经过，跟跄着离开这里时，破坏了这个秩序。可是珀西瓦尔正是我所需要的，因为这番诗意就是在他的启迪下才产生的。"

"已经过去多久了？"苏珊说，"无论是在冬天湿冷的日子，还是在春寒料峭的日子，我都不停地跑上这座楼梯。现在已经到了仲夏，现在我们上楼去换白色上衣，准备去打网球——珍妮和我，罗达一会儿也一起去。当我爬楼梯时，我不停地数着数，每一级台阶都被我看作某种已经完成的事情。一样地，每天晚上我都会把已经过去的一天从日历上撕下来，并把它揉成一团。我做这些的时候是满含报复之心的，当时，贝蒂和克拉拉正跪在那里祈祷。我不祈祷。我要报复日子。它的象征物都成为我的发泄对象。你现在死了，我说，上学的一天，可恨的一天。它们已经把六月份的所有日子都消灭了——今天是二十五日——天气晴好，一切都井然有序，打铃、上课、遵照指令洗浴、换衣、做作业、进餐。从中国回来的传教士给我们做讲演。我们开车在柏油路上前行，去礼堂参加音乐会。我们去美术展览馆参观，欣赏绘画作品。

"在家里，牧草地上飘飞着干草。我父亲斜倚在栅栏上抽烟。每当夏风从房间里空落落的过道吹过，屋门就会接二连三地合上。某一幅挂在墙上的年代久远的名画可能正摇晃个不停呢。瓶里的玫瑰枝上落下一片花瓣。农庄上的马车从矮树丛篱墙上蹭了不少干草下来。每当我从楼梯平台上的那面镜子前经过时，珍妮总是走在前面，罗达慢悠悠地在后面走着，这一切就都会进入我的眼帘，我总是看到。珍妮一直在跳舞，她总是在大厅里丑陋的彩砖上面翩翩起舞，她时常在草场上翻跟斗，还时常打破禁令去采一些花儿，然后别到自己的耳朵后面，导致珀瑞小姐总是向她投去羡慕的目光。珀瑞小姐对珍妮有好感，而我也许也对她有过好感，可是现在我对任何人都没有好感了，除了我的父亲，以及我那被我留在家中笼子里的交由小男仆看管的鸽子和松鼠。"

"我很讨厌楼梯拐弯处的那面小镜子，"珍妮说，"它只能把我们的头部照进去，相当于切下了我们的头。更何况我的嘴长得很宽，而我的眼睛之间的距离又太短，只要我一笑，我的牙床就全都露出来了。我的脑袋比不上苏珊的脑袋，因为它有凶恶的长相，还有草绿色的眼睛——伯纳德说这是诗人喜欢的眼睛，因为用它们对付细密的白线针脚是非常合适的，甚至连罗达的痴呆蠢笨的面孔也完美得无懈可击，就如同那些她总是随手丢到盆子里的白色花瓣一样。因此，我总是快速超过她们，跑到楼梯上面，跑到下一个楼梯的拐角处，因为那里有一面长方形的镜子，可以把我的全身都照出来。现在我可以看到我的头和身体成了一个整体，因为我哪怕把这件哔叽呢外衣穿在身上，它们也是一个整体，我的身子和我的头部。看哪，当我摇头时，就会带动我那苗条的身子摇摆起来，我的瘦腿也会在空中开始摇摆。在苏珊的生硬面孔和罗达的愚笨相之间隐约可以看到我，我就像来自于大地的裂缝中的火焰，跳跃个不停，我摇晃着身体，舞动着身体，一直摇晃着、舞动着。我就像在灌木树篱中晃动的那片树叶一样，不停地晃动，那片树叶曾经可把我吓得不轻。我就如同炉火火光在围绕茶壶跳跃个不停一样，在这些周围有黄色护壁板的、光怪陆离的、杂乱无章的墙壁上舞动。从女人们冷酷的眼神中，我甚至看到了炽烈的热情。当我读书时，课本的黑色页边就会弥漫着一道紫色的光晕。可是，我却没办法以那些字词的变化为契机来理解它们。从古代绵延到现在的所有思想我都无法理解。我不会和苏珊一样，迷茫地在那里站着，眼眶里蓄满泪水，或者像罗达那样，在羊齿草丛中随意躺下来，幻想着海底茂密的花草，鱼儿遨游在礁石之间，而与此同时，我那粉色的棉布衣却被染成绿色。我从来不幻想。

　　"现在我们要加快速度了，现在让我首次脱下这些粗制滥造的衣服。这儿是我的白袜子，这儿是我的新鞋子。我用白丝带把我的头发绑住，这样当我从院子里蹦蹦跳跳经过时，这根丝带就会随风起舞，可是又绕着我的脖子，牢牢地固定在适当的位置，不会吹乱一根头发。"

　　"那就是我的脸，"罗达说，"就在苏珊的肩膀后面。——那张脸就是我的脸。可是我要到她身后躲起来，不要让脸露在外面，因为我并不在这里。我没有面孔，而其他人都有，苏珊和珍妮有，她们在这里。她们的世界是真正的世界。她们都沉甸甸的，满是负担。她们说'是的'，她们说'不'，而我却总是逃得远远的，改换说辞，而且总是被人看穿。她们碰到女仆，她不会笑她们。可是，她总是取笑我。假如有人跟她们交谈，她们很清楚要讲些什么。她们笑得很真实，生气也很真实，而我却必须先经过一番观察，等到别人做了以后再效仿他们的样子去做。

"现在你看，只是为了去打网球，珍妮都会非常镇定地把袜子穿上，我真是羡慕极了。可是苏珊的做事方式才是我更欣赏的，因为和珍妮相比，她做事更加干脆利落，而且没那么想出风头。因为我总是效仿她们的行为，所以她们都很鄙视我。可是苏珊有时候也会教我一些东西，像打蝴蝶结带什么的；而珍妮尽管有学识，却不愿与人分享，只愿意独享。她们有共同的朋友。她们需要找一个私密的地方去说悄悄话。而我却只能依恋其他的名字和面孔，将它们深藏于心，就像藏趋避灾祸的符咒一样。我可以在大厅最深处挑选一个完全不熟悉的人，可是当这个陌生人在我对面坐下来，我却觉得难以呼吸，连茶都喝不了。因为过于激动，我的身体摇晃个不停。我脑海里出现这样的场景：这些不知名的人就在灌木丛后面躲着看我的一举一动。我一跃而起，想让他们关注我、欣赏我。到了晚上，躺在床上的我会让他们对我充满好奇。我时常饮箭而死，以博取他们的同情。如果他们不经意跟我提起过，或者我从他们的行李箱上的标签得知，最近他们在斯布卡罗度假，那么那个小镇就会因此熠熠生辉，所有的街道都会被镀上一层光亮的色彩。因此那些让我看到自己真实样子的镜子让我痛恨不已。当我一个人时，我总是会被虚无包围。我得慢慢挪动我的脚步，以免从世界的边缘坠落。为了把我的肉体唤回来，我得用头去使劲撞某扇坚硬的门。"

"我们来迟了，"苏珊说，"我们得等一等，只有轮到我们第二次上场时，我们才能去打球。我们要在这片厚密的草地上掷掷球，并且假装正在看珍妮、克拉拉、贝蒂和玛维斯。可是我们不可能真的把目光聚焦在她们身上。我最不喜欢看别人打球了，我要把我所痛恨的每样东西的象征物找出来，把它们都给埋了。这块发亮的鹅卵石象征的是卡洛夫人，我要更用力地掩埋它，因为她那些谄媚的行为，她为了奖励我练习音阶时把手指关节伸平，给了我六便士。我把她的那六个便士给埋了。我真想埋了整个学校：那座健身房，教室，那个总是肉味四溢的餐厅，还有那座小教堂。我真想把那些红褐色的瓷砖以及为了奉承那些老家伙——资助学校、创办学校的人——而画的肖像画都给埋了。我喜欢的一些树就栽在那里，那棵树皮上满是树胶的樱桃树，还有一片从顶楼绵延至远山的风景。我真想把这里所有的一切都给掩埋了，就如同我把这些总是散落分布在有很多码头和游人的海滩上的难看的石头给掩埋了一样。家乡的海浪会延伸一英里①左右。到了冬天的晚上，海浪的轰隆声会传入我们的耳畔。去年圣诞节，海浪淹没了一个坐在自己马车里的人。"

"兰波特小姐和牧师边交谈边经过这里时，"罗达说，"其他人都不怀好意地笑了，而且在她身后模仿她驼背的样子，可是所有的事物都变了，而且变得越发光辉灿烂。当兰波特小姐经过这里时，珍妮跳得老高。如果她看到了那朵雏菊，事情就会发生变化了。不管她走到哪里，当她看见以后，事物就会发生变化。可是，当她经过以后，事物就不可能恢复原样了。兰波特小姐正领着牧师从边门经过，去她的私家花园。当她来到水池边时，她看到一片叶子上停留着一只青蛙，而这些也是会变的。不管她站在哪里，就如同园林里的一处雕像一样，所有一切都会变得严肃、苍白起来。她任由她那有着穗子装饰的柔软披肩从身体滑落，唯有她那紫色的戒指，那葡萄酒色的戒指，那紫水晶色的戒指，依然熠熠生辉。只要有人从我们身边离开，他们

---

　① 长度单位，一英里约为 1609 米。

就会把这种神秘的东西留下来。只要他们从我们身边离开，我就可以和他们一起向小水池走去，并想象他们是那么肃穆。当兰波特小姐经过时，雏菊因此有了变化，而当她切牛肉时，所有的事物都会快速发生改变。随着时间的流逝，事物也会变得慢慢柔软，即便是我的肉体如今也被光亮照透，我的脊梁也变得柔软起来。我总是幻想，总是幻想。"

"这场比赛我赢了，"珍妮说，"现在该你上场了。我要躺下来歇会。因为不停地跑来跑去，因为想要赢，我都快喘不过气来了。因为跑动和赢球，我身体的各个部位都像散架了一样。我的血肯定变得特别红，而且极其热烈，猛烈撞击着我的胸膛。我的脚被鞋底刺得疼痛不已，似乎是断开的铁丝圈刺到了我的脚底里面。每一片草叶都清晰地映入我的眼帘。可是我的前额、眼睛后面的脉搏跳动得厉害，以致所有的事物都剧烈运动着——球网、草地，你们的面孔也晃来晃去，那些树好像正在上下翻飞。在这个世界上，所有东西都是会变的，没有哪样东西会一直保持原样。所有的一切都在激荡，所有的一切都显得那么急促。只是，当我一个人在这块坚硬的地上躺下来看你们比赛时，我才开始意识到我想被单独挑出来，有某个人前来寻我，他是受到我的吸引才过来的，他无法离开我，忍不住来到我身边。我坐在我的镀金的椅子上，我的披风如同一朵鲜花，飘荡在我的身上。于是，我们到一个凉亭里躲起来，或是独自坐到阳台上交流。

"现在潮水已经退了，这些树又到地面上来了，激荡我胸膛的波涛变得是愈来愈温柔了，我的心也入港抛锚，如同一只帆船的风帆在白色甲板上缓缓落下来。球赛进入了尾声，现在我们得去喝茶了。"

"那些总是夸口的小子，"路易斯说，"现在已经结队打板球去了。他们高唱着歌，驾着大四轮马车离开了。他们所有人都在月桂树丛附

近的拐角处把头扭了过来。现在他们正在吹牛皮呢。拉朋特的哥哥是
牛津大学的足球运动员，史密斯的父亲曾经在洛茨板球场取得过傲人
的成绩。阿契和休，帕克和道尔顿，拉朋特和史密斯——翻来覆去就
这些名字，这些完全相同的名字。他们都是自愿团的成员，同时也是
板球队的队员，而且还是自然史学会的理事。他们总是四人一组，把
徽章戴在帽子上前行。只要从他们的会长身边经过，他们就会齐刷刷
地敬礼。他们那排列整齐的队伍实在是太肃穆了，我们要由衷地赞赏
他们那遵守秩序的态度。假如我可以跟在他们身后，假如我可以和他
们一起，我甘愿把我所知道的一切都献出去。可是他们也一样把蝴蝶
的翅膀掐断了，让它们在风中凌乱。他们把带有血迹的脏手帕扔到旮
旯里。在阴暗的过道里，他们把小孩子弄得直哭。他们戴着帽子，红
通通的大耳朵露在外边。可是我们想做的就是这个，内维尔和我。我
向他们投去羡慕的目光。我躲在窗帘后面偷偷看着他们整齐划一的动
作，我太兴奋了。假如我的腿可以经由他们而变得力大无穷，那我的
腿将会如何前进啊！假如我可以一直待在他们身边，一起赢得比赛的
胜利，一起划船参加比赛，一起骑马奔驰，那我晚上都会高唱凯歌。
那时，我一定会不停地说话。"

"珀西瓦尔已经走了，"内维尔说，"他整天就只知道比赛。当大
马车从月桂树丛附近的拐角转过去时，他都没有挥手告别。他鄙视我
那柔弱的身体，因为这具身体无法打球（可是他却很喜欢我的瘦弱）。
如果不是因为他关心我，我根本不会去关心他们比赛是赢了还是输
了，他很是不屑。他接受我的忠诚，他接受我提供给他的那种其实带
有鄙视他的头脑的、小心的、卑微的帮助。因为他不会读书。可是，
躺在草地上读莎士比亚或卡图卢斯的著作时，他的理解深度总要超
过路易斯。不是指词语——可词语是什么呢？对于作诗的方法，对于

模仿蒲伯、德莱顿①甚至莎士比亚，我不是都明白了吗？可是，我却无法做到整天在太阳底下专心地看打球。我没办法以我的身体为媒介去感知球是如何飞行的，而且头脑里只想着打球。我这一辈子都将做一个只注重词语表层意思的人。可是我无法和他在一起生活，忍受他的呆傻。他将会变得越发粗俗，而且睡觉时还会打呼噜。他会和人结婚，还会在吃早餐时上演一些温情的戏码。可是，他现在还很年轻。当他光溜溜地躺在床上翻来覆去时，不会有一根线、一层纸存在于他和太阳之间、他和雨水之间以及他和月亮之间。这时，当他们坐在大马车上在高速公路上狂奔时，他的脸上会出现红黄相间的斑点。他会把他的外衣扔到一边，撇开双腿站好，手做好准备，眼睛直盯着球门看。他还会祈祷：'上帝啊，让我们获胜吧。'他头脑里将只有一件事情，那就是他们一定要赢。

"我要怎么做，才能和他们坐一辆大马车去打板球呢？这一点只有伯纳德可以做到，可是伯纳德没有赶上，没办法和他们一同前往。他总是迟到，他是那么善变，以致他没法和他们一同前往。当他洗手的时候，他会停下来说：'有一只苍蝇被粘在了那张蜘蛛网上，我是应该伸出援手帮助那只苍蝇呢，还是让它成为那只蜘蛛的美食呢？'他的心情总是会莫名其妙地变得阴霾，要不然，他肯定会和他们一起去打板球，肯定会躺在草地上，望向天空，而且在击中球的时候一定会激动得一蹦三尺高。可是，因为他会给他们讲故事，所以他们必然会包容他。"

"他们驾车离开了，"伯纳德说，"而我却没有赶上和他们一同前往。那些让人厌恶，同时又那么俊秀的小伙子，那些深受你和路易斯、

---

① 亚历山大·蒲伯，英国诗人和讽刺作家；约翰·德莱顿，英国戏剧家，诗人。

内维尔羡慕的小伙子，已经驾车离开了，他们都朝向同一个方向。可是，我并不关心这些出尽风头的事情。我的手指滑行在钢琴的键盘上，没有分清楚哪个是黑键哪个是白键。阿契轻轻松松就可以得到一百分，而我只能偶尔得五十分。可是，我们之间究竟有什么不同呢？可是等一等，内维尔，让我继续说。那些气泡冒了上来，层层叠叠的，就如同从平底锅冒上来的银白色气泡。我做不到路易斯那样，意志坚定地去读书。我必须把那扇小小的天窗打开，让那一串串的辞藻都冒出来，借由这些辞藻，我可以串联所有的事情，进而让这些事情都连接在一起，而不是变得四分五裂，我要把那个博士的故事讲给你听。

"当克莱恩博士把祷告做完，跟跟跄跄地从弹簧门走出去时，看上去他真的相信自己是非常高明的，可是事实上，内维尔，我们都必须承认他的离开不但让我们备感轻松，而且还让我们有把某种包袱摆脱了的感觉，就如同拔掉了一颗牙。现在他艰难地从弹簧门穿过向他自己的住所走去，我们跟在他后面走。让我设想一下，在马厩那头他的私人房间里，他会如何脱衣服吧。他会先把他的吊袜带解开（让我们再讲细致一点儿，让我们再讲细致一点儿）。之后用他独有的姿势（很难规避一些陈腐的字眼，而且就他来说，从某种程度上来说，这些字眼还是比较准确的），他从他的裤袋里把银币掏出来，又把铜币掏出来，然后把他们放到那儿，那儿，就是他的梳妆台上。他把双臂伸开，搭在椅子的扶手上，开始了思考（这是他个人独处的时间，我们要想看清他，就应该在这种地方）：他会经由桃红色的桥走去他的卧室里呢，还是不过桥？克莱恩夫人床头柜上的台灯玫瑰色的光亮形成的一道桥把这两个房间连接在一起，克莱恩夫人就在那张床上躺着，头发散落在枕头上，正捧着一本法文的自传在读。她边读书，边用灰心失望的姿势抹了抹她的前额，她对比着自己和某个法国公爵夫人，不由得感叹道：'这就结束了吗？'现在，那个博士说，再过两年我就到退休年龄了。我要到西部某座乡村花园里去，去修剪修剪紫杉树篱。我本来可以做一名海军上将，或者做一个法官，而不是当一名教师。到底是什么原因，我才会沦落至此呢？他问道，同时瞅着煤气取暖器，他的双肩耸得比平常更厉害了（记住，他只穿着衬衫，并没有穿外衣）。到底是什么原因？他边思考边回头看向窗户，想象着他那些严肃的措辞。那是一个风雨交加的晚上，栗子树的树枝随风起伏。树杈里有星星在闪烁。我是被什么善与恶的巨大力量牵引到了这里？他一边问一边难过地发现他的椅子把紫色地毯的绒面磨了一个小洞。他就呆呆地在那里坐着，让他的背带晃个不停。可是，很难讲述一个人进入自己的私室的故事。我没办法继续讲下去了。我正在想办法耍花腔，我正掂弄着我裤兜里的四五枚硬币。"

"一开始，我觉得伯纳德的故事挺有意思的，"内维尔说，"可是当故事荒谬得越说越没有声音了，而他吞吞吐吐地摆弄着一截绳子时，我就想到我自己的孤单和落寞。他总是看到每个人晦暗的那一面。因此，我在他面前不能提到珀西瓦尔。在他那同情心泛滥的理解力前，我不能敞开我那荒谬而热烈的感情，那也肯定会变成一个'故事'。我需要这样一个人，他可以从容地处理任何问题，对于他来说，极端的荒谬也是卓尔不群的，一根鞋带也是令人怜爱的。可是，我这一腔的热情可以向谁吐露呢？路易斯太淡漠，太不着调了。没有一个人——在这儿，在这些昏暗的拱门、忧伤的鸽子、让人激动的运动、传统的活动和竞赛中间，所有这一切都机缘巧合地融合在一起，以免有人觉得孤独。可是当我偶尔遇到一些事情就要发生的预兆时，我依然会觉得很惊讶。昨天，当我从那个通向那所私人花园的门扉经过时，我看到冯维克正把他的球棍高高举起。茶壶正在草地中央嗞嗞往外冒热气。那里还有一团团的蓝色鲜花。那时，我突然感觉到一种奇怪的崇敬心情，一种打败了混乱的完美感觉。当我在那个敞开的门口站着，谁也没有看到我那专注的样子。没有人能想到我当时的渴望，那就是：把我自己献给某位神祇，之后死去，不见踪影。他的球棍落了下来，幻影消失了。

"我是不是应该去寻找某一棵树？我应该把这些班级教室和图书室，以及我曾经读到过的卡图卢斯的作品那泛黄的大开本书都丢掉，去把树林和田野换过来吗？我应该去山毛榉树下面走走，或者漫步在那水中倒映着凶神恶煞似的树木的河边吗？可是，大自然太无趣了。她只是拥有高尚和无垠、水流和树叶而已。我开始渴望火光、独处和某个人的身体。"

"我开始渴望即将到来的夜晚。"路易斯说，"当我在这里停留，把手放在威克汉姆先生仿橡木的房门上时，我把自己想象成是黎塞留①的朋友，或者正递鼻烟盒给国王的圣西门公爵。这是我无上的荣耀。我那连珠炮似的话语迅速在宫中蔓延。因为欣赏我，公爵夫人把她耳坠上的绿宝石扯下来——可是只有到了晚上，当我处在黑暗之中，这些灿烂的烟火才能在我的小卧室大放异彩。现在我只是一个带有殖民地口音的男孩，正用指关节敲着威克汉姆先生的仿橡木门。这一天我蒙受了太多的羞辱，这一天为了不让别人笑话我，我还拼命掩饰。当然，在这件事情上，我赢了。全校最优秀的奖学金归我所有。然而当黑夜降临时，我这具饱受人诟病的躯体——我的大鼻子、我的薄嘴唇、我的殖民地口音——在这无限的天地间畅游。那时我就和维吉尔、柏拉图成了伙伴。那时我就成了法国某个名门的最后一代苗

---

①　法国人，曾担任国王路易十三的国务秘书，热衷于扩张法国势力。

裔。可是我也是这样的一个人，一个可以强迫自己把这些不切实际的，就像月光一样虚无的王国舍弃，把这些午夜时分的奇思妙想舍去，和这个拥有仿橡木房门的人坦诚相对的人。在我的一生中，我要做到——在这两种在我看来完全不可调和的事物之间，建立某种强强联合——希望这一天能早点儿来到。为了不让我白白遭受苦难，这一点我一定要做到。我要敲门进去。"

"我已经把五月和六月的所有日子，以及七月份的前二十天，都撕下来了，"苏珊说，"我将它们揉成一团，好让它们消失，它们最多是我的一个累赘。它们代表着消沉的时光，就如同翅膀被折断，飞不高的蛾子。只有八天了。八天一过，六点二十五分，我就要从火车上下去，站到月台上了。那时我的自由会开始飞翔，而所有这些让人叹惋、无奈的约束——时间、秩序和纪律，以及在规定时间从这里到那里——都将灰飞烟灭。当我把马车的门打开，看到我的父亲戴着他那顶早就破旧不堪的帽子，穿着有绑腿的高筒靴子时，那样的日子终于还是来了。我会瑟瑟发抖。我会流泪。之后第二天一早天刚破晓时，我就会起床。我会从厨房的门走出去。我会去荒野上活动活动。我的身后会响起那些影子骑士的高大骏马的马蹄声，并在很短的时间内忽然停下来。我会看到燕子从草地上飞过。我会趴在河岸，静静地观察鱼儿在芦苇丛中嬉戏。松针刺会在我的手心里留下印痕。在那里，我要把我在这里得到的所有东西都扔掉，那些让我无法忍受的东西。因为在这里，年复一年，在楼梯上，在卧室里，在我的体内已经生长了某种东西。我并不希望其他人在我进去时，都用一脸爱慕的神情看着我。我想要把自己献给别人，也想要别人献身于我，我需要一个人安静地待着，好让我拿出我所有的东西。

"那时，我将从胡桃树叶形成的拱篷下影影绰绰的通道经过，然后回家。我会和一位推着一辆满是柴枝的童车往前走的老妇人相遇，还会和一个牧羊人相遇。可是，我们不会有交流。我会从厨房外的花园穿过去走回家，看到卷心菜的叶子上沾满了露珠，看到花园里那间屋子的窗户上都挂着窗帘。我将来到楼上，进入我的房间，看看我精心收藏的那些物件：我的贝壳啊，鸟蛋啊，奇花异草啊。我要给我的鸽子和松鼠喂点儿吃的。我要去给我的长毛狗打理一下毛。就这样，我会慢慢除掉在这里在我体内生长的让人无法忍受的东西。可是这时铃声响了，又得拖着脚慢慢走了。"

"我对黑暗、睡觉和夜晚恨之入骨，"珍妮说，"我非常不喜欢躺在那里等着白昼再次降临。我希望一个星期可以成为一个整天，中间不会被割断。当我早上醒来的时候——当我被鸟鸣声吵醒时——-我躺在那里，看着碗柜上的铜把手、水盆、毛巾架，慢慢变得清晰可见。当卧室里的每样东西都慢慢显现出明显的轮廓，我的心跳也加快了。我觉得我的身体变得僵硬，而且变成了桃红色、黄色、茶褐色。我的手掌从我的双腿和身子上滑过。我察觉到它们的脉络，它们的柔弱。我喜欢听铃声在整个房间响起，然后开始骚动——这里咔嚓一声，那里吧嗒一声。房间的门响得很大声，水哗哗地流。新的一天来了，新的一天来了，我在双脚踏地的同时，大声吼叫着。这一天也许会很不幸。我时常遭到责骂。我时常因为懒散，因为爱笑而脸面无光，可是，哪怕当马修小姐一个劲地埋怨我不小心时，我依然会看一眼什么东西在动——可能是一幅画上的一抹阳光，可能是一头驴子正拉着割草机从草地穿过，又或者是一片风帆从月桂树叶丛中穿过，所以我压根没有失望过。没有人能阻止我跟在马修小姐身后去祈祷时，还用脚尖跳舞。

"现在，我们将要从学校离开，马上就可以穿长裙了。我要在晚上戴着项链，穿一套白色的无袖礼服。在灯光闪耀的屋子里举办晚会，我会被一个男人选中，他会跟我说他从来没有跟别人讲过的事情。比起苏珊或罗达，他更加喜欢我。在我的身上，他会发现某种特殊的东西，某种美德。可是我不会让自己只跟一个人腻在一起。我不想被固定住，受到制约。当新的一天即将到来，我坐在床边上，双腿垂着，那时，我会像树篱上的那片树叶，忍不住颤抖。我要过五十年，要过六十年。我还没有把我的宝库打开。现在开始了。"

"还要等好几个小时，"罗达说，"那时我才能把灯关掉，躺在我的床上，就像在世界的上空飘浮。那时我才能结束这一天，才能抚育我的树长大，让它生长在我头顶上空的蔚蓝穹隆下。可是在这里，我却没办法抚育它长大。总是有人碰倒它。他们总是问个不停，他们总是打扰，他们总是碰倒它。

"现在我要到浴室里去，然后脱掉我的鞋子，去洗一洗，可是当我洗浴时，当我低头洗脸时，我要让俄国女皇的面纱落在我的肩上。在我的前额，闪耀着钻石那动人的光芒。当我在阳台上漫步时，我听到那些仇视的暴民在大声喧哗着。现在，我用力把我的手擦干，以便那个我把她的名字忘记了的小姐不会怀疑我是在攻击一群狂躁的暴民。'我是你们的女王，你们这些老百姓。'我一脸鄙视地对他们说，我无所畏惧，我要征服。

"可是这个梦想是不堪一击的，这只是一棵纸做的树。兰波特小姐一口气就可以吹倒它。甚至她那从走廊走过的身影也能把它变成齑粉。它并不是牢不可破的，它没有带给我满足——这做女皇的梦。既然它已经破碎了，它就把我遗弃在这儿，在这个过道里，更准确地说是留下我一个人在这里瑟瑟发抖。一切都是那么灰暗。现在我去图书馆取一本书，随便看看，然后再随便读读。这里有一首关于一道篱墙的诗。我要沿着它前行，摘一些鲜花，绿色的牵牛花和月光色的山楂花，野玫瑰和弯曲的常春藤。我要用我的手牢牢握住它们，把它们放到课桌闪闪发光的桌面上。我会在颤巍巍的河岸上坐下来，看着那些明媚的睡莲。它们身上散发着清冷的光辉，映衬得树篱上的橡树也闪闪发光。我要摘一些花朵，把它们扎成一顶花冠，然后牢牢握在手里，献给——哦！献给谁呢？好像有某种阻碍存在于我生命的长河中，一股深深的潜流在某种阻碍前面拥堵着，它挣扎着，在它的中心好像有一个顽固的结。唉，这真是难受，这真是忧愁！我晕倒了，我失败了。现在我的身体化开了，我解脱了，我全身上下都散发出炽烈的白光。

"现在那股潜流就像澎湃的暗潮一样涌出，从闸门冲出去，将所有阻力都冲到一边，欢快地奔腾起来。所有这些来自我那温暖的躯体中的东西，献给谁好呢？我要把我的花儿都摘过来扎成一束，献给——哦！献给谁呢？

"水手们三五成群地畅游着，还有一对对情侣，公共汽车沿着海滨大道向城里驶去。我要奉献，我要充实，我要让世界重新拥有这种美。我要把我的花束扎成一个花环，我要伸出双手，大踏步向前，把花环献给——哦！献给谁呢？"

"如今我们已经被世界接受了，"路易斯说，"因为今天是最后一个学期的最后一天——内维尔的、伯纳德的以及我的最后一天——无论我们的老师们曾经把什么东西硬塞给我们。我们已经受到了推荐，世界已经呈现在我们面前。他们留下，我们离开。那位伟大的博士，我最崇拜的一个人，从每一张课桌前慢慢走过，把装订好了的贺拉斯和丁尼生的诗集，以及济慈和马修·阿诺德①的全集分发给每个

---

① 贺拉斯（前65—前8），古罗马诗人，批评家；丁尼生（1809—1892），维多利亚时期代表诗人；济慈（1795—1821），英国浪漫派诗人；马修·阿诺德（1822—1888），英国诗人、批评家。

人，上面都写着严谨的题词。我尊敬赠送这些书的这只手。他非常自信地讲话。尽管他的话对于他自己来说是真实的，可是对我们来说却并不一定。他说话时一脸激动，用沙哑的声音既真诚又热烈地告诉我们，我们就要离开了。他希望我们'要像大丈夫一样行动'（无论是从《圣经》上引用的话，还是从《泰晤士报》上引用的话，只要到了他嘴里，好像都变得干脆而有力量）。有些人准备做这个，还有些人准备做那个。有的人此生都不会再重逢。内维尔、伯纳德和我，将不会再在这里相遇了。我们会被生活分开，可是我们之间已经有了一些关联。我们幼稚的、天真的时光已经一去不复返了，可是我们之间已经建立了一种纽带。首先，我已经把传统的东西继承过来，这些铺路的石板历经了六百年的风霜。一些军人、政治家的名字，一些不幸的诗人的名字，（我的名字肯定也将列在其中）被刻在这里的墙上。希望上帝保佑所有的传统，保佑所有规定和限制吧！你们这些身穿黑色长袍的人，你们这些已经逝去的人，我深表感激，感谢你们的引导和守护，可是说到底，问题并没有解决。那些纷争依然存在。窗户外面的鲜花随风摆动着，我看到野生的鸟儿，而比最野的鸟儿更为狂野的一面，正从我那桀骜不驯的心中向外冲。我的眼神是野的，我的嘴唇闭得紧紧的。鸟儿在飞翔，花儿在跳舞，而海浪低沉的声音、戴着锁链的野兽在海滩上蹬腿的声音却总是在我耳边回响。它不停地蹬啊，蹬啊。"

　　"这是最后的仪式，"伯纳德说，"这是我们所有仪式中的最后一次。各种奇特的感觉征服了我们。举旗子的列车正准备把它的哨子吹响，喷着蒸汽的列车不久就要出发了。有的人想要说几句应景的话，感受一下这种场景下才会有的感受。有的人脑子里满当当的，有的人把嘴唇噘得高高的，快要张开了。就在这时，闯进来一只蜜蜂，绕着那位将军的太太——汉普顿夫人不停地打转，嗡嗡叫个不停。汉普顿夫人为了感谢给她献花的人，不停地嗅那束鲜花。这只蜜蜂会叮她的鼻子吗？刚刚我们所有人都深受感动，但既有些不敬，又有些后悔；既有些迫切想要结束，又有些舍不得。这只蜜蜂让我们的心思发散出去，它随意飞翔，似乎在故意对我们的炽烈情感加以嘲讽。它不着边际地乱飞，一会儿飞向这边，一会儿飞向那边，最后在一朵康乃馨上面落下来。我们中的很多人将会消失在人群中。当我们以后可以随意地上床休息，或者多坐一会儿，当我再也不需要把一截蜡烛头藏起来读黄色小说时，我们就再也感受不到某些乐趣了。如今，这只蜜蜂一直围着那位伟大的博士的脑袋打转。拉朋特、约翰、阿契、珀西瓦尔、贝克和史密斯——我曾经非常喜欢他们。我只和一个精神不正常的小子打过交道。我只对一个自私的家伙恨之入骨。我曾经在校长的餐桌上吃过的那几顿尴尬的早餐，吐司和果酱，总是会出现在我的脑海里。只有他没有发现那只蜜蜂的存在。哪怕它在他的鼻子上落下来，他也会轻柔地拂去它。现在他已经把他的空话讲完了，现在他的声音几乎已经变得断断续续，可是也没有完全停下来。现在我们——路易斯、内维尔和我——已经不用再上学了。那几本精美的书已经被我们拿到了手里，上面都是用细小的草体字写的深奥的题词。我们站起来离开，压力已经消失了。那只蜜蜂已经变成一只不重要的小昆虫，没有人再理它，它从敞开的窗户飞走了，不知道飞去了哪里。明天我们也要走了。"

"我们就要走了，"内维尔说，"行李箱、出租车在这里，戴着宽边毡帽的珀西瓦尔在那边。他一定会忘记我。他一定会把我写的信随意丢弃在猎枪和猎狗当中，不会回复我。将来，我会给他写诗，而他可能会回赠给我一张带风景的明信片。可是，我爱他就是因为这个。

我将提出一些见面规划——在某座钟表下面画着十字。而且我将等着他到来，而他却不会出现。我爱他就是因为这个。因为他的记性是那么不好，因为他几乎是完全没有感觉的，他一定会消失在我的生活中。而我，尽管看起来是那么不可思议，可是却一定会开始新生活。这可能只是一场游戏、一段序曲而已。虽然我无法忍受博士那套矫揉造作的表演和激动，我却已经察觉到，那些曾经我们只是隐约有所意识的东西就快要到了。我将会进入冯维克的那个小花园，他曾经在那里举起球棍。那些曾经蔑视我的人将会对我至高的权威表示认可。可是在我生命中某些令人难以置信的法则的推动下，只是得到高高在上的权威和权力并不能让我满足。我要把帷幕永远地推开，进入秘境，我要一个人听到别人的悄悄话，所以我要向前走，尽管有所迟疑，可是却充满斗志。尽管很担心无法忍受的痛苦，可是我却觉得，在历经艰险的道路上，经过巨大的挫折以后，我一定可以打败一切。毋庸置疑，最后，我一定可以找到我所想要实现的目标。在那里，最后一次，我看到我们那位不苟言笑的建校者的雕像矗立在那里，鸽子盘旋在他的脑袋周边。它们会和小教堂风琴的呜咽相伴，一直盘旋在他的脑袋周围，让它变成一片白色。喏，我也去找找我的座位吧，等我在我们提前预订的列车隔间的角落里把我的座位找到以后，我要用一本书把我的眼睛盖住，把流出来的一滴泪挡住。我要把我的眼睛挡住，这样好观察别人的一举一动，看别人都长什么样子。今天是暑假第一天。”

“暑假从今天正式开始，”苏珊说，“可是这一天还没有开始。只有当我晚上从列车上下去、踏上月台以后，才会开始考察它。甚至当我闻到来自田野的凉气之后，我才会去嗅闻它。可是，这里已经不是学校的田野，不是学校的篱墙。那些人正在田野上干活，他们把干草装在大车上，这里的奶牛也是名副其实的奶牛，而不是学校里的牛。可是，我的鼻孔里依然有走廊上的碳酸味和教室里的粉笔味。那些企口板①闪耀的样子，依然出现在我的眼前。我一定要等着，等着那广阔的田野和灌木树篱，那开阔的树林和田地，那荆豆丛生的铁路边陡峭的路堑和在旁轨上停留的一节节货车车厢，还有一道道隧道和一座座女人们清洗衣服的城郊小花园，然后是田野和孩子们在门上晃悠的场景，等着这些景象把那些东西深深地掩埋，——这个我恨之入骨的学校。

"将来，我无论如何都不会把我的孩子送到学校里，也不会想要在伦敦生活，哪怕只过一晚上。现在，在这个空寂的车站上，所有的东西都嗡嗡作响。灯光黄澄澄的，就像遮凉棚里的光一样。珍妮在这里住。她时常在这里的人行道上遛她的狗。人们默不作声地匆匆穿过街道。他们的眼睛只是盯着商店的橱窗看。他们的头不管是扬起，还是低下，高度都是差不多的。电线把这里的街道连接在一起。这里的房子都装有玻璃门窗，装着彩色的窗帘，处处是圆柱和光洁的台阶。可是现在我一直往前走，又走到伦敦城外来了，田野、房屋、洗衣服的妇女、树木和农田又呈现在我的眼前。这时伦敦看得不太清楚了，四分五裂了，根本看不清了。石碳酸和油松的气味逐渐消失。谷物和芜菁的气息传了过来。我把一个用白色棉线系着的纸袋打开，鸡蛋壳顺着我的膝盖滚落到地板上。如今我们从一个又一个车站经过，把一瓶又一瓶罐装牛奶打开。现在妇女们相互亲吻着，之后把篮子拿出来开始吃东西。现在我要把身子探出去，清凉的风，带着咸味的风瞬间吹入我的鼻子和喉咙，芜菁的气息也顺势传了过来。啊，我的父亲已经在那里站着，他正背对着我和一个农夫交谈。我全身哆嗦着，我开始哭泣。我那穿着带绑腿的高筒靴子的父亲就在那里。我父亲就在那

---

① 一种建筑材料。

里呢。"

"我无比惬意地坐在我的角落里，在这趟快车的带领下，疾驰向北，"珍妮说，"尽管它开得有些颠簸，却让那些灌木树篱看起来那么平整，那些小山丘也一直绵延向前。那些信号塔从我们身边呼啸而过，大地也开始颤抖。远处的景物持续涌向我们眼前，变成一个点，而我们又让远方宽阔的地带不断向前延伸。那些电线杆持续不断地往外冒，一根刚不见踪影，另一根又冒出来了。现在我们晃悠着向一条隧道驶去。这位先生把窗子拉开了，我从镶嵌在隧道墙壁上的发光的镜子里看到我的影子。我看到他把报纸放下来了，看到我映照在隧道墙壁上的影子，他不由得露出了笑容。我的身体立刻在他的凝视下摆出一副难看的样子。我的身体有它自己的主意。现在漆黑的车窗又开始变绿。我们从隧道驶了出去。他开始谈论他的报纸。可是我们已经互相探讨过彼此的身体，并对此大加赞赏。这时大批身体涌向这里，而我已经向大家介绍过我的身体。刚刚我的身体进入了这间全是描金座椅的车厢。看——所有城郊别墅的窗户和它们那洁白的窗帘全都翩翩起舞。那些头上扎着蓝头巾、在麦田里的树篱底下坐着的人也都像我一样，觉得酷热难耐，可又兴奋不已，有个人在从我们身边经过时，跟我们打了个招呼。在这些城郊别墅的花园里，处处都有树荫和凉亭，而且一些穿着单薄的衬衣的年轻人正忙着给玫瑰修剪枝丫。一个骑马的男人正悠闲地从田野经过。当我们经过时，他的马忽然快速冲向前面。而骑马的人则转过头看了看我们。我再次穿梭在黑暗中。我仰面在椅子上躺下来，让自己被幸福和快乐包围。我想象自己来到了隧道的另一头，我会来到一间灯火通明的房间，坐到其中一张椅子上，接受着众人的钦慕，我的礼服随风飘动。可是我一抬头，却和一个女人愤怒的目光相对，她猜到我现在很高兴。我的身体在她面前高傲地合起来，就如同一把阳伞收起来一样。我可以根据我的心情把我的身体合拢或敞开。生活开始了。现在，我正把生活的宝藏打开。"

"今天是暑假第一天，"罗达说，"现在，当火车从这些红色的岩石经过，从这片碧蓝的大海驶过时，已经画上句号的这个学期才以一个完整的形象出现在我的身后。我看到它是白色的。我看到田野被一片白色所覆盖，有白色的雏菊、白色的衣服，网球场上也有道道白色的线条。而且一阵风刮过，一阵雷响过。一天晚上，一颗星星从夜空划过，我对那颗星星说：'把我毁了吧。'那是在仲夏，在那次游园会以后，当我在那次游园会上丢脸以后。七月被大风和暴雨所浸透。还有，当我去给别人送信时，院子当中就横卧着那个阴森的、让人直想往后退的烂泥坑。我走到那个烂泥坑前面，我跨不过去，不知道怎么办才好。我们真是太没用了，我边说边倒下去了。我就如同一根在风中凌乱的羽毛，被吹到了坑道里面。之后，我非常小心地跨了过去。我用一只手小心地扶着砖墙。我从那个灰色的、阴森森的大泥坑跨过去，一步一挪地回到我自己的房间。这就是我那时注定要过的生活。

"所以，我专门分离出那个学期。生活翻滚着灰暗的波涛浮现在大海中，一些让人惊讶的事件陆续发生，而且极其突然。我们没办法挣脱它，我们被它所约束，就如同身体被困在马背上一样。可是我们还是发明了一些补救这些裂纹的方法，以把这些缝隙掩盖住。检票员过来了。这儿是两男三女，篮子里有一只猫，还有把胳膊放在窗沿上的我自己——此时在这儿的一切就是这样的。我们从喁喁低语的金色的麦田穿过，靠近一个地方，又离开一个地方。田野里的妇女们都被我们远远落在了后面，在那里锄草。现在火车气喘吁吁地往上爬，吭哧吭哧地喘着粗气，笨拙地蹬着腿。终于，我们来到了荒原海拔最高的地方，只有少数几头野山羊、几匹毛发蓬松的矮种马生活在这里，可是我们却拥有所有改变生活境遇的东西，有可以放报纸的桌子，有可以放稳玻璃杯的杯套。我们随身带着这些设备，来到荒原海拔最高的地方。现在我们来到了最高点，我们身后变得安静。只要从那顶秃脑袋越过去，看向后面，我就会看到那里笼罩着安静，荒原上空也有云彩的阴影在嬉闹。我们走过的短暂旅程已经被安静笼罩。我现在所说的就是眼前这一刻：这是暑假的第一天。这是我们没办法挣脱的那个正在浮现的怪物的一部分。"

"现在我们启程了，"路易斯说，"现在我在空中悬浮着，自由自在。我们不知道自己现在在哪里，我们正从一列火车上经过英格兰。车窗外，英格兰的景物一晃而过，那些景色变幻不停，先是山丘，然后是树林、河流、垂柳、城镇。而我并没有可以去的稳定的地方。伯纳德、内维尔、珀西瓦尔、阿契、拉朋特和贝克要到牛津或剑桥去，要到爱丁堡、罗马、巴黎、柏林，或是美国的某所大学去。而我却没有明确的方向，生财之道也不够清晰。所以有一种让人难过的阴影，一种绚烂的色调，把这些金色麦芒、这些芙蓉红的原野、这片起伏不定的麦浪笼罩着——波纹向田边涌去，却一直被限制在麦地的界垠之外。新生活从今天开始，是正在旋转的车轮上的又一根轮辐。可是，我的身体却如同一只飞鸟的阴影一样飘忽不定。我肯定像草地上的光影一样变幻不停，在最短的时间内消散、暗淡，在那片草地和树林相连的地方消失。如果我不保持清醒的头脑，强迫自己，哪怕只用一行从来没有写出来的诗句，也要记录眼前这一刻，记下从埃及、从妇女们带着红色的水罐去尼罗河畔取水的法老时代就已经掀开序幕的漫长历史中的这一小段。我似乎已经生活了很久，可是假如我现在把眼睛闭上，假如我没有清醒地意识到，我现在所坐的这节车厢上面坐的全是回家度假的孩子们的三等车厢是融合了过去和现在的地方，那么一小段的景象就会被人类的历史所遗忘。它那可以看穿我的眼睛就会闭上——如果我现在因为不够细致，或者胆小，让自己在过去、黑暗中沉浸，或者像随大流的伯纳德讲故事那样，去随大流地讲讲故事，或者像珀西瓦尔、阿契、约翰、华尔特、拉多姆、拉朋特、罗玻、史密斯总是说大话那样口若悬河——这些人名是不会变的，一直都是这几个爱吹牛皮的孩子的名字。他们都喜欢滔滔不绝，都喜欢炫耀，只有内维尔不一样，他时不时偷瞄两眼法文小说，并总是出于这个原因偷偷跑到那些温暖舒适的房间，和某个朋友或很多书相伴。而那时，我却正歪靠在一个柜台后面，坐在一把办公椅里。因此，我会变得牢骚满腹，对他们冷嘲热讽。我会嫉妒他们，他们可以一直沿着那条笼罩在老紫杉树的树荫里的舒适的旧路漫步，而那时我却必须和那些伦敦佬和小伙计相处在一起，奔波在那座城市的街头。

"可是，现在我正茫然地在苍茫的原野上穿行——（这儿是一条河，有一个男人正在这里钓鱼；这儿是一座尖塔，这儿是一条乡村街道，街上有装着凸肚窗户的小旅馆。）对于我来说，一切都是迷迷糊糊的，像梦一样。我和这些晦涩的想法、这种嫉妒、这种牢骚完全不是一路的。我是路易斯的魂影，是匆匆的过客，内心只有美好的幻想，只有飘浮在无尽深渊上的花瓣和清晨时飘浮在花园里的各种味道。我要用澄澈的童年之水浇灌我自己。它薄如蝉翼的面纱微微被掀起。可是，那头被束缚的野兽正在海滩上不断地蹬呀，蹬呀。"

"路易斯和内维尔都安静地坐着，"伯纳德说，"两个人都开始思考。两个人都觉得在场的其他人就如同一道墙让他们疏远。可是，假如我发现自己和他人在一起的话，立刻就有辞藻喷涌而出。——瞧，奇思妙语是怎么离开我的嘴的。那就如同划了一根火柴，某种东西马上就被点燃了。现在，车上上来一个年事已高、看上去很有钱的男人，一位旅行者。我马上想和他认识一下，我本能地不喜欢那种由他一个人冷漠地、不和他人交流地置身于我们中间的感觉。我不喜欢一个人隐世而居。我们都生活在一个群体之中，而且我希望让我对人生真谛的宝贵观察的积累更丰富一些。我的著作肯定会浩如烟海，不同种类的男人和女人都包含在其中。我往脑子里塞入我在一个房间或一节火车车厢里偶然遇到的各种人或事，就如同把一支自来水笔灌满墨水一样。我有一种永恒的永远不满足的渴望。如今，依据这种种如今我还难以理解，可是以后一定可以弄清楚细微的迹象，我觉得他快要抵抗不住了。他的安静预示着他快要爆发了。他说了一句谈论乡村房屋的话。我吐出一缕烟圈（谈论庄稼的话），萦绕在他的身边，让他进入交流的状态。人的声音可以消除隔阂——（生活在这个世界上的我们，都不是孤独的，我们都属于这世间）当我们简单交谈了几句以后，他便有了精神，而且变得踏实起来。他是一个仁厚但不一定忠厚的丈夫，是一个雇了几个工人的小建筑商。他在当地社会是一个举足轻重的人物，已经成为地方参议员，而且有一天可能还会当上市长。他佩戴着一件硕大的用珊瑚做成的装饰品，就如同一对完整的牙齿，在表链上挂着。华尔特·J. 特伦勃尔一类的名字倒和他挺配的。他在美国生活过一段时间，和他的太太一起因为一些生意上的事情去过，在一家小旅店开了一套房就花了他整整一个月的薪水。他的门齿处镶着一颗金牙。

"事实上，我只是稍微有些喜欢思考。我希望一切都是脚踏实地的。我就是凭借这一点才把这个世界抓在手里。可是，对于我来说，一句精妙的言辞好像有其单独存在的意义。可是我想，最绝妙的言辞也许来自遗世独立的时候。它们需要某种最后的冷却处理，这是我无法做到的，因为我总是徜徉在温暖的言辞化成的热水里。可是，比起他们的方法，我的方法自然有高明的地方。内维尔不喜欢这位特伦勃尔的粗鄙。路易斯呢，则如同一只骄傲的仙鹤，斜着眼睛看，把脚抬得高高的并往前走，似乎用方糖夹钳夹糖一样地挑拣着字眼儿。没错，他的眼神——粗鄙，释放着笑意，可是无比绝望的眼神，却将某种我们没有预料到的东西表达出来。内维尔和路易斯的身上都有一种精准的、严密的东西，那是我羡慕却不可能具有的品质。现在我开始发现，该行动了。我们正向一个铁路交会站驶去。我要乘坐一列向爱丁堡开去的车。我没办法精准地把这件事情弄清楚——他就如同一枚纽扣、一枚小小的硬币，在我的各种思绪里纷乱不清地存在着。那位兴奋的查票的老兄过来了。我有一张票——我肯定有一张票啦。可是，这不重要。现在关键在于我能否把它找出来。我把我的皮夹子翻来覆去找了好几遍，把身上所有的口袋都翻遍了。这样的事情时常发生，总是会阻碍我找到一些合适的、和当下这种场景贴合的辞藻。"

"伯纳德走了，"内维尔说，"都没有一张票。他一边舌灿莲花，一边挥着手，丢下我们离开了。他和那个饲马员或那个管道工开始交谈，就像和我们谈话一样轻松。那个管道工也非常中意他。'如果我有那样一个儿子，'他一定在想，'我一定会想办法把他送到牛津大学去。'可是，伯纳德又是如何想那个管道工的呢？难道他只是想把他自己总是没有讲完的那个故事继续讲下去吗？在他还是一个不谙世事的小孩子，时常把面包揉成小弹丸时，他就开始讲了。这个小弹丸是一个男人，那个小圆球是一个女人。我们都是小圆球。我们都是伯纳德故事中的华丽辞藻，全都是他记在笔记本里的事情，有的在 A 栏记录着，有的在 B 栏记录着。他几乎把我们的故事全盘托出，只是对我们最关心的事情茫然不知。因为他压根对我们没有需求。他压根不在我们的领导之下。他就在那边的月台上，朝我们挥手。火车开走了，他依然待在原地。他把他的车票弄丢了，可是那不要紧。他会到那个酒吧去，和那里的女招待就所谓人类命运的本质问题进行探讨。我们走了，他已经把我们给忘了，我们逐渐离开他的视线，我们继续往前走，有一种感慨一直萦绕在心间，半是苦半是甜，因为他的确让人同情，他把车票弄丢了，只能用他那一知半解的华丽辞藻去和这个世界对抗了，当然，他也应该让人爱怜的。

"现在，我又假装读起了书。我把我的书举起来，让它几乎能把我的眼睛盖住。可是，我当着这些饲马员和管道工的面，根本没办法读进去。我无法做到自欺欺人。那个人我并不看好，他也不看好我。让我最起码做个诚实的人，让我批评批评这个满口废话、懒散自傲的世界吧，批评批评这些用马鬃做成的座椅，这些从各个码头和广场拍来的彩色照片吧。我真想大声痛斥这种骄傲自满的情绪，对这个世界的昏聩加以谴责，这个世界怎么会孕育出这些表链上挂着珊瑚饰物的马贩子。我觉得有一种东西几乎可以完全摧毁他们。我发出的笑声会让他们在自己的座位上瑟瑟发抖，会强迫他们在我面前痛哭流涕。哦，不，他们是不会改变的。他们是永远的赢家。因为他们，我会没办法一直在一节三等车厢里朗读卡图卢斯的诗歌。十月份，他们会强迫我躲到一所大学里面去，我将成为那里的一名老师，还要和学校里的男教师一起到希腊去，还要做有关帕特农神殿遗址[1]的报告。住在一所红色的城郊小屋里面，养养马，这样总好过一直在索福克勒斯和欧里庇得斯[2]的颅骨里盘旋，选一名品行高洁的女人当妻子，她是那些大学女士中的一员。可是，如此一来，我的命运将不会改变。我将会历经磨难。当我八十岁时，我就已经愤世嫉俗，甚至于遭到那些

---

① 雅典卫城主体建筑。
② 这两个人是古希腊两大悲剧诗人。

马贩子的忌恨。那就是我的胜利，我不可能退让。我并不是自信心不足，我并不带口音。我不像路易斯那样喜欢鸡蛋里挑骨头，总是担忧有人会联想到'我父亲是布里斯班的一个银行职员'。

"现在，我们正向文明世界的中心驶去。那些是再熟悉不过的煤气罐。那儿是那座公园，中间贯穿着一条沥青小路。那儿是没羞没臊地在那草地上躺着亲吻的情侣。珀西瓦尔现在应该到苏格兰了，他乘坐的那趟火车正从那红色的荒原穿过，那道由边界小山丘形成的起伏不断的边界线，以及那道罗马式的城墙出现在他的眼前。他正把一本侦探小说捧在手里读，而又对所有真相都了如指掌。

"当我们离伦敦这个中心越来越近时，列车的速度放缓了，慢慢爬向前方，而我的心也因为害怕、狂喜而急剧膨胀。我将会遇到什么呢？在这些邮车、搬运工和往来如梭的招呼出租车的人群中，我会遇到什么奇迹呢？我感觉有些不值一提，有些不知道怎么办才好，同时又有些雀跃。我们的车轻微晃动了一下，停在原地不动了。我要让别人先下去。我要先安静地坐一会儿，之后再和那一片混乱的人流融为一体。我不会去预测我将会有什么遭遇。我的耳朵边响起聒噪的声音。它翻滚在这玻璃屋顶下面，发出震耳欲聋的声音。我们把自己的旅行包拿上，到了站台上。我们被人群挤散了。我的自尊心和羞耻感已经几乎消失殆尽。我被汹涌的人潮卷走，不是被挤倒在地，就是被托举到了半空中。我终于下车来到月台上，把我仅有的一件东西——一只提包紧紧抓在手里。"

太阳升起来了，海边落下黄绿色的光线，历经岁月侵袭的小船的舷板上也因此被金色的光辉所照耀，而且海冬青和它那像披着铠甲一样的叶片也像钢铁一样蓝光闪闪。当海浪快速向海滩涌来时，阳光几乎把那些快速的薄薄的浪花映透了。那个刚才使劲摇晃，使得她所佩戴的各式珠宝——黄玉、蓝宝石，还有像火花一般夺目的水晶宝石——都跟着摇摆不定的女郎，现在她把眉毛露了出来，把眼睛睁得大大的，直直地看向海浪。海浪那原本颤动不已的像鱼鳞一样闪烁的光彩变得昏暗起来，它们在那里汇聚，幽绿的波谷显得晦暗无比，而且成群的游鱼很有可能正游荡在那里。每当浪潮飞溅又退落，它们就把一排黑漆漆的树枝儿和树皮，还有烂草和木棍都留在海滩上，仿佛一只小船沉入海底，船只尸骨无存，而驾船之人却已经游到了陆地上，跳到崖上，任由肆虐的海浪把他极易损坏的货物冲到海滩上来。

　　在花园里，曾在黎明时分不时在那棵树上和那片灌木丛里乱叫的小鸟儿，这会儿全都啁啾叫起来了，聒噪极了。它们有时齐声高唱，就像发现自己还有同伴一样，有时又独自鸣叫，似乎是对着淡蓝色的天空倾诉。当那只黑猫悄悄在灌木丛中穿行时，当厨娘向煤灰堆上扔煤渣不小心对它们造成了惊扰时，它们会忽然飞起，慌张逃窜。它们的鸣叫声中有害怕，也有担心受伤的忐忑，以及希望马上就被抓到的兴奋。而且，在早晨清新的空气中，它们还争先恐后地鸣叫着，一会儿从榆树梢头飞过，一会儿又相互嬉戏打闹着、鸣唱着。它们追逐着，打闹着，有时叼啄一下对方，有时向蓝天飞去。等到不想飞了，便快乐地飞下来，优雅地向下降落，回到地面，找一根树枝栖息，或者找一个墙头歇息，一双灵动的眼睛东张西望，小小的脑袋也时不时转来转去，时刻小心着，专心致志地盯着某件东西，特别是某个目标看。

可能那是一枚蜗牛壳，就像一座灰色的大教堂，一座高高耸立的楼房矗立在草丛中，上面还有一圈圈被灼烧过的痕迹，在草丛的映衬下绿光闪闪。或者，那些小鸟儿是看到了那投下一片闪烁的紫色阴影在花坛的鲜花上的光晕，鲜花丛的花茎间晃动着那紫色阴影所形成的一条条灰暗通道。抑或，它们把目光全都聚焦在那些小小的浅色苹果树叶上面，那些树叶正摇晃个不停，随时都要掉下来的样子，却又没有，顽强地在瓣尖粉红的苹果花之间闪烁个不停。抑或，那棵挂在树篱上的、一直不掉下来的雨珠被它们看到了，完整的房屋和那些高高矗立的榆树的阴影悄悄躲在那雨珠里面，又或者，它们把目光一直聚焦在太阳上，小眼睛变成了闪着金光的珠子。

现在，它们左顾右盼，又朝更深的地方望去，向那些花朵下面望去，从那些昏暗的通道穿过，窥视着那满是残花败叶的昏暗的世界。接下来，它们中的一只俯冲直下，姿势极其好看，精准地落下来，一口就把那条瑟缩不已的毛毛虫的身体啄穿了。它反复啄了几次，之后就把那条毛毛虫扔下，任由它在大自然中泯灭。阵阵死亡的味道飘在那些花朵枯萎的根茎周围，点点水珠从那些腐烂的东西膨胀的表层滴落下来。腐烂果子的皮裂成了一块一块的，渗出来的东西黏糊糊地粘在上面。黄澄澄的分泌物流出来，要多恶心有多恶心，时不时还有一条长着两个脑袋的说不清道不明的东西在那上面缓缓爬行。眼睛里冒金光的小鸟们向绿叶丛冲过去，一脸好奇地瞧着那些脓液，那些水珠。有时，它们会用尖嘴朝那些黏糊糊的混合物用力戳进去。

这时，窗户被初升的太阳所照耀，那镶着红边的窗帷也被照亮，上面出现一个个圆圈和一道道条痕。接下来，当光线越来越强，窗帘的白色在盘碟上映照下来，刀锋把它的光芒聚拢到一起，变得更加刺眼。椅子和碗橱在后面的暗影里悄悄躲起来，虽然它们彼此是独立的，看上去却又好像是混沌的一体。投射在墙壁上的镜子里的反光看上去越发亮了。窗台上放置的那些真花都有虚幻的花影的陪伴。可是这些幻影也是属于花的，因为只要有一朵花蕾开放，镜子里颜色清浅的那朵花儿也一样会开花。

风来了。波浪像敲鼓一样用力拍打着海岸，就如同一群裹着头巾的战士，一群头上裹着布巾，手握沾满毒汁的长矛的人，正把他们的武器高高举起，进攻那正在吃草的畜群，那头白色的绵羊。

"事情变得越发复杂了，"伯纳德说，"在这儿，在大学里，生活太过于紧张了，仅仅是平常生活的动乱就慢慢让人无法应对。从生活这个庞大的摸彩袋里随时都会发现一些新东西。我算什么？我向自己发问。是这个吗？不，我是那个。尤其是现在这一刻，当我从一所房间离开，而别人正在交谈，我落寞的脚步声回荡在石子路上，同时我看到从那历史悠久的小教堂上，正升起那严肃的、无情的月亮——这时很清楚，我并非单独的一个人，而是复杂的很多个人。在公众场合，伯纳德总是口若悬河，看上去有些自负。而剩下他一个人时，他又总是一句话都不说，吞吞吐吐的。这一点正好不被他们所知，因为他们此刻正在议论我，这是毋庸置疑的，他们说我总是离他们远远的，说我总是吞吞吐吐的。他们不知道的是，我必须进行各式各样的转换，必须轮番掩饰扮演伯纳德这个角色的那些彼此不一样的人的出场和退场。我非常在乎所处的环境。在火车车厢里，如果我不先问一句——他是不是个建筑师？她是不是有点儿不高兴？我就没办法静下来看书。我今天非常敏锐地观察到可怜的西默斯的脸上全是粉刺，对于要给比利·杰克逊留下好印象，他肯定要感到绝望了。我因此难受极了，就邀请他共进晚餐。他会觉得我这样做是喜欢他的意思，尽管事实并不是这样。这是真的。可是，'虽然像女人一样伤春悲秋'（我这是把给我写传记的人的话引用过来），'伯纳德却拥有男人的理性头脑'。因此，凡是让人觉得他头脑简单的人——这从总体上来说是件好事（因为头脑简单看上去是一种天然的好品质）——总是那些在动荡上保持稳定的人。（我这会儿就看到了一条鱼，它的鼻子所冲的方向和河水奔腾的方向是完全相反的。）卡农、莱赛特、彼得、霍金斯、拉朋特、内维尔——都是处在动荡状态中的鱼儿。可是你要知道，你，我那总是随喊随到的自我（如果只是招呼却不见人来，一定会让人觉得备受折磨，那会让午夜变得无聊，还会把那些总是待在俱乐部的老人的表情的疑团昭示出来——他们已经把那招呼却始终不再来的本我的希望彻底摒弃了）。你知道的，我今晚所说的这些只能将就把我自己表达出来。当我从内心深处是截然不同的另一个人时，我一样是一个整体。我会激烈地释放同情，我也会像钻在洞里的癞蛤蟆一样，冷漠地对待所有事情。你们这些议论我的人，试问有几个可以像我这样拥有感受和思考的双重能力。莱赛特，你们看，他就只知道追野兔；霍金斯的下午都是在图书馆里度过。在流通图书馆里，彼得有一个年轻女友。你们都是大忙人，全心投入其中，痴迷于其中无法自拔，而且几乎把你们所有的力量都使了出来——只有内维尔不一样，他的头脑不是一般的复杂，不管什么单项活动都不会刺激到他。我也一样，我也不是一般的复杂。总有一些东西在我身上肆意游走，遗世而独立。

"如今，有一件事情可以充分说明我对环境异常敏感。那就是当我进入我的房间，把灯打开，看到桌子、纸张和我顺手丢到椅背上的睡衣，我发现我具有双重人格，既冲动又理性，既鲁莽又危险。那种人总是随意把自己的外套丢到一边，把笔拿到手里，马上动笔给他心爱的姑娘写信。

"没错，一切都进行得很顺利。这会儿我的状态非常好。我可以不带停顿地把我已经下笔却没有写成的这封信写出来。我刚刚来到我自己的房间，把帽子和手杖扔到一边，把脑子里想到的第一件事情快速写下来，都顾不上抹平纸张。这会是一篇充满文采的随笔，她肯定会觉得这是一气呵成的。看看这封信，字迹是多么凌乱——这里还有一块不小心沾上去的墨渍。应该是只追求速度而不管细节。我在书写时要采用一种便捷又细小的字迹，将'y'下面的一画故意拉得长长的，把't'横着的那一笔画成一个破折号，就像这样。日期那里只需要写上十七日，星期二就可以，然后写一个问号。可是同时我还要让她感觉很好，就是虽然他——因为这并不是我自己——写得这么干脆利落，这么潦草随意，其中却有一些亲密和严肃的微妙感觉。我必须假装无意地提到我们曾经交谈过的内容——让某些记忆中的场景重现。可是，我一定要让她有这样的感觉（这点太重要了），我是极其无意地提到很多事情的。我要假装不经意地提到我是怎么给那个落水的人帮助的（对此我可以用到一个精妙的词语），提到莫法特太太和她的言论（我有记录），还要假装无意提到一些我读过某本书、某种极其少见的书之后的看法，显而易见，这想法是突然产生的，可是又十分深刻（深刻的评论通常是偶然写出来的）。当她梳头发或吹灭蜡烛时，希望她会突然说道：'这些话我在哪儿读过呢？对了，是在伯纳德的书信里。'我想要的就是这种热烈、激情的效果，就是这种文思泉涌、一泻千里的风格。此刻我心中在想谁呢？当然是拜伦①。我在某些方面的确和拜伦很像。稍稍体验一下拜伦的文字对我酝酿情绪可能是有帮助的。让我读一读吧。不，这样太枯燥了，显得太没有秩序了。这样看上去有些太僵化了。哦，我就要把其中的秘诀找到了。现在我正在用心捕捉他的节奏（写作中最重要的东西就是韵律）。好啦，我要趁有灵感，迅速下笔，一刻也不能拖延……

"可是并没有达到预期的效果。期望完全落空。我没办法振作起来去完成这种转变。我的真实的我和我假装的我没有关联到一起。假如我再写一次的话，她会觉得'伯纳德是在故意卖弄，有意装出一副文学家的样子，伯纳德是在脑海中幻想他的传记作者'（这的确所言不虚）。不，明天早餐过后，就立刻写这封信。

"现在，让我的脑子里充满想象中的场景吧。让我来想象一下，有人邀请我去雷斯托夫——和朗利车站相距三英里的拉夫顿皇家御庄郊游。黄昏时分，我到达了那里。在那座尽管比较破败却仍然很有气势的宅第的庭院里，有两三条长腿狗悄悄地溜了过来。大厅里铺的地毯已经褪色了。一位有着军人风范的先生一边抽着烟斗，一边在阳台上走来走去，看上去有一种尊贵的清贫和与军界的某种关联。写字桌上放着一只猎马的脚蹄——一匹备受宠爱的马。'你骑马吗？''没错，先生，我喜欢骑马。''我女儿正在客厅里等我们呢。'我的心跳

----

① 乔治·戈登·拜伦（1788—1824），英国 19 世纪初期伟大的浪漫主义诗人。主要代表作有《唐璜》《恰尔德·哈洛尔德游记》等。

得飞快。她正在一张矮小的桌子旁边站着，她刚打猎回来，就像一个淘气的男孩一样，大口吃着夹心面包。上校对我的印象非常好。他觉得我不是绝顶聪明的人，可是也还算成熟。我还会打台球。这时已经在这个家里做了三十年帮工的女仆进来了。餐具上是那种只有东方才有的长尾巴鸟儿的图案。壁炉上方挂着她母亲身穿薄纱服装的肖像。我可以在某种程度上轻易地把周围环境的细节描述出来。可是它会因此产生预想的效果吗？我可否听到她的声音——那种只有我们两个人时，她叫我'伯纳德'的独有音调呢？

"实事求是地说，我需要其他人鼓励我。独自一人，由于我自己的生命太暗淡了，我会时常发现自己故事中有一些环节还需要加强。真正的小说家，头脑非常纯粹的人，倒可以无拘无束地幻想。他不会像我这样口是心非。他也不会让人觉得伤心失望。一层障翳飘荡在我的眼前，一切都变得模糊起来。我再也不去胡编乱造了。

"让我打起精神来吧。从整体上来说，今天还是不错的。晚上在心灵屋顶上凝固的露珠是灿烂的、光滑的。早上真是太惬意了，下午溜达。我喜欢远远看着灰暗田野上的那些尖塔。我喜欢从人们的肩膀之间的空隙越过去瞅一眼。我的脑海里出现各种各样的事情。我有着丰富的想象力、敏锐的感受力。吃过晚饭以后，我对戏剧性表演产生了兴趣。我会把平常在我们共同熟识的朋友身上隐约发现的很多事情糅合到一起，使其变成一个活生生的具象。我轻松地转换着自己。可是现在我还是坐下来吧，坐在这个里面露出漆黑棱角的暗淡炉火边，把那个具有决定性意义的问题抛出来：在这些人物当中，真正的我是哪一个呢？这在很大程度上由这个房间来决定。当我叫自己'伯纳德'时，来的是谁呢？是一个忠厚的、爱嘲笑的人，虽然没有达成自己所想的，却也没有牢骚满腹。是一个年龄或职业都很模糊的人。是我自己，只是这样而已。或者是他，这会儿正把火钳拿在手里，用力捅着煤渣，让它们离开炉箅。'上帝，'他看着一个劲往下落的炉灰，不由得喃喃自语道，'好大的灰啊！'接着他闷闷不乐却又自我安慰似的说：'莫法特太太会清理好它们的……'我想象着，将来在我这一生中，我不停地捅捅这里，敲敲那里，不是和马车这一边的挡板相撞，就是和马车另一边的挡板相撞，那时我肯定会时常跟自己说这个警示语：'哦，是呀，莫法特太太会清理好它们的。'反复说过几次以后就休息去了。"

"在一个由当下构成的世界中，"内维尔说，"分辨的意义何在呢？所有事物都没有被命名的必要性，只有一种情况除外，那就是我们这样做可以在一定程度上改变它们。让它们就这样存在吧，这河岸，这美景，而我此刻是欢愉的。阳光是那么刺眼，我看到了河。我看到在秋天的阳光的照耀下，树呈现出来的斑驳的枯黄色。小船慢悠悠地飘过，从一片红色穿过，又从一片黑色穿过。远处钟声响起，可是这不是丧钟，是为生命鸣响的。一片树叶欢快地落了下来。哦，我真是太爱生活了！看那棵柳树是如何让它那美丽的树梢向天空扬起高傲的头颅的！看那只小船如何穿过柳树林，一些无所事事的青年坐在那上面。他们正在听留声机，正在吃水果，他们把香蕉皮扔到水里，任由它们如同黄鳝一样向水底沉去。他们的所有行为都是那么优雅。在他们身后，是装着各种作料的瓶子和各种饰品。他们的房间里满是船桨和油画复制品，可是这一切都因为他们而显得那么好看。那只小船经过桥下，又有一只从桥下经过。之后又来了一只。那是珀西瓦尔，他正懒散地在椅垫上躺着，稳如泰山，看上去怡然自得。不，这只是他的一个追随者，在那儿效仿他安定、怡然的气场呢。只有他没有发现他们那恶俗的玩笑，哪怕他当场把他们抓住了，他也只是愉悦地捶打他们几下。他们也从桥下经过，从'像喷泉一样的垂柳'中穿过，从它们那黄紫相间的美丽光影中穿过。微风拂过来，窗帘随风飘动，我看到那座严肃却一直让人心情愉悦的建筑就藏在树叶后面，它看起来是那么没有精气神，可是却一点儿都不臃肿。尽管已经长久矗立在历史悠久的泥炭地上，可是却仍然焕发出夺目的光彩。现在，我心里开始回响那熟悉的旋律，一直在冬眠的词汇又运转起来了，又把它们的头颅扬得高高的，有时高亢，有时低沉，如此往复。是的，我是一个诗人，我是一个优秀的诗人，这是毋庸置疑的。小船和青年人不见了踪影，远处的树，'像喷泉一样的垂柳'，也不见了踪影。我都感觉到了。我现在脑子里全是灵感。我的眼里满含泪水。可是哪怕我对这一切都有所感悟，我仍然激情四射地对我的狂热加以鞭笞。它汗水涔涔。它变得做作、虚伪。语词，语词，一系列的语词，它们跑得是多么快啊——它们是如何用力甩动它们的鬃毛和尾巴啊，可是我因为自身的一些问题，没办法骑到它们的背上去，没办法让女人和网兜彻底消失，和语词一起随风飘荡。我身上有些不足之处——一些要命的迟疑，只要我稍不留心，它们就会变得做作、放肆。可是也不能因此说我不会变成一个优秀的诗人。如果我昨天晚上所写的东西称不上好诗，那它又是什么？我是不是写得太顺畅，思维太敏捷了？我不清楚。有时候我对我自己都充满疑惑，或者说不知道该如何去考量、命名以及盘点那些成就我的各种品质。

"如今，某种东西从我身边离开了，某种东西把我抛下，去约会那将要到来的人了，而且还要让我相信，我哪怕不看也知道那是谁。假如一个人多了一位朋友，哪怕他在离他很远的地方，这将使他发生多么奇怪的变化啊。当朋友们想到我们时，对一个人来说，他们的帮助是多么有好处啊。可是当一个人出现在他人的脑海里，得到他人的抚慰，让他的自我变得不再那么真实，被搅乱，成为他人的一部分，这又是一件多么令人痛苦的事情啊。当他越发靠近我时，我就像变了一个人一样，成为内维尔和某个人的混合体——和谁呢？——和伯纳德吗？没错，和伯纳德，而且我正准备向伯纳德发问：我是谁？"

"太奇怪了，"伯纳德说，"这棵柳树我好像和谁曾经一起看见过。我曾经是拜伦，这棵树曾经是拜伦的树，眼眶里蓄满泪水，不停地感叹。现在让我们一起来看看这棵树，它却是一副刚梳洗过的样子，每根树枝都排列得整整齐齐，受到你那清醒头脑的强迫，我要把我所感受到的东西告诉你。

"我感受到了你的指责、你的力量。我和你在一起，成了一个容易冲动、不修边幅的人。我的印花大手帕上总是有烤饼的油。没错，我边拿着格雷的《挽歌》①，边把那满是黄油、粘在盘子底上的最后一块烤饼抠出来。你很讨厌我这样做，我敏锐地察觉到了你的苦闷。在这一刺激下，又迫切想要你再次喜欢我，我就开始跟你说我是如何强制性地拽珀西瓦尔起床的，我描述着他的便鞋、书桌、淌满烛油的蜡烛，以及当我把他脚上的毛毯掀开时他那埋怨的语调。当时他就如同一个大大的蚕茧，在毛毯下面躲着。我像这样对这一切进行描绘，虽然你一直在想你的伤心事（因为我们的相遇总会遭到某种隐秘的情况的阻碍），你最终还是缴械投降了，你笑得很开心，又对我充满了好感。我的魔力和倾泻而出的那些自然又令人意想不到的话语，也取悦了我自己。当我用连我自己都无法理解的丰富、庞大的词汇，去把遮蔽事物的幕纱掀开时，连我自己都觉得惊讶万分。我曾经偷偷看到过。当我开始讲话时，我的脑海里就会接连不断地冒出各种想象。我

① 指《墓园挽歌》，作者为英国诗人托马斯·格雷。

告诉自己，我所需要的就是这个。我问我自己，我为什么不能把我正在写的那封信写完？因为我的房间里总是胡乱摆放着那还没有写完的信。每当和你在一块时，我就会猜测自己应该是最有天赋的人中的一个。我全身上下都被青春的愉悦所填满，潜力十足，对于马上就要发生的事物的敏感充满了我的全身。我似乎看到自己正鲁莽却非常带劲地围着花儿转来转去，哼哼嗡翁地钻到绯红的花萼中去，让我那剧烈的隆隆声回荡在蓝色的烟囱里。我的青春将会是多么绚烂啊（我有这样的感受都是拜你所赐）。还有伦敦，还有自由。可是请闭嘴吧。你根本没在听。你把手随意地放在膝盖上来回滑动，代表着某种抗议。从这一类迹象中，我们可以推断出我们那些朋友心中的不满。'在你充盈时，'你好像在说，'请不要扔下我。''闭嘴吧，'你说，'来问问我有什么难受的事情吧。'

"那就让我来打造你吧。（你曾经对我这样做过。）你在温暖的河岸上躺着，在这让人高兴的、正慢慢萧瑟却仍然绚烂的十月的日子里，看着船只连续从那棵枝杈减少的柳树旁经过。而且你想要变成一个诗人，你还想成为一个恋人。可是你那理智的头脑，和你那坦诚的明智（这些拉丁语句我应该向你表示感谢，你的这些品质让我觉得有点儿受约束，并且让我看明白了我的资质中那孱弱的地方）却让你犹豫了。你从来不沉醉在装腔作势中。你从来不让玫瑰色或黄色的迷雾把自己的眼睛蒙住。

"我做得对吗？你那左手的微妙手势，我解释得正确吗？假如是，就给我看看你写的诗，把你昨天晚上写下的那几张纸拿出来吧，你写的时候是那么富有灵感，以致你现在都觉得有些不好意思。因为对于什么灵感，你压根就不相信，无论是你的还是我的。让我们一道回去吧，从那座桥跨过去，从那片榆树下穿过去，回到我的房间里去吧。

在那里，我们被墙壁所包围，窗帘是红色的，我们可以离这些搅乱人心思的聒噪声远远的，离酸橙树的香味和各种气息以及各种其他的生命活动远远的。这些穿戴整齐而时尚、高傲的女店员，这些一步一挪的、伤心的老妇人，这些来自一个隐隐约约出现、后来突然不见踪影了的人影的目光——那个人影也许是珍妮，也许是苏珊，也有可能是罗达从林荫道走过，消失了？哦，你的身体有些颤抖，我猜出你的感觉了，我逃离了你，我就如同一群不停漂泊的蜜蜂，嗡嗡叫着离开了你身边，完全不像你那样，可以一直全神贯注地盯着某个单独的对象。可是，我会回来的。”

“只要看到这样的建筑物，”内维尔说，“我就没办法容忍这里竟然有女店员。她们傻笑个不停，整天窃窃私语，让我很是生气。她们总是打扰我的安宁，而且当我正在最圣洁的欢快中沉醉时，总是会让我想到我们的不思进取。

“可是现在，短暂接触过那些自行车、酸橙的味道以及在让人烦躁的街上晃过的人影以后，我们回到自己的领地。在这儿，我们是宁静和秩序的主人，光辉传统由我们继承。在广场上现在可以看到灯光投下的一道道光影。升腾于河上的雾霭，正慢慢把这些历史悠久的地方布满，而且安然依附在这些历史悠久、灰白的石头上。这时，乡村小巷里的树叶变得朦胧起来，在湿润的田野上可以听到绵羊的干咳声，可是在这儿，在你的房间里，我们是干燥的。我们偷偷说着什么。火焰有时明媚，有时暗淡，把某个门上的球形把手映照得闪闪发亮。

“你一直在读拜伦。那些好像和你本人个性相吻合的地方，你都做了标记。在所有那些看起来在嘲讽可是却表达着激烈情绪的诗句旁边，我都看到有标记。那是一种不顾一切的急躁性情，不计后果地撞向坚硬的镜子。当你用你的铅笔在那些地方做标记时，你的内心活动是这样的：'我也是那样把我的斗篷丢开的。面对命运时，我也是这样用力地弹手指的。'可是拜伦从来不会像你这样煮茶，你把茶壶灌得太满了，结果，你刚把壶盖盖上，茶水就溢出来了。那里的桌子上有一汪褐色的水——正流过你的书和纸中。现在，你用自己拙劣的技术抹干它。接下来，你把你的手帕重新塞到你的口袋里面——拜伦肯定不会这样做，只有你才会这样做，这种做法把你的禀性彰显无遗，以致二十年以后，当我们俩都成了名人，患了难以忍受的痛风病，那时，只要你出现在我的脑海里，出现的一定是这样的场景，而且假如你去世了，我一定会难过得落泪。你曾经信仰托尔斯泰；如今你信仰拜伦，可能你还会信仰梅瑞狄斯①。那时，你会在复活节假日去游览巴黎，归来时打着一条黑色领带，就像一个未曾被人所知的面目可憎的法国人。到那时，我就不想理你了。

"我就是我自己。我肯定不会效仿我所敬仰的卡图卢斯。我是那种最没有创新精神的学生，在这里放一本词典，在那里放一个笔记本，我在里面记录了过去分词各种奇怪的用法。可是，一个人不可能一直拿着一把刀子去对这些古老的碑文精雕细刻。我可以一直把红色的哔叽窗帘拉在手里，像个木雕一样一动不动，在灯光下面无血色地读我的书吗？那样的一生倒也算是没有白过，沉醉在追求完美的路上，沿着词句的路径向下探寻，不管它会把你带到什么地方去，进入沙漠、陷入流沙，对于任何诱惑都将视而不见，对一直清贫和邋遢表示满足，心甘情愿在皮卡迪利大街上被人笑话。

"可是我紧张过度，没办法自如地把我的话说完。我一边不停地

①　英国诗人，小说家。

来回走着，想要把我的激动掩饰住，一边滔滔不绝地说着话。你那些油乎乎的手帕真是太恶心了——你会弄脏你的《唐璜》的。你根本没在认真听我说话。你在捏造和拜伦有关的各种废话。而当你用你的斗篷、你的手杖表演各种动作时，我刚打算把一个一直深埋在我心里的秘密讲给你听，我想请你（当我背对着你站着时）把握我的生命，然后跟你说，我是不是天生就不会讨我所爱之人的喜欢。

"我紧张地背对着你站着。不，我的双手现在非常镇定。我在书橱里辟了一个位置出来，把《唐璜》精准地插了进去。看，好啦，我甘愿受到别人的喜欢，我甘愿变得有名气，也不想凭借沙子去达到理想的境界。可是，我天生就不讨人喜欢吗？我是诗人吗？相信吧。和我的诗一起，那种在我的嘴唇后面拥挤着、像铅一样冷酷的可怕的欲望，那种我想要从女店员、妇女身上得到的东西，那种矫揉造作，那种生活里的粗鲁行为（因为我喜欢这种粗鲁）——请接住，全都射向你。"

"他如同一支离弦的箭冲出了房间，"伯纳德说，"他把他的诗留了下来。哦，友情！我也想把鲜花夹在莎士比亚十四行诗集的书页中间！哦，友情！你的箭实在是太尖锐了——把这儿，这儿，还有这儿都刺穿了。他面向我而站，看着我，他把他的诗交到我手上。我生活里的所有迷雾此刻全都消失了。这样的信赖，我要好好保存着，直到我从这个世上离开。他就如同一道绵延不尽的海浪，就如同一股汹涌的波涛，掠过我头顶。他那气势如虹的样子——强迫我必须把自己打开，暴露出我心灵之岸上的那些卵石。这真是太让人惭愧了，我就像变成了一些小小的石头。所有的假象都消失不见了。'你不是拜伦，你只是你自己。'在另一个人的影响下，而和他交融成一个生命——这件事情真是太奇特了。

"发现那条源于我们身上的丝线，从贯穿其中的那个世界的满是迷雾的空间穿过去，继续延展，这也太奇怪了。他走了，我站在这里，把他的诗拿在手上。那条丝线连在我们中间。可是现在，那疏离的神态好像消失了，那仔细探讨的目光变暗了，这太让人高兴了！把窗帘拉上，让其他人都离开，觉得自己一下子离开那些昏暗的角落——他们，那些寒碜的寄人篱下的人，那些熟悉的朋友，在他强大的威力下，被迫躲了起来，曾经栖身在这里，这真是太幸运了！现在，那些喜欢嘲讽、有着惊人观察力的精灵——在被刺伤的紧急时刻，他们依然关心我——又排着整齐的队伍回来了。有了他们的加入，我就是伯纳德，我就是拜伦，我就是这个人，就是那个人，等等。他们人头攒动，就像从前一样，用他们的幽默动作和评论来让我感到充实，并让我在一时的兴奋中所拥有的美好的感受都失去了色彩。因为我的自我比内维尔所能想象的更多。我们并不像我们的朋友为了对他们的需求加以满足所想到的那么纯粹。可是，爱是纯粹的。

"现在我的那些寄居者、那些熟悉的朋友又回来了。现在，内维尔用他那让人叹服的美妙之剑刺伤我的防御堡垒的裂口又恢复了。我现在几乎又变成完整的了，而且淋漓尽致地发挥出了内维尔在我身上所忽视的能量，这发现让我太高兴了。我一边把窗帘拉开，一边看向窗外，同时在心里想道：'那是不会让他高兴的，可是却可以让我欢呼雀跃。'（我们总是喜欢参考我们的朋友，来对我们自己的身高进行测量。）我的视野总可以对内维尔无法达到的东西予以包容。路的那边响起他们响亮的狩猎歌声。他们在庆祝小猎犬的追捕。在四轮大马车从转弯处驶过时，那些总是同时掉头的戴制服帽的小伙子，正勾肩搭背地说说笑笑。可是内维尔，却小心地躲开他们，如同一个阴谋家，偷偷溜回他自己的房间。我看到他径直在他矮矮的椅子上坐下来，一直盯着此刻被设想成一座牢固建筑物的炉火看。他在想，要是生活可以这样恒久下去，要是生活具备这种秩序就好了——因为秩序是他最为期盼的东西，而我的拜伦式的杂乱则是他最为厌恶的。想到这儿，他把窗帘拉上了，把门闩上了。他的双眼（因为他沉醉在爱情中，我们刚刚的交谈被爱情的影子所主导）被渴念填满，眼里满是泪水。他把火钳抓起来，用力一捅，把在燃烧的煤火中间忽然出现的牢固之物摧毁了。一切都在变化着，包括青春和爱情。小船已经从垂柳搭成的拱门穿过去了，现在到桥洞下面去了。珀西瓦尔、托尼、阿契，或者其他人，都将到印度去。我们不会再相遇了。一想到这些，他就把他的笔记本——用杂色的纸张整齐装订好的一个小册子——拿过来，然后效仿他此刻最为欣赏的某个诗人的风格，让一行行长长的诗句付诸笔端。

"可是我还想待在这里，我要靠着窗台聆听，那边又传来嬉闹的合唱声。这会儿他们正把瓷器打碎——他们习惯于这样做。他们的合唱，像一股从岩石越过、狂躁地和老树相撞的激流，以无比恢宏的气势，狂奔着从悬崖峭壁冲过。他们乘着车大摇大摆地前进，他们一直跟在猎犬后面、足球后面狂奔，他们紧紧挨着船桨，像几个面粉袋一样，突然升上去，又突然降下来。所有的差异都消失了——他们就如同一个人在行动一样。在狂风肆虐的十月，庭院里的风一直没有停歇过，时而聒噪，时而安静。现在他们又开始把瓷器打碎了——他们的习惯就是这样。一个脚步踉踉跄跄的老妇背着一个口袋，晃晃悠悠地从被火光映红的窗前走过，走向家的方向。她有些担心它们会掉下来正好砸到她，让她栽倒在地。可是她停下来，似乎想把她那患风湿病的骨节突出的双手放在那火花四射的篝火上烤烤。这个老妇人一直待在被火光照亮的窗户前。这是一个鲜明的对比。我看到了这个场景，而内维尔没有看到，我感受到这个场景，而内维尔没有感受到。所以，他即将抵达理想化的境界，而我将一无所获，而且在我离开这个世界以后，我只会留下一些混乱的词句，除此以外别无他物。

"我现在脑海里出现了路易斯的样子。看到这个瑟缩的秋夜，这种把瓷器打碎的行为，这种放声高唱狩猎歌曲的行为，对内维尔、拜伦和我们在这里的生活，路易斯会报以如何幸灾乐祸，但直戳命门的言辞呢？他薄薄的嘴唇略微翘起来，面无血色，待在办公室里专心致志地看一些错综复杂的商业文件。'我的父亲，布里斯班的一个银行家'——因为为此觉得自己脸上没有光彩，路易斯总是提到他——倒台了。因此，路易斯，学校里最为杰出的高才生，只好在一间办公室里坐着。可是当我在找寻比较时，时常会觉得他正盯着我们看，他那嘲笑的眼神，那傲慢的目光，视我们为他在办公室里审核的某笔大宗账目中一些可有可无的条款，全部汇聚到一起。等到将来某一天，他会把一只细笔尖蘸了红墨水的钢笔拿在手里，结算完毕。我们的总额将会被看得一清二楚，可是这还没有结束。

"哪！他们现在摔了一把椅子，那么我们是于事无补了。我的情况也没有一点儿把握。我正在莫名其妙的感触中沉浸，没错，当我把身子从窗子探出去，扔掉我的香烟，让它旋即轻轻落到地面上，我觉得路易斯甚至正盯着我的香烟看。而且他会说：'这倒挺有意思的，可是这到底是什么意思呢？'"

"人们依然往来如梭，"路易斯说，"他们绵延不断地经过这家饮食店的窗前。汽车、大篷货车、公共汽车，然后又是公共汽车、大篷货车、汽车——它们持续不断地经过窗前。远处有一座座商店和一幢幢房屋，还有一座是教堂灰暗的尖顶。近处是一些玻璃货架，上面摆放着一盘盘小面包和一盘盘火腿三明治。来自茶水壶里的水汽，使所有东西瞬间都变得模糊起来。一股来自牛肉、羊肉、香肠和马铃薯泥的黏糊糊的味道，如同一张潮湿的网在饮食店中央上空徘徊。我把我的书立起来，靠在一个伍斯特沙司瓶子上，想尽力显得和周围的人一样。

　　"可是我根本没办法做到。（他们继续往来如梭，他们照样喧闹着从这里经过。）我没办法把我的书看下去，也没办法信心满满地点我要的牛肉。我不止一次重复道：'我是一个再平凡不过的英国人，我是一个再平凡不过的小职员。'可是，我却一直盯着坐在旁边桌上的那些小个子男人看，以便相信我可以做得和他们没有差别。他们看起来很温和，面皮上的皱纹总是随着心情的变化而抽搐，就像猴子一样紧紧缠着，看到眼前如此特别的场景，一切都显得那么滑稽。他们正使出各种方法，讨价还价地拍卖一架钢琴。那架钢琴把大堂的通道挡住了，因此他甘愿低价把它给卖了，只要对方出十英镑即可。人们依然往来如梭，依然穿梭在教堂尖顶的背景下、在火腿三明治的盘子前。我的意识飘忽不定，总是被他们的聒噪惊扰。因此，我没办法专心地吃饭。'我甘愿只要十英镑，钢琴架子很美，可是它把大堂的通道挡住了。'他们就如同全身长着油亮羽毛的海鸠，一会潜到水中，一会又浮出水面。只要是超出那个定价的付出，都有虚荣的影子。那就是卑微，是平凡。同时，一顶顶帽子持续晃悠着，门持续打开又合上。对于各种纷乱、绝望，我的反应都非常激烈。假如这就代表着一切，那这就一点儿意义都没有了。可是，我同时又察觉到了饮食店里的这种节奏。它就如同一支华尔兹舞曲，曲调忽高忽低，不停地循环。那些女招待把托盘稳稳当当地拿在手里，像阵风一样往来如梭，传递着一盘盘蔬菜、一碟碟杏脯和果冻，第一时间把它们送到顾客的桌子上。这些普通的男人让她们的节奏配合自己的节奏（'我甘愿只要十英镑，因为它把大堂的通道堵住了。'），他们品尝着他们的蔬菜、杏脯和果冻。那么，在这持续的过程中，有什么地方中断了呢？有什么缝隙会让人发现其中的不对劲呢？这种循环是持续的，这种和谐是完美的。这是关键性节奏，这是主导一切的主发条。我看着它伸缩往复。可是我却被排除在外。如果我张口说话，对他们的口音进行模仿，他们就会把他们的耳朵竖起来，聆听我讲话，以便分辨出我是从哪里来的——假如我是从加拿大或澳大利亚来的，那么我，这个最渴望被别人爱的怀抱接纳的人，就会永远是一个异乡人。我，一个希望被平常人爱的浪涛所淹没的人，只需要瞥一眼就可以看到远处的风景，就会发现那些在持续的混乱中一直晃悠的帽子。那苦闷的心灵的泣诉（有个牙齿不全的妇人正在柜台前畏畏缩缩地说着），似乎是在对我说：'求主把我们，把这些胡乱穿梭、一直在摆满盛着火腿三明治盘子的橱窗前晃来晃去的人，都带到羊栏里去吧。'没错，我要让你们变得秩序井然。

　　"我要把这本靠在伍斯特沙司瓶子上的书拿起来好好读读。它里面有一些如金属一样的曲调，一些完美的陈述，字数不多，却充满诗意。你们，你们所有人都把它忘记了。人们已经忘了这位死去的诗人所说的话。可是我没办法帮你们翻译，以便让你们被它那动人的力量所吸引，让你们知道你们是漫无目的的，那种节奏是毫无意义的，是粗鄙的，而这样就会把堕落清除掉，要不然的话，假如你们没有察觉到自己的漫无目的，你们就会被这种堕落所淹没，你们会变老，哪怕你们现在正当年华。对这首诗歌进行翻译，让它更好懂，是我将来的职责所在。我，柏拉图和维吉尔的亲密朋友，将去把那扇漆着斑纹的橡木门叩响。对于这种一时风靡的熟铁做成的捅火棍，我是一百个不支持的。我不会允许这种枯燥的、风靡的宽边低顶毡帽和洪堡①式毡帽出现，也不会允许那些带翎羽的、色彩绚烂的女人头饰出现。（苏珊，我敬仰的人，在夏天只会把一顶朴素的草帽戴在头上。）还有那种一门心思只读书的，那凝成不同大小的水珠、顺着窗格玻璃往下淌的水汽，那些公共汽车匆忙刹住和忽然启动的声音，那种在柜台前迟疑的表情，以及那些枯燥、拉长音调讲的一点儿意义都没有的废话，我要让你们变得秩序井然。

　　"我的根须一定要从地下的铅矿和银矿穿过，从散发着各种气味的湿润的地域穿过，向一个中间由橡树的根须纠缠在一起的树根疙瘩里面延伸而去。虽然四周封闭，看不见，且我的两耳被泥土塞满，有关于战争的传闻、夜莺的歌唱，还是传到了我的耳朵里。我察觉到一股股人流，熙熙攘攘地奔走在这个世界，四处去寻找光明，就如同一群群候鸟每到一定的时间就会迁徙，去找寻夏天的脚步。我还看到一群群女人提着红色水罐向尼罗河畔走去。当我醒来时，我身在一个花园里，因为有什么东西碰了一下我的后脖子，那是一个热吻。珍妮的热吻，我一直把这个吻记在心上，就如同一个人把一次夜半时分火灾中那情急之下的叫喊、那摇摇晃晃的梁柱和红一束黑一束的光影牢牢记在心上。我一直在睡和醒之间徘徊，时醒时睡。我看到了那个闪烁着微光的茶壶，那些装满淡黄色三明治的玻璃格盘，那些高踞在柜台前的高脚凳子上，穿着宽松外衣的男人。我还在他们身上瞥见了永恒。那是一个戴着头巾的男人用一根红红的烙铁印在我瑟缩的皮肉上的烙印。我看到这家饮食店高高矗立，它的后面是羽毛蓬松却被捆扎起来，依然在振动却已经合到一起的往事之鸟的翅膀。所以，我把嘴

---

①　洪堡是德国一个城市，曾经出产过一种十分流行的软帽。

唇噘得高高的，看上去是那么孱弱，我满心怨恨、满腹牢骚，表现出一副让人厌恶的样子，转身去看正在紫杉树下悠闲晃荡的伯纳德和内维尔。他们继承了祖上传下来的安乐椅；他们可以把房间的窗帘拉得严严实实的，让灯光正好映照在他们的书本上。

　　"我很敬仰苏珊，因为她在那里安安静静地做着针线活。她坐在一间屋子里，在灯光的映照下做着缝补活，屋子近处的庄稼发出簌簌的声响，让我觉得很安全。因为在他们所有人中，我是最弱小的那一个。我是一个眼睛只会盯着自己的脚板看、盯着河水在砾石滩上冲成的小河沟看的孩子。我说，这是一只蜗牛，那是一片树叶。蜗牛和树叶我都喜欢。我总是最小的、最单纯的、最不会怀疑他人的一个人。你们每个人背后都有仰仗，而我没有。当那个头发盘成辫子的女招待一扭一扭地走过来时，她马上就递给了你们要的杏脯和果冻，就如同一个姐姐一样。你则像她的兄弟一样。我掸掸马甲上的面包屑，起身时，却在盘子底下偷偷塞了一笔太大的小费，一个先令，这样直到我离开以后，她才会发现它。这样，当我从弹簧门走出来以后，她一边笑一边捡起它时所表露出来的那种鄙视，才不会伤到我。"

　　"现在风把窗帘掀起来了，"苏珊说，"那些粗糙的碗、罐，和那些已经残缺了的旧安乐椅，现在都已经变得很清晰了。往常看不到的黯淡条纹如今又在糊墙纸上显现出来了。鸟儿已经结束了大合唱，此刻只有一只鸟儿还在卧室的窗前鸣叫。我要把长袜子穿上，悄无声息地从卧室走出去，然后下楼，从厨房穿过去，从花房旁边的花园穿过去，去田野里。这儿还很早。沼泽地上四处弥漫着雾气。天气就像一块裹尸的麻布一样，萧瑟而呆板。可是，它会变得非常亲切、温暖。这时，在这个黎明，我觉得我就是这田野、这谷仓、这一棵棵的树。这一群群鸟，这只小野兔，当我差点儿踩到它身上时猛然间跳开的这只小野兔，都是属于我的。那只懒散地张开大翅膀的苍鹭也是属于我的，那头边往前慢慢挪动，边大声咀嚼着的奶牛也是属于我的，还有那只快速飞下来的燕子，那片在天边挂着的浅浅的红晕，和那红晕消失以后紧跟着出现的蓝色的光影，还有这安宁、这钟声，和那个正在田野里牵马的男人的叫唤声，——这些都归我所有。

"没有人能分裂我，或者将我分成两半。我曾经被送到学校里面去，曾经被送到瑞士去上学。我讨厌亚麻油毡，讨厌冷杉树和山。此刻，就让我在这片平整的土地上倒下来吧，在这云彩慢慢晃动的灰白的天空下躺下来吧。马车沿着大道驶向这边，显得越发大了。羊群在田野中聚集。鸟儿在大路中央聚集——它们暂时不需要飞。木柴烧出的烟缓缓升起。现在已经是白天了，黎明时分的清冷感也随之消散了。色彩回到它最初的状态，各种谷物在白天掀起金色的波浪，我的脚下是沉重的大地。

"可是我是谁，我，倚靠着这扇门，用敏锐的鼻子小心翼翼地警惕着四周的人是谁呢？我觉得有时候（我才十几岁）自己不是一个女人，而是倾泻在这扇门上、这片土地上的一片光。我就是四季，有时候我想，是元月、五月、十一月；是泥泞、迷雾、清晨。我不能听凭他人摆弄，也不能随波逐流，或是和其他什么人和谐相处。可是现在，当我靠在这里，直到我的胳膊在门框上被压出印痕，我才觉察到我自身所增加的体重。在学校的时候，在瑞士的时候，我身上已经有了某种东西，某种确实存在的东西。那不是叹惋和狂笑，也不是拐弯抹角和随口胡说，不是罗达的眼光从我们的肩头越过、向我们身后望去时，出现在她脸上的那种奇特的神情，也不是珍妮那种身子和四肢融合在一起的脚尖站立在地的旋转舞。我的所有行为都是猛烈的。我不能和其他人混在一起，轻盈地飘荡。当我在路上和牧羊人相遇，来自对方的凝视是我所喜欢的，当我在壕沟里的一辆大车旁和一个给孩子喂奶的吉卜赛女人相遇，来自对方的凝视也是我所喜欢的，有一天，我也会那样给我自己的孩子喂奶。因为要不了多长时间，我的情人就会出现在蜜蜂绕着蜀葵花嘤嘤飞舞的正午时分。他将在那棵雪松下面站着。他跟我说一句话，我就跟他说一句话。我要交给他我身上所形成的所有东西。我会生孩子，会有系着围裙的女仆，会有手持干草叉的雇工，会有一间厨房。他们会在那里把生病的羔羊抱进来，放在筐子里让它取暖。那里挂着一根根火腿、一棵棵闪光的大葱。我会像我的母亲一样，把蓝色围裙系在腰上，安静地把食品柜锁好。

"现在我的肚子空空如也。我要把我的塞特狗叫过来。我心里想的是这样的场景，在一间温暖舒适的房间里面，摆放着干面包片、新鲜面包、黄油和一个个光洁的盘子。我要从田野穿过回家。我会顺着这条满是野草的小道，迈着坚实的步伐走去，有时为了躲开一个泥坑拐个弯，有时轻盈地跳到一个土堆上面。我的粗布衬衫都被晶莹的水珠打湿了，我的鞋子变软了、黑了。白天不再呆板，时不时出现昏暗、碧绿和赭褐色的光影。那些鸟儿早已经不聚集在大路上了。

"我就如同一只猫咪或一只狐狸回到窝里，皮毛上都裹上了厚厚的白霜，因为沾满了粗糙的泥土，脚爪都有些麻了。我穿过白菜地走回来，碰到菜叶子的时候，脚下发出清脆的响声，叶子上的露珠四散开去。我坐下来等我父亲过来，他就要顺着小路慢悠悠地走来，手里还拿着一些刚采的药草。我不停地冲着咖啡，还没有开放的花就这样在餐桌中间直立着，四周是果酱罐、面包和黄油。我们都没有说话，四下一片安静。

"之后我来到食品柜跟前，把几袋爽口的无核葡萄干拿出来。我提起沉重的面粉袋，把它放在擦得很干净的厨房桌子上。我不停地揉、拽、拉，将两只手伸进暖和的面团里面。我让冷水流过我的手指缝。炉火燃烧得很旺，苍蝇四下翻飞。我把那些葡萄干、大米、银色的和蓝色的口袋，全都重新锁到食品柜里面。肉块竖在烤炉里，面包上盖着干净的毛巾，就如同一座平坦的圆屋顶一样鼓了个包。下午，我沿着河边散步。整个世界都在生长着。苍蝇从这块草地飞到那块草地。每朵花儿都充满了花粉。天鹅井然有序地逆游在小溪里。这时的云朵变得很温暖，映照出斑驳的日影。它们飘过小山，溪水和天鹅的颈项因此被映照得熠熠生辉。那些牛慢条斯理地嚼着草，在田野上慢悠悠地往前走。我把草丛扒开，挨个搜索着白色蘑菇。我把它们的茎盖采下来，再采下周边的兰草，和根上的泥土一起放在蘑菇旁边。之后我就回家了，为我的父亲烧上一壶水，放在茶桌上，桌上刚刚绽露有红色玫瑰花。

"可是到晚上了，灯都亮了。而只要一到晚上，灯就会亮，常春藤就会被一层明亮的黄澄澄的光所笼罩。我在桌子边坐下来，开始做缝补的活计。我想到了珍妮，想到了罗达，并且听到有嘎拉嘎拉的车轮声从石板路上传过来，在田里干活的马拉着车回来了，我听到车辆行人的喧闹声被晚风送来。我看着瑟缩的树叶在漆黑的花园里颤抖着，心想：'他们正在伦敦跳舞呢。珍妮正在吻路易斯呢。'"

"太奇怪了，"珍妮说，"人要睡觉，人要把灯关掉，走到楼梯上。他们把身上的衣服换掉，把白色的睡衣穿上。在所有这些房间里，没有一点儿灯光。一排高高挺立的烟囱似乎和天空相连，一两盏街灯依然明亮，就如同在无人需要时屋里依然灯光闪闪一样。街上只有那些步履匆匆的穷人。这条街上一个人都没有了，白天结束了。几个警察站在街角。可是已经到晚上了。我觉得自己在黑暗中散发出夺目的光彩。绸衣紧贴着我的膝盖。我的双腿如同绸缎一样，相互摩擦着。项链上的宝石冰凉地贴在我的脖子上。我觉得鞋子有些夹脚。我坐得笔直，以免我的头发和椅子的靠背碰到了。我把自己全身上下都好好打扮了一下，准备好了一切。这是暂时的安宁，是黑暗的时刻。小提琴手们已经把他们的弓弦举了起来。

"现在汽车滑行着在一个站上停了下来。照亮了人行道上的狭窄的一道线。门打开又关上。人们蜂拥而至，他们全都沉默着，他们都快速跑进来。一片脱斗篷的窸窣声在大厅里响起。这是序曲，也是开篇。我偷偷看了一眼四周，扑上点儿粉。所有事情都已经准备好了。我把头发卷成了大波浪形。我把嘴唇涂得红红的。我已经打算马上就上楼了，和那些身份地位和我齐平的人待在一起。我从他们身旁走过，接受他们的目光，似乎他们都归我所有一样。我们的目光如炬，快速交流着，可是却悄无声息或做出非常了解的样子。我们用身体交流着。这是我的职责所在。这是我的世界。一切都已经准备就绪，仆役们毕恭毕敬地站在这儿、那儿，听我把姓名——我那几乎没什么知名度的姓名说出来以后，他们就大声通报，然后让我跟在他们后面走了进去。

"在这儿，在这些空无一人的房间里，有涂金漆的椅子，有开得正盛的碧绿、雪白的鲜花摆在墙壁边缘，和那些生长在地里的花儿相比，它们更为优雅、温和。一本精装的签名簿在一张小桌上放着。我一直所渴求的就是这个，这也在我的预料之中。我命中注定就应该在这里。我怡然自得地在厚厚的地毯上走着。我轻飘飘地从磨得发亮的地板上走过。在这香气扑鼻的环境中，我很是放松，就像一株正将叶子伸展开去的羊齿草一样。我停下来端详这个世界。我看向这群陌生人。看到这些女人像男人一样站得笔直，周身散发着碧绿、粉红、珠灰的色彩。她们几乎没什么差别，在自己服装的遮掩下，她们就如同一些常年静静流淌的小溪。我又想到那条隧道在窗玻璃上映照的影子，它移动着。当我起身看向前面时，那些几乎无差别的男人也向我投来关注的目光。我转身去看一幅画时，他们也做出同样的动作。他们有些慌张地摩挲自己的领带，摩挲着自己的背心和手帕。他们还很年轻。他们迫切想给人留下好印象。我觉得自己身上有无限的潜能。有时我是诙谐的，有时我是快乐的，有时我又是郁闷的。我不但优雅，而且机灵。我快活地告诉这个人：'来呀。'又阴暗地对另一个人说：'不行。'有一个人从他一直所站的玻璃橱窗前的那个位置决绝地离开了。他靠近这边，向我这边走来。有生以来，这是我所经历的最为激动人心的时刻。我非常紧张，心跳得飞快。我就如同一棵漂浮在河里的小草，不是漂向这边，就是漂向那边，可是身子却像柱子一样一动不动，好让他继续走向我。'来吧，'我说，'来吧。'那个正走向我的人面无血色、头发黝黑，看上去很忧郁、浪漫。而反观我，却是一副又奸诈又顽皮又机灵的样子。因为他是沉郁的，是浪漫的，他就在这儿，他就在我身边停下来。

"现在，就像一只帽贝从崖壁上离开，我稍微拧了一下身体，从原地离开，和他一起陷进去，被带走了。我们被这股悠缓的潮流所裹挟。在这缠绵悱恻的音乐中，我们时进时出。礁岩时不时让这股舞动的潮流中断，让它看上去是那么不和谐，那么破碎不堪。经过这番折腾，我们终于被带到这个规模盛大的舞阵里面去了，它让我们紧紧相依，让我们没办法逃离它那曲折、封闭的围墙。在舞阵的整体中，我们的身体、他的坚定、我的轻盈，全都挤在一起，我们被迫和对方贴得紧紧的，接下来它又继续蔓延，在悠缓和动荡中，让我们持续旋转在它的中心。忽然没有音乐了。我的血液仍然剧烈跳动着，而我的身体却动弹不得。整个房间都在我的眼前打转。它停下来了。

　　"那么，来吧，让我们就这样晕眩着向金漆椅那边走去。和我想象的相比，这个舞阵要更加厉害。我没有想到我会头晕。这世上的一切我都不在意。其他任何人我都不在意，只在意这个我还不知道名字的男人。月亮啊，难道我们这一对不般配吗？我们这一对，我身着绸缎，他身穿千篇一律的那一套，难道我们现在坐在一起不高兴吗？和我地位齐平的那些人现在就尽管把目光投到我这边来吧。我也没什么好躲避的，你们这些男人、女人。我在你们当中名列榜首。这是我的世界。现在，我把这只高脚杯端起来呷了一口。酒有股刺激的药味儿。我边喝边忍不住做鬼脸，这种黄色液体浓缩了香味和鲜花、炎热和辉煌的味道。之前在我身后躲着的那个呆板、谨慎的家伙，现在慢慢把眼睛闭上了，睡着了。这可真是太让人高兴了，让人心里的一块石头落了地。我不由得打开了话匣子。从我嘴里，连续不断地冒出词句。到底是些什么话已经不重要了。它们都一个劲地往外蹦，生怕落后一样。一个字眼和另一个字眼形成一个团体，捆绑在一起，之后又衍生出更多。我到底在说些什么也不重要。在堆积如山的话里，有一句话如同在高空飞翔的鸟儿，从我们两个当中的空间飞过去，在他的嘴边停下来。我又把我的杯子倒满，喝了下去。我们中间再没有那道屏障。另一个温暖又私密的心灵接纳了我。我们两个就如同并肩站立在阿尔卑斯山的一道山口。他一脸忧伤地在山路的最高处站着。我弯下腰，把一朵蓝色的鲜花摘下来，踮起脚，插到他的外套上。好啦！这是我愉悦的时光。如今，它已经成了过去时。

　　"现在，我们开始觉得枯燥无聊。其他人快速经过我们身旁。我们已经找不到曾经身体在桌子下面紧紧相偎的感觉。那些金发碧眼的男人我也很喜欢。门打开了。门一直在开关中循环。现在我想，当门下次被打开时，我的生活肯定会有所改变。进来的是谁？哦，只是一个来送酒杯的侍者。一个老头进来了——和他相比，我只是一个小孩子。一位贵妇人进来了——我得在她面前装一下。那儿有一些年龄和我差不多大的姑娘，我对她们有一种紧张而得体的敌意。因为她们的身份地位和我一样。我命中注定就是这个世界的人。这是我赌的一次咒，这是我冒的风险。门打开了。哦，来吧，我对这一个人说，全身上下都洋溢着喜气。'来吧。'于是他走向我这边。"

"我要走慢一点儿，保证不把他们跟丢了就行，"罗达说，"就如同我看到了一个熟悉的人一样。可事实却是我一个人都不认识。我要把窗帘拉开，看看今晚的月亮。接连不断的忘记会把我的焦躁抚平。门开了，老虎扑过来了。门开了，害怕一拥而入。害怕和害怕相连，一直紧紧跟在我后面。让我偷偷去看一眼我珍藏的珠宝吧。世界的另一边有一些池塘，大理石圆柱的倒影映在里面。燕子用翅膀掠过池水。可是在这儿，门开了，人们进来了。他们走向我这边。他们刻意微笑着，以便把他们的残忍、冷漠掩盖住，他们把我抓住了。燕子的翅膀掠过池水，月亮从碧蓝的海洋越过。我一定要把他的手紧紧握在手里，我一定要有所回应才行。可是我应该怎么做呢？我被人群推向这里，惭愧于自己这具笨拙的身体，我得忍受他那像箭一样射过来的无情的目光，我，一个对世界另一边的大理石圆柱和燕子在那儿点水的池塘充满向往的人。

"在那些烟囱帽上面，夜色越发深了。我从他的肩膀越过，看向窗外，看到一只镇定的猫，它没有淹没在灯光中，也没有在绸缎里迷失自我，它可以想干什么就干什么，逗留一会儿也好，伸伸懒腰也好，抑或是走动走动也好。我对个人生活的所有细节都充满厌恶之情。可是我被牢牢束缚在这里，只能去听。我身上背负着一种巨大的压力。假如不能把那数世纪的重担除去，我就没办法向前。我被若干利箭射得体无完肤。我遭到鄙视和嘲讽的穿刺。我，一个胆敢直面暴风雨、愿意被冰雹压迫的人，却被牢牢固定在这个地方，无处躲藏。猛虎扑向我，若干闲言碎语扑向我。它们巧妙又持续地鞭打着我。我只能吞吞吐吐，企图用谎言把它们拦在外面。为什么护身符可以保护我免受这种灾难呢？在这种热乎的劲头下，我又怎么好意思装得像个没事人一样呢？我脑海里出现那些箱子上的姓名，那些裙子从张开的两膝间往下垂的母亲，那些连接起伏的山坡的林中空地。不要让我暴露在阳光下，我撕心裂肺地哭喊道，救救我吧，救救我吧，因为我是你们当中最柔弱无助的人。珍妮可以像一只海鸥一样在大海上翱翔，敏锐地观察着四周，说什么都行，什么都很实在。而我却总是满嘴谎言，总是支支吾吾的。

"当我一个人待着时，我就会使劲摇晃我的洗脸盆，那支舰队就属于我。可是在这儿，在窗前，我把我的女主人的花缎窗帘上的穗子拧在一起时，我是破碎不堪的，我这个人不再完整。那么珍妮跳舞的时候，她怎么能够那么气定神闲？当苏珊在灯光下把白棉线穿进针眼时，她怎么那么淡定自若？她们会说，没错，她们会说，不。她们甚至会把拳头高高举起，用力砸在桌子上。而我却总是浑身发颤，总是看到荒野中摇晃的荆棘树的身影。

"现在我要故意装作有事的样子，从房间穿过，来到有遮阳棚的阳台上。我看到突然闪亮的月亮的清辉在天空中铺展开来。我还看到广场那边的栏杆，以及两个背对着我的人，他们就如同两尊雕像一样在栏杆上靠着。那么，是存在一个永恒的世界了。很多条利舌在这间客厅里闪动，如同刀一样对我层层剐割，导致我说话开始结巴，导致我爱说谎话。当我从这间客厅走出来时，我看到一些模糊的、全然失去了美感的面孔。那对情侣在那棵梧桐树下蜷缩着。那个警察正在街口值勤。一个男人走过去了。那么，是存在一个永恒的世界了。可是我，虽然一直很小心地在炉火边站着，仍然被那热气所伤，生怕那扇门一打开，就会冲进来一只猛虎，因此我没办法平静地讲话。我不管说什么，人家都会反驳我。每次只要门一打开，我的话就会被迫中止。我才二十岁。我会被摧毁的。我一生都会遭到别人的嘲讽。在这些人中间，我会如同在大海上漂浮的一个软木塞，随着波浪的起伏，忽上忽下，他们每个人的脸都带有抽搐的表情，都有一条喜欢说假话的舌头。每次只要门一打开，我就如同一棵无人问津的小草一样被狠心抛弃。我是一堆泡沫，颤动着，在天涯海角的礁石边缘依附着。我又是一个姑娘，在这儿，在这个房间里。"

太阳远离那温暖的被褥，放射出来的光线把那些亮晶晶的宝石都穿透了。它露出自己的真面目，居高临下地看着那波涛汹涌的海面。波涛和那掷地有声的砰砰声一起坠落。它们坠落时所发出的声响就如同无数马蹄声。它们飞溅起的层层浪花就如同骑手们大力挥舞的长矛和标枪。它们闪耀着刺眼的光芒从海滩冲过，它们热烈地奔涌着，就如同一台机器不停歇地劳作着。田地和树林都沐浴在阳光下，河水变蓝而且泛出层层波纹，沿着水边倾斜过来的草地绿得发亮，就如同鸟儿略微直起来的羽毛。一座座小山如同弓起来的肢体一样蜿蜒，似乎被一些皮带束缚住了。一片片树林在小山的侧面涌现，就如同马脖子上被修整过的鬃毛。

一只只小鸟在满是树荫的花园里欢快地歌唱着。有一只在卧室的窗前高唱着动人的歌谣，另一只在紫丁香树丛中海拔最高的那棵树上欢唱，还有一只在墙头的边沿歌唱。每一只鸟儿都尽情释放着自己的欢乐，好像它们只是一味地吐露自己的歌声，而全然不顾刺耳的声音会不会影响到别人的歌唱。它们的眼睛瞪得圆圆的，一闪一闪的，它们的脚爪把树枝或栏杆紧紧抓住。它们在阳光和空气中尽情地歌唱，丝毫都不露怯，它们的羽毛很美，上面还带有像贝壳一样的纹理或发光的铠甲，这儿带点儿浅蓝色，那里带点儿金黄色，有的则有同色的光亮的条纹。它们高声歌唱着，似乎这歌唱声是在清晨的驱赶下才情不自禁地发出来的。它们的叫声就如同被磨得很快的刀锋，需要把那温和的青绿色光芒劈开，把那湿润土地上的潮气劈开，还要把那厨房里四处弥散的油烟劈开，把那羊肉牛肉热乎乎的腥膻味劈开，把那水果糕点的香味劈开，把那泔水桶里的杂碎和苹果皮劈开，这些东西倒在垃圾堆上会散出一阵阵水汽。鸟儿们把它们那利落、冷漠的尖喙伸开，忽然在各种浸泡过的、潮湿的、皱巴巴的东西上面降落。它们突然从紫丁香树枝或围栏上一跃而下。它们看到一只蜗牛，然后把蜗牛壳衔起来磕到石头上。它们磕得很激烈、很有秩序，直到磕碎整个蜗牛壳，有一种湿乎乎的东西从破壳里流出来。它们快速起飞、滑翔，直到云端，同时还有阵阵尖叫声响起，之后从高处的树梢上落下来，居高临下地看着下面的树叶和尖塔，还有处处是花草的田野，以及喧嚣着的大海。鸟儿们的歌声有时汇聚成一片急切的声响，就如同从山涧冲下来的溪水，四处飞溅着泡沫，形成一股激流，顺着河床，和两岸接连不断的树叶相碰撞，愈加快速地冲下来，可是只要碰到岩礁，就会一分为二。

阳光尖利地射到房间里面，不管什么东西，只要碰到了光线，就会变得迷幻起来。一只盘子似乎变成了一汪白白的湖水，一把餐刀就如同一把没有温度的匕首。忽然，那些平底玻璃杯就如同被光线高高举起。桌子和椅子似乎之前在水底沉着，现在漂到了水面上，而且还在持续往上升，把深红、橘黄、淡紫浅浅地掩埋着，就好像那熟透的水果皮上的红晕。瓷器上的光彩、木头上的纹路、垫席上的纹理，都变得越发清晰了。不管什么东西都没有了影子。

一个碧绿的水罐，它那强烈的色彩好像一只漏斗一样把人的目光牢牢吸引过去，就像帽贝一样粘在上面。接下来，物体的形状好像把主体和棱角都显现出来。这儿是一把椅子上的雕饰，那儿是一个巨大的碗柜。之后，当光线越来越强，它们面前就会飘过一片片阴影，层层叠叠地聚到一起，笼罩在它们后面。

"好漂亮，好神奇啊！"伯纳德说，"这个到处都是圆顶和尖塔的伦敦，在迷蒙蒙的雾中闪烁地横亘在我的眼前。当我们来到她附近，在煤气塔和工厂烟囱的守护下，她睡得正香呢。她拥抱着这庞大的蚁群。所有叫喊声和吵闹声都被这一片寂静所包围。即便是那么庄严的罗马，此刻也比不上她。不过，我们的目的就是要到她这里来。她那柔和的睡意已经少了一些。雾中闪现出密密麻麻的房屋，此起彼伏的屋脊似乎有了翅膀。工厂、玻璃圆屋顶、各种公共机构和剧院，都挺立得高高的。来自北方的早班列车如同一颗炮弹直射向她。列车开过时，我们把一扇窗帘拉开了。每当我们轰隆隆地从一个个车站驶过时，总会接受呆板的、带着一些期许的目光。每当我们和死亡的威胁一起经过他们身边时，那些人就会更紧地握住手中的报纸。而我们则呼啸着持续向前跑。我们似乎要在这座城市的侧翼爆炸一样，就像一颗炮弹就要把一头巨大、严肃的动物击中一样。她正愉悦地哼着小曲儿，呢喃着什么；她正期待着我们的到来。

"同时，当我站在车窗边朝外张望时，我深切又离奇地觉得正是因为自己很快乐（已经订了婚约），我的速度才会这么快，才会变成射向这座城市的炮弹的一部分。我太麻木了，以致对这一切都表示容忍。我会说，亲爱的先生，你为什么要惶惶不安地取下你的箱子，把戴了一晚上的帽子塞到里面呢？不管我们做什么都是无益的。我们都被一种壮观的协调所笼罩。我们似乎有了巨大无比的鹅的灰色翅膀（这是一个晴好又枯燥的早晨），都变得高耸、齐整、严肃，因为我们只想抵达目的地。我不想要火车忽然停下来。我不想要我们这样面对面坐了一晚上才建立起来的联系一下子就没有了。我不想要看到一切都再次被仇恨所主导，还有各种各样的欲望。在奔驰的火车上，我们坐在一起，只有一个相同的渴望，那就是抵达尤斯顿站，这一个相同点是非常难得的。可是你看！这一切都画上了句号。我们已经让我们的愿望变成了事实。我们已经在月台边停下来了。急迫、紧张，想要第一个从大门走出去、挤上电梯的心情，全都展现出来了。可是，我并不想做第一个走出大门的人，去承受生活的重担。自从星期一，我被她接纳以后，我全身上下都充满了自尊，只有当我先叫了一声'我的牙刷呢'，我才能在玻璃杯里看到我的牙刷，可是现在，我却甘愿一松手丢下我们的行李，只是在这儿的街道上站着，漠不关心地望着这些公共汽车，毫无欲望，也不羡慕什么——对人类的命运充满好奇，假如这还能够吸引一些我的智力的话。可是完全没有。我已经到了，得到了认可，我什么欲望都没有了。

"就如同婴儿吃饱以后把乳头吐掉、无比满足地睡着了一样，现在，我可以毫无顾忌地沉浸在这种不被人们所关注的寻常生活中了。（顺便说一下，裤子的作用真的很重要，因为破烂的裤子，再智慧的头脑也会四处撞墙。）你时常可以看到人们在电梯门前所表现出来的那种荒谬的犹豫。是应该乘这部电梯，还是乘其他电梯呢？接下来就会显露出人的个性。他们快速地各奔前程去了。他们的行为都是受到了某种必要的驱动。像一定要去履行一个约定，或者得买顶帽子这样的烦心事儿，就会让这些曾经是那么一致的可爱人类各奔前程。就拿我自己来说，我一点儿目标都没有，也没有任何企图心。我甘愿随波逐流。我脑子里的东西全都是一闪而过，就如同一条有什么就反映出什么的灰色溪流，不会留下任何东西。对于过去发生的事情，我总是忘记，我的鼻子、我眼睛的颜色、我对我自己的身体大概有什么看法，我都忘记了。只有在非常紧急的时候，在交叉路口，在街道边，才会冒出自己的身体需要保护的念头，牢牢攫住我，让我停在这里，停在这辆公共汽车面前。看起来，我们是坚持想要活下去的。可是之后，又冒出了冷漠的念头。来往如织的喧闹，掠过眼前的无数模糊的面孔——有到这边去的，有到那边去的，让我在这昏沉沉的臆想中沉醉，眼前的面孔都开始变得模糊起来。人们似乎要径直踩着我的身体走过去了。而且，现在究竟是什么时候，我意识到自己被约束的这个特别的日子，究竟是什么日子？往来如织的喧闹也许是其他什么东西在骚动，像森林中的树木的呼啸，或是野兽的狂叫。时间已经往后退了一两英寸，我们向前走的那几步根本就不作数。我还想到我们的身体其实是不着寸缕的。我们只是被掩盖在一层薄薄的扣着扣子的衣服下面，而在这些人行道的下面，则是贝壳、骨头和安静。

可是，真的，我的想象，我踌躇不前的摸索——就如同一个人被迫卷到一条河的下面，总是遭到一些漂移的、自发的、毫无关联的贪婪、渴望的冲动所打扰，变得破碎不堪。(比如，我竟然想要那只手提包。) 不，我还是想再深入一点儿，想对那隐秘的深处进行探讨，偶尔对我的天赋能力进行一下锻炼，不能光行动，还要去探讨，去倾听隐约的、古老的树枝断裂的声音和猛玛的吼叫，不可思议地沉浸在那些行动派根本不可能完成的事情里面——拥抱并理解整个世界的冲动中。当我溜达时，我就是因为一种怪异的颤动的怜悯之心而全身激动不已，这种怜悯之心，就如同我在某种隐秘的存在中出现一样，毫不顾忌地涌上来，推动我去对这些怀着热切渴望的人群加以理解，这些把眼睛睁得大大的、四处晃悠的人，这些供使唤的童仆，和这些全然不知自己的命运、只是窥探商店橱窗的偷偷摸摸的姑娘。可是，对于我们朝生暮死的生命历程，我却了然于心。

"可是，真的，我没办法对这样一种感觉予以否认：对于我来说，现在的生命被莫名其妙地延长了。这是不是代表着我可能会繁衍下一代，也许会无所顾忌地繁衍后代，拥有相比这一代人来说——这些虽然被命运扼住了喉咙，却为了无休止的竞争而在大街上熙熙攘攘的众生——更加繁盛的后代呢？在某些暑假，我的女儿们会到这里来，我的儿子们会开创一个崭新的世界。因此，我们并不是会被随意风干的雨滴，我们会让花园变得兴旺，让树林变得热闹，我们会通过不同的方式发展下去，绵延不断。那么，我之所以那么有信心，而且内心无比坚定，原因就在于此。否则，当我置身于这条嘈杂的大街的人群中时，在摩肩接踵的人群里，我总可以给自己打开一条通道，总可以在安全的时候过马路，不是都成了荒谬的事情吗？这当然不是自大的浮夸，因为我压根不爱慕虚荣。对于我所拥有的特殊天赋、特殊气质，或是我身体上——眼睛、鼻子或嘴巴——所具有的那些特点，我全然忘记了。在现在这个时刻，我变成了另外一个人。

"可是看，它又回来了。一个人天生的气质是没办法消除的。它从某条缝隙悄无声息地进入一个人的特殊构造——他的个性——之中。我并不是组成这条街道的一部分——不，我只是在对这条街道进行观察。因此，人并不是一个整体。比如说，有个姑娘正站在那边的后街上等人，等什么人？一个浪漫的故事。一架小型的升降机安装在那家店铺的墙上，我就问，为什么把这架升降机安装在那里？而且想象在六十年代的某个时候，一位衣着时尚、矫揉造作的尊贵夫人，被一身是汗的丈夫拽出马车。这个故事真是太可笑了。这就是说，我命中注定是个捏造故事的专家，命中注定是一个揪住什么事情就会胡乱说一通的家伙。此外，在不由自主地进行这些观察时，我会对我的自我进行有目的的设计，让我显得独树一帜，而且在我闲庭信步时耳边总会响起一个声音："小心！赶紧把这个记下来！"我会想象，在某个冬天的晚上，有人要求我讲出我的所有观察的意义——那会成为一段人们争相传播的名言，一份圆满结束的最后陈词。可是，如果只是不停地在后街上自说自话，不久就会遭到人们的唾弃。我需要有人听我讲。我之所以堕落就因为此。出于这个原因，那份最后的陈词总是弄得皱巴巴的，无论如何也不能变成文字。我不能天天坐在一家破旧的小饭馆里，总喝同样一杯酒，让自己在一种液体——这样的生活——之中。我把我的言辞想好，之后携带着它来到一间摆放着家具的房间里。在那里，几十支蜡烛会照亮它。我需要得到很多关注的目光，让他们看着我展示这些漂亮花哨的东西。我需要得到其他人的眼光的启迪，才能完成我自己（我自己也发现这一点了），所以我时常不能弄明白我自己到底是个什么样的人。而像路易斯、罗达，通过他们的形单影只，完全可以确定他们的身份的真实性。他们不喜欢别人启迪他们、描绘他们。有一次，他们把别人给他们描绘的画像扔到了野地里，而且是正面朝下。路易斯的言辞似乎结了一层冰。他们的言辞是经过碾压的，可以存续很长时间。

"因此，我希望在这阵昏昏欲睡过去以后，在朋友们神采奕奕的衬托下，我可以精神勃发。我曾经在昏暗的领域里探索。一个奇怪的领域。在短暂的抚慰时刻，在把所有称心如意都暂时抛到脑后的时刻，来自这个明亮的圈子里的隐约的浪涛的叹息曾经传到我的耳朵里。我曾经有过一个非常平和的短暂时刻。那可能就是幸福。如今，一些难受的感觉、好奇心、贪婪（我觉得很饥饿）以及无法抑制地想要表达自我的渴望却搞得我非常灰心。我想到那些我还可以跟他们沟通、交流的人：路易斯、内维尔、苏珊、珍妮和罗达。和他们相处时，我会显得很有才华。他们会将我从昏暗的心灵中拔出来。今天晚上我们就要见面了，感谢上帝。感谢上帝，我不用再一个人待着了。我们会共进晚餐。我们将和打算去印度的珀西瓦尔说再见。时间还早，可是我似乎已经看到了那些先辈，那些前驱者，那些离开我的朋友的身影。我看到了路易斯，棱角清晰，就像石头雕塑一样；内维尔，看上去是那么严肃，就像剪刀剪出来的一样；苏珊的两只眼睛如同两颗亮晶晶的葡萄；珍妮则像一团烈焰，在干燥的土地上疯狂跳舞；而罗达，那个泉水仙女，身上从来没干过。这些图画都存在于我的想象中——这些都是捏造出来的影子，这些不在我身边的朋友的影像看上去是那么怪异，只要真人的鞋尖一触碰，马上就没了踪影。可是它们让我感到很振奋。它们清除了这些愚蠢的想象。我开始不喜欢孤独——不想让它那层层帷幕窒息而讨厌地把我覆盖住。哦，快把它们扔掉，快活起来吧！不管什么人都没问题。我不是个喜欢讲究的人。打扫马路的人可以，邮差可以，这家法国餐馆的侍者可以，那个友善的老板也可以，他那温和的态度就如同是提前给你准备好了的。他在亲自给某位宾客调拌色拉。这位宾客是谁呢？我问，他有什么特别的呢？他和那个戴耳环的太太又在聊些什么呢？她是一位朋友还是一位顾客？我刚坐在一张餐桌旁，就马上察觉到那快速涌来的杂乱、不安以及各种可能性和期待。各种各样的想象顿时都冒了出来。看到自己有这么丰富的想象力，我恨不得找个地缝钻进去。我可以轻轻松松地用丰富的词汇来对这里的每把椅子、每张桌子，以及每个进餐的人进行描绘。我的头脑忙碌不堪，让所有事物都被一层辞藻的薄纱所覆盖。甚至，跟侍者说一句和酒有关的话，也会引发一场爆炸。一枚火箭会马上发射出去。它那金黄色的微粒落在我那具有丰富想象力的土壤中，那土壤顿时变得更加肥沃。这爆炸完全不能预测，人们交往的兴致就在于此。我，这个和一位不熟悉的意大利侍者待在一起的人，究竟是谁？在这个世界上，没有什么事物是永恒的。谁能肯定地说每件事情背后都有什么寓意？谁又能对每句话最终会指向何处进行预测？它就如同一只从很多树梢掠过的气球一样。对知识进行谈论是毫无益处的。一切都只是探险。我们永远和一些未知数生活在一起。会有什么发生呢？我不清楚。可是当我把酒杯放下来，我记起来：我已经是有未婚妻的人了。今天晚上，我要和朋友们一起吃晚饭。我是伯纳德这个人。"

"还有五分钟到八点，"内维尔说，"我来得太早了。我提前十分钟就过来了，就是想要体验一下每一分钟等待的感觉，就是想看着门打开，再说一句：'那是珀西瓦尔吗？不，不是珀西瓦尔。'在说'不，不是珀西瓦尔'时，我会产生一种不正常的快感。我已经连续看到那门打开合上二十多次了，每次都越发激烈地触动我悬着的心。他就要到这里来。他就要在旁边的桌子边坐下来。在这儿——看起来好像难以置信——他确实会出现在这里。这张桌子，这几把椅子，这个里面插着三朵鲜花的金属花瓶，很快就会有重大的改变。这时，这所房间，包括那些弹簧门，那些被水果和大块冷肉铺满的桌子，同这个你等待着发生点什么的地方一样，被一种隐约的、不太真实的外表所笼罩。所有的东西都摇晃个不停，似乎原本就是虚无的。特别引人注目的是白色桌布上空无一物的样子。其他正在这里吃饭的人那无视的神情让人窒息。我们相互对望了一眼，知道我们压根就没有见过对方，于是翻个白眼转身离开了。这样的对望就像在经历一场凌迟一样。让我对人世间所有的冷漠都深有体会。正是因为他要来，我才能够忍受这一切。我会走的。可是现在肯定有人已经看到他了，他一定在一辆出租马车里面坐着，他一定正从一家店铺经过。而且，他似乎每时每刻都把这种耀眼的光线注入这个房间，这种让人无法忽视的存在感，使得所有事物都好像失去了它们本身的意义——这把刀刃就像一道闪光，而不是用来切割东西的工具。正常的标准好像都不存在了。

"门被打开了，可是没看到他进来。来人是在门口徘徊不定的路易斯。这正好神奇地融合了他的自信和怯懦。他进来时照了照镜子，捋了捋头发，他不太满意自己的外表。他时常把这样一句话挂在嘴边：'我是一位公爵———个历史悠久的家族的末代后裔。'他说话刻薄，性格古怪，高高在上，和人相处不太好（我是把珀西瓦尔作为标杆的）。而同时他又很难缠，因为他总是表现出一副嘲讽的样子。他已经看到我了，他向我走过来。"

"苏珊来了，"路易斯说，"她没有看到我们。她没有捯饬自己，因为伦敦的浮华是她所看不上的。她在弹簧门前犹豫了好久，就像一只因灯光而眩目的动物。如今，她开始迈开步子了。她的动作（哪怕穿梭在桌子和椅子中间）带有某种像野兽一样的既安静又自信的神气。她似乎在本能的驱使下就找到了路，在这些小桌子中间穿梭自如，没有碰到任何人，也不理会那些侍者，却直接来到我们在角落里的桌子面前。一看到我们（内维尔和我），她的脸上就表露出一种让人坚信，又让人紧张的表情，似乎她已经把她要找的东西找到了。如果得到了苏珊的爱慕，那就像被一只鸟用尖利的嘴凿穿，被死死钉在谷仓的门扇上一样。可是有时，我甘愿被一只鸟嘴凿穿，甘愿被死死钉在谷仓的门窗上，这样就什么都不用担心了。

"现在罗达也来了，不知道她是从哪里来的，当我们没有张望时，她悄无声息地溜进来了。她一定绕了一个大圈子，不是以某个侍者为遮挡，就是以某根带有装饰的柱子为遮挡，以便让见面时的激动来得晚一些，以便多抓住些机会把她水盆里的那些花瓣摇晃一会儿。我们会打扰到她。我们会让她饱受折磨。她对我们充满畏惧之心，她看不上我们。可是，她还是胆怯地走向我们，因为不管我们多么冷漠，依然有那么几个名字，那么几张脸，这几张脸会以饱含快乐的神情欢迎她，会把她前行的道路照亮，让她一直拥有美好的梦想。"

"门开了，门总是开了又关，关了又开。"内维尔说，"可是他还没到。"

"珍妮来了，"苏珊说，"她停在门口一动不动，似乎世间一切都静止下来。那个侍者也不再移动了。在门口附近的桌子那里，正在吃饭的几个人也放下了手里的餐具，盯着她看。她似乎成了宇宙的中心，一张张桌子，一个个的门、窗、天花板，都在她身边熠熠生辉，就如同一颗在打碎的玻璃上映射出来的星星，周围闪闪发光。因为她，所有事物都集中到一点，一切都变得井然有序。现在她看到我们，便迈开步子，于是所有的光芒都开始聚焦在我们头顶，不停地晃动着，升腾起一阵崭新的情绪高潮。我们都有了变化。路易斯摩挲着自己的领带。内维尔忐忑不安地等待着，不停地摆弄他面前的刀叉。罗达一脸惊讶地看着她，似乎有一团火在遥远的地平线上烧得正旺。而我呢，尽管我用力想象着那些潮湿的青草、田野、雨声和大风，好让我的心灵可以抵御她，可是我依然察觉到她的嘲讽把我团团围住，我被她嘲弄的火舌攫住，把我的磕碜的打扮、粗笨的指甲彰显无遗，我赶紧把手藏到桌布下面。"

"他依然没有来。"内维尔说，"门开了，可是他还是没来。进来的人是伯纳德。毫无意外，当他把大衣脱掉时，他里面的蓝色衬衣从腋窝缝里露了出来。同时，他和我们其他人不一样，他不需要用手推门就可以进来，压根不会想到他进了一间全都是他不认识的人的屋子里。他也不会照镜子。他的头发乱糟糟的，可是他根本没有发现这一点。他完全没有发现我们和他有什么不一样的，也没有想过他要来的地方就是这张桌子。在来这儿的路上，他一直很迟疑。那是谁呢？他自问道，因为他有点儿熟悉那位穿着表演歌剧用的斗篷的女人。对于所有人，他都有点儿熟悉，可事实上，他根本不认识任何人（我是指对比珀西瓦尔和他的关系）。可是现在，他一看到我们，就马上亲切地和我们打招呼，他的宽容、热爱人类的个性（同时带着暂且容忍所谓'热爱人类'这种无聊事情的态度），根本让人招架不住。结果，如果不是因为珀西瓦尔——所有一切都因为他变得虚幻起来，你一定会觉得——有人已经有这种想法了：这是我们的节日。我们现在都集中到一块。可是珀西瓦尔不在，就让人觉得不踏实。我们根本上就是在虚幻中移动的影子、虚无的幻象。"

"弹簧门在持续开关中。"罗达说，"不停地有陌生人进来，一些我们这一生都只会见一次的人。他们带着一种无所谓的冷漠表情，非常讨厌地从我们身边走过，让我们觉得：哪怕我们不存在，这世界也会持续存在。我们压根不会消失，我们一定会记住自己的长相。就包括我在内，尽管没有自己的面孔，尽管走进来时没有影响到任何人（苏珊和珍妮进来时他人都发生了变化），没有归属，没有仰仗，和所有一切都不合拍，甚至没办法让自己变成一片空无一物的一种自然的延续或一堵安静的墙，好衬托出这些在上面晃动的人影，可是我同样也觉得忐忑。这都是拜内维尔和他的忧郁所赐。看到他那么忧郁，我心里乱糟糟的。一切都无法安定，无法平静。每一次推开门时，他就把目光聚焦在那张桌子上——他始终不敢抬头，之后用渴求的眼神看着邻座，说：'他还没来。'可是，他终究还是来了。"

"现在，"内维尔说，"我的树开花了。我有精神了。一切郁闷都消失了。也没有障碍了。我们不会再被沉闷的气息所笼罩。他让一切都变得井然有序。餐刀也可以用了。"

"珀西瓦尔来了，"珍妮说，"他没有好好捣饬自己。"

"珀西瓦尔来了，"伯纳德说，"他将了将头发，不是因为爱面子（他没有照镜子），而是为了变得更体面。他是一个普通人，是一位英雄。那些小伙子曾经以他为榜样从运动场穿过。他擤鼻子时，我们也照做，可是擤不出来，因为他是珀西瓦尔。如今，当他要和我们分别时，所有这些小事都浮现在眼前。他是一位英雄。哦，没错，这是可以肯定的。而且当他坐在他喜欢的苏珊旁边时，事情也就达到了完美的境界。我们这些从前喜欢四处闹腾的家伙，这会儿都规规矩矩地坐着。我们这群人，曾经仗着年轻为所欲为（年龄最大的也才二十四岁多），曾经急躁地各唱各的调，满怀青春的那种冷漠的、自私的心理对我们各自的蜗牛壳一通猛砸，直到将它砸得稀巴烂（我也是其中一员），或者曾经一个人高高盘踞在卧室窗外，歌唱那对于一只稚气的雏鸟来说弥足珍贵的爱情、荣耀以及其他各种个人经历。而现在，我们开始熟络，而且当我们坐在这家饭店里时，我们更加熟络了，因为这里的每个人都有着不同的趣味。我们总是被来往如织的车辆行人搅得分了神，镶着玻璃的大门总是开了又关，关了又开，带给我们各种各样的诱惑，损坏我们的自信心，因此当我们在这里相聚时，我们之间变得更加熟络了，更加相信我们可以抵抗住诱惑。"

"现在让我们摆脱孤独的阴影吧。"路易斯说。

"现在，让我们干脆利落地把心里正在揣摩的事情说出来吧，"内维尔说，"我们不再是一个人作战了。那些我们彼此之间躲躲藏藏的时光已经过去了，那些我们在楼梯上相互倾吐秘密，有时害怕有时欣喜的时刻，全都已经过去了。"

　　"年事已高的康斯坦布尔夫人把那块海绵举得高高的，于是我们周身都觉得暖洋洋的。"伯纳德说，"我们似乎穿上了一件崭新的、让人感觉特别舒适的皮肉做的衣服。"

　　"穿长筒靴的那个小伙子正在菜园里和那个洗碗的女仆谈恋爱，"苏珊说，"就在那些随风吹拂的晒洗衣服下面。"

　　"风吹过的声音就如同一只老虎在喘息。"罗达说。

　　"那个人一脸青黑地在水沟里躺着，有人割断了他的喉管。"内维尔说，"结果爬楼梯时，我连抬脚去踢那棵让人无法忍受的苹果树的力气都没有，它那银白色的叶子僵硬地挺立着。"

　　"虽然没有人向树篱上的那片叶子吹气，可是它却抖动个不停。"珍妮说。

　　"在那个被太阳炙烤的角落里，"路易斯说，"很多花瓣正畅游在浓绿中。"

　　"在埃尔维顿，园工们正拿着他们的大扫帚清扫，而那个妇女正坐在桌前写信。"伯纳德说。

　　"现在，就像从卷成一团的线团里把一根根丝线抽出来一样，"路易斯说，"我们在这里相会，回忆过去的事情。"

　　"那时候，"伯纳德说，"出租马车在大门口停下来，我们都用力拉了拉崭新的帽子，把眼睛盖住，就是不想让别人看到我们眼眶里的泪水，以免有损我们的男子汉气概。之后我们就坐上马车，从街道驶过。街上，连那些女仆都把目光投向我们，而我们的名字被白漆写在箱子上，告诉全世界我们要去上学了。我们的箱子装着几套衬裤和袜子，这都是按照规定来的。我们的母亲提前在上面绣上了我们的名字缩写。那就如同母亲第二次分娩我们。"

　　"之后就是兰波特小姐、卡婷小姐和巴德小姐主宰了一切。"珍妮说，"这几位非比寻常的女士戴着洁白的皱领，面色像石头一样，一脸的高深莫测，紫晶石的戒指就像干净的蜡烛、昏暗的萤火虫，不停地摇晃在法语、地理、算术课本上；还有地面，铺着绿色台面呢的餐桌，以及在一个架子上摆放着的鞋子。"

"铃声响了，"苏珊说，"姑娘们嬉笑着。地毯上的椅子被随意拖拽。可是，从一间阁楼望过去，可以看到一片蓝色的风景、一片远方的原野，还没有被严格掌控的、人为的腐败生活所污染的景色。"

"我们头上笼罩的迷雾消退了，"罗达说，"我们用力把那些衬着碧绿的叶子、在花环上摇摆的花朵抓在手里。"

"我们都变了，变得都认不出对方来了，"路易斯说，"在所有这些彼此不一样的光线下暴露，我们身上所有的东西（因为我们也都彼此不一样），都像在空白空间里掺杂的斑点，慢慢显现出来，就如同一滴酸落在一块印板上，形状极其不规则。我变成这样了，内维尔变成那样了，罗达则又是另外一种样子，伯纳德也和以前不一样了。"

"之后，淡黄色的树枝下面划过一条条小船，"内维尔说，"而伯纳德像往常一样优哉游哉地向大片浓绿、历史悠久的宅第前行时，我身边的一个土堆把他绊倒了。在一阵情感的悸动下——这是我见过的最猛烈的风、最让人猝不及防的闪电——我把我的诗抓在手里，用力扔到地上，随后用力把门关上。"

"可是我呢，"路易斯说，"当我看不到你们时，我就在我的那间办公室里坐着，撕掉一页日历，之后当着一班船舶经纪人、粮食零售商和保险统计员的面大声说：'十号、星期五，或者十八号、星期二的黎明已经来到了伦敦。'"

"那时，"珍妮说，"罗达和我盛装打扮，脖子上戴着清凉的项链，上面镶嵌着几颗价值连城的宝石，我们微笑着和人寒暄，从盘子里拿了一块三明治。"

"老虎在腾跃，在世界另一端墨绿的潭面上，燕子正把自己的翼翅点湿。"罗达说。

"可是，我们现在在一起，"伯纳德说，"我们在一个特别的时刻，在这个特别的地方齐聚一堂。一种共同具有的、深切的感情吸引着我们，我们共进圣餐。为了方便起见，我们能否用'爱'来称呼这种感情？我们可否用'对珀西瓦尔的爱'来称呼它？因为珀西瓦尔就要去印度了。

"不，这个名字不太具有延展性。我们这么深广的感情，怎么能被这样一个狭小的符号所局限呢。我们聚到一块（从南方、北方、路易斯的公司、苏珊的农庄），是为了一个共同的目标，这个目标不用那么勉强——为什么要勉强呢？——它需要被放在多双眼睛下面。有一朵粉红的康乃馨插在那只花瓶里。当我们坐在这里等待时，它还只是一朵花，而如今它却成了一朵花瓣层层叠叠的、粉红中泛着紫褐的鲜花，在银灰色的叶丛中傲然挺立。这是一朵完整的花，我们每双眼睛都功不可没。"

"在历经了青春时代的冲动和无穷尽的烦恼以后，"内维尔说，"现在光线投射在真正的目标上。这里有餐刀和餐叉。世界把它最本真的样子展现出来，我们也是一样，因此我们可以愉悦地交谈了。"

"我们彼此是不一样的，这点要解释起来可能会太玄妙了，"路易斯说，"但是让我们来试着解释吧。我进来的时候捋了捋头发，希望看上去和你们更像一点儿。可是我根本无法做到，因为我和你们不一样，我没有那么纯粹，也没有那么完整。我已经经历了上千个一生。我每天都在挖掘。我在沙堆里把自己的遗骸找了出来，那是数千年以前尼罗河畔的妇女们堆积起来的沙堆，当时我正在听她们唱歌，听戴着镣铐的野兽跺脚。现在你们身边的这个人，这个路易斯，只是经历过某种辉煌以后所剩下来的残渣。我曾经是一位阿拉伯王子，看看我那豪放的举止吧。我曾经是伊丽莎白时代的一位优秀诗人。我曾经是路易十四宫廷里的一位公爵。我极其爱慕虚荣，极其骄傲自满。我有一个无尽的欲望，要让所有女性都发出怜悯的叹息。我今天没有吃午饭，就是想让苏珊觉得我面无血色，让珍妮安慰我。可是，在我对苏珊和珀西瓦尔一脸羡慕时，却对其他人憎恨不已，因为就是因为他们，我才做出了捋头发、掩饰口音这些可笑的行为。我是一只捧着粒坚果滔滔不绝的小猿猴，而你们则是提着装满变味小面包的口袋的脏兮兮的女人，同时我是一只被关着的老虎，而你们则是看守，手里还拿着通红的铁条。这就是说，比起你们，我要更加厉害，可是经过多年沉默以后才表现出来的渴望，将会被消磨光，有的只是生怕受到你们嘲讽的担心，只是为了躲开迷眼的风暴，而对风向进行的摸索，以及为了把那铿锵有力的诗行写出来而付出的种种努力——这些诗行可以关联起海鸥和牙齿残缺的妇人，可以关联起教堂的尖顶和我在吃午餐时（那时，我正把我的诗集——也许是卢克莱修诗集吧？——在调料瓶和溅上肉卤的菜单旁边竖起来）看到的那些若隐若现的毡帽。"

"可是，你是不可能会恨我的。"珍妮说，"哪怕我们各自居住在一间到处是描金座椅和外交使节的屋子里的一头，只有当你为了让我同情你而走向我，你才有可能看到我。就在刚刚我进来的时候，所有一切都凝滞了。侍者们都呆住了，正在用餐的人们也停下了手里的动作。我现在的神情就是对所有将要发生的事情都了如指掌。当我坐下来时，你伸手摸了摸你的领带，然后又把手放到了桌子下面。可是，我没有掩藏什么东西。这些我早就预料到了，每一次门被推开，我都会叫：'又来人了！'可是，我的想象范围不超过身体。我只能想象我的身体范围内的东西。我的前驱者是我的身体，就如同在一盏灯光的指引下，从一条黑漆漆的小巷穿过，在灯光的照耀下，所有东西都进入光亮的区域。我让你目不暇接，我让你相信这就是一切。"

"可是，当你在门口站着时，"内维尔说，"你让人呆住了，让人忍不住感叹，而这对于自由自在的交谈来说，无异于一个强大的障碍。你一站在门口，就把我们的目光吸引过去了。可是，我的到来没有任何一个人看见。我来得很早，我径直走到这里，就是想坐在我所喜爱的人的身边。我的生活充满了急切感，这是你们所没有的。我就如同一只在嗅觉的指引下追逐猎物的猎犬。从早晨到傍晚，我一直在追逐。对于我来说，任何事情都是毫无意义的，不管是在沙漠里追求理想，还是追求荣耀或金钱。财富、名誉，我是一定会得到的。可是，我所渴求的东西，我永远得不到，因为我躯体上的魅力不足，也没有勇气。和我的躯体相比，我的头脑的反应速度要快多了。在还没有抵达目的地之前，我的身体就不堪重负了，在一个湿润的，甚至是让人作呕的土堆上倒下来。在人生最紧急的时刻，我获得了别人的怜悯，可是这不是爱。因此，我饱受恐怖的、痛苦的折磨。可是，我并没有像路易斯那样被人所鄙视。我很真诚，从来不会去骗人。这是我身上值得称道的地方。正是因为它，我的痛苦也变得没有止境了。正是因为它，哪怕我处在默默无言的状态，我依然可以主导别人。而且，因为在某些方面，我有点沾沾自喜，虽然这不是你的希冀，但一个人总处在变化的状态，而且在早上时我根本预测不到晚上会和谁待在一起，因此我一定不会保守、僵化。我会把自己从最难堪的处境中拔出来，我会改变方向，寻找突破。石子从我全身像铠甲一样的皮肉上、从我延展开的躯体上反弹回去。在这样持续不断追求的过程中，我将慢慢老去。"

"如果我可以相信，"罗达说，"我将在不断的追求和变化中变老，我就不会再因为没有任何事物是永恒的而害怕了。这一时刻不会导向下一时刻，门打开了，老虎跳出来了。我进来时你们没有看到。为了不让那一跳带来惊吓，我是绕着椅子走过来的。对于你们所有人，我都心生恐惧。对于那来到我身上的感情的震动，我心生恐惧。因为我做不到像你们那样应付自如——我做不到从这一时刻导向下一时刻。对于我而言，它们都是激烈的、彼此自成一体的，而假如在这一时刻的震动中，我晕倒了，你们就会扑过来撕扯我。我从来都没有目标，怎么从这一时刻走向下一时刻，从这一钟头走向下一钟头，我压根都不知道，我任由某种自然的力量去对它们加以处理，直到它们成为一个整体，一个牢不可破的整体，即你们所说的生活。因为你们都有一个共同的目标——一个要在他身边坐下来的人，对不对？一个想法，对不对？你的美，对不对？我不知道——你们度过的每一分每一秒，就如同一只对猎物发起追击的猎犬从森林中的一根根树干和林中的一片片绿茵跑过。可是，于我而言，我就要追踪一个猎物或躯体。而且我没有面目。我就如同涌向沙滩的泡沫，就像那月光，不是在罐头盒上笔直地落下来，就是在披着铠甲一样的海冬青的尖利枝叶上落下来，或者在一块骸骨上落下来——一条马上就被全部腐蚀的船骸上。风带我进入各种大洞穴，而且像一片纸屑一样在没有止境的长廊上翻飞，我只能用手扶住墙壁，才能摆脱里面那个世界。

"可是因为我特别希望所有事物都有自己安身立命的地方，所以只要在珍妮和苏珊后面，晃晃悠悠地上楼时，我就会故意装作有目的的样子。当我看到她们穿袜子时，我也照做。我等着你先发言，然后再模仿你的样子去说。我在某种力量的吸引下，从整个伦敦穿过，来到一个特别的地方、一个特别的场所，不是因为你、你，或者是你，而是想让自己燃烧起来，在你们这些毫无忧虑地生活的人的共同火焰上，让我自己燃烧起来。"

"今天晚上，当我来到这间屋子时，"苏珊说，"我停顿了一会儿。我就如同匍匐在地的野兽一样张望着周围。地毯、家具、香水的气味实在是太刺鼻了。我喜欢一个人在湿润的田野里穿行，或者在某个门口停下来，用我那特别灵敏的鼻子谨慎地窥探周围，并生出疑问：野兔在哪儿呢？我喜欢和这样的一群人在一起生活：他们像我父亲一样，拿着药草，朝火堆里吐痰，穿着拖鞋慢悠悠地行走在长长的小径上。憎恶、难过的大叫是我能够听懂的仅有的一种语言。这样的说话方式就像从一个老妇身上把那已经成为她身体一部分的衣服扒下来，可是此刻，当我们交谈时，她的全身都涨得通红，而且只有皱成一团的大腿和松垮垮的乳房。而当你们沉默下来时，你们就又变漂亮了。我只有自然的快乐。它就差不多使我心满意足了。当我疲惫的时候，我就上床睡觉。我在那里躺着，就如同一片反复种植着各种农作物的田野。夏天，我的身体周边是舞动的热浪；冬天，我的手脚都被冻得通红。可是不管我愿不愿意，热浪和严寒都轮番上场。我的孩子将会把我的生命延续下去。他们会长牙、哭泣、上学、回家，就如同大海在我体内翻滚一样。海浪无时无刻不在翻腾。比起你们中的任何一个人，我会被每个季节的高峰举得更高。等到我奄奄一息时，我所拥有的东西将超过珍妮、罗达所拥有的。可是，在另一方面，你们会对其他人的思想和快乐表现出不同的态度，并数次做出妩媚的样子，而我却只会沉默不语，把怒气写在脸上，弄得满面绛紫。冷酷又美好的母性的热情把我折磨得太惨了。我会想方设法让孩子们的社会地位提高一些。我会仇恨那些看出我的孩子身上的缺陷的人。我会恬不知耻地偏袒我的孩子。我会仰仗他们来离你远远的，你，还有你。而同时，我又备受妒忌的折磨。我对珍妮无比痛恨，因为她让我意识到我的手掌很红，我的指甲不整齐。我的爱太狂热了，因此当有人用我最爱的对象不应该听到的言辞来评价他时，我会无比痛苦。他摆脱了那些语言，而我却没有离开，努力想要把在树梢上的叶丛里移动的丝线抓住。那些语言的意义，我还无法理解。"

"假如我天生就不明白一个词的后面一定会有另一个词跟着，"伯纳德说，"那么，谁知道呢，我可能早就变成随便一个什么东西了。所以事实是，为了在任何时候都可以把它们之间的顺序找到，我无法承受一个人独处的重担。只要我无法看到那像烟圈一样围绕在我身边的辞藻，我就如同身陷囹圄——变得一无是处了。当我独处时，我就会显得一点儿精神都没有，边捅着炉栅里的炉灰，边一脸郁闷地告诉自己，莫法特夫人就要来了。她就要来了，来清理干净这些炉渣。路易斯独处时，他会想得非常深刻，而且会写下一些比我们大伙存在的时间还要长久的辞藻。罗达喜欢一个人待着。她对我们心生畏惧，因为她只有独处时才有的那种强烈的存在感会被我们破坏——看她把餐叉抓得是多么紧——她就是用这个来抵抗我们的。可是我，只有和那个管道工，或是那个马贩子，或者随便什么人聊几句，让我高兴，我才会找到自身的存在感。那时，我的词句所形成的烟圈上升、坠落、飘荡，在鲜红的龙虾、黄澄澄的水果上面盘旋，把它们装扮得异常美丽。可是要看到，言辞实在是太轻浮了——它都是由不同的遁词和迂腐的谎言所组成的。因此，我的个性的一部分来自别人所提供的刺激，它和你们不同，并不完全属于我自己。这就如同银子上有一些难看的瑕疵，一些无法猜透的、不规律的纹痕，进而让它的成色下降了。正因为如此，在学校的时候内维尔总是会因为我抛下他而气愤不已。我时常和那些戴着小制帽和像章、喜欢说大话的小子一起，坐着四轮大马车——今晚，他们当中也有几个在这里聚餐，之后他们就要不约而同地去音乐大厅了。我真的对他们很有好感。因为他们也和你们一样，带给我强烈的存在感。而且也正因为如此，当我从你们身边离开，当火车开动，他们会觉得是我走了，而不是火车——伯纳德，他压根都不在意，他面无表情，他没有车票，而且可能连钱包都没有了。苏珊两眼直直地盯着那在山毛榉树叶中滑落的丝线看，大叫道：'他走啦！他离开我啦！'因为她没有抓住任何东西。我总是被持续不断地创造和再创造。彼此都不一样的人们都可以从这里生发出完全不一样的词句。

　　"所以，今晚我希望有五十个人可以和他坐在一起，而不是某一个人。可是在这么多人中间，只有我表现得很自在而又没有太随便。我并不是粗鲁的人，也不是什么爱钻营的人。哪怕无力抵抗社会的重压，我也时常可以通过灵活的舌头，传播一些费解的话语。看看我那些精致的小玩意儿吧，很快就可以捏造出来，它们真的让人心情大好。我不是什么喜欢积攒奇货的人——当我离开这个世界的时候，我只会留下一柜子旧衣服——而且对于那些在生活中让路易斯饱受折磨的虚名，我也完全没有兴趣。可是我付出了很大的代价。像我这样全身上下都是钢铁、银子和普通泥土的斑驳纹理的人，是绝对不会被那些不靠外在刺激的人所掌控的。像路易斯和罗达那样的自我约束和英雄主义，我是根本做不到的。我不可能造出一个完美的词句，哪怕是在严肃的交谈中也不可能造出来。可是对于快要消逝的某一刹那，我却可以贡献出更多，甚至远超你们中的任何一个人，我会走进比你们所有人都要多的房间，更多的互不相同的房间。可是因为我身上有一些东西不是来自内部，而是从外部来的，因此人们会把我给忘了。只要我的声音消失了，你们就会把我给忘了。否则即便是想起我，也只是视为我某个曾经把水果编织成美丽辞藻的声音的回声。"

"看啊，"罗达说，"听我说，看啊，光线正越变越强，处处都是鲜花盛开、果实成熟的景象，而我们的视线，当它们看向这间屋子和所有的桌子时，似乎从那些彩色的窗帘——鲜红的、橙黄的、红棕的以及其他奇怪的中间色调穿透了，那些窗帘就像帏幔，慢慢张开又合上，就如同一种东西融到了另一种东西里面。"

"没错，"珍妮说，"我们的感官已经扩展了，那些本来不堪一击的神经网络和薄膜变大而且延伸开去，它们就如同丝线一样，在我们周身密布。因为它们，空气不再是不可以触摸的，因为它们，以前听不到的声音现在也可以听到了。"

"我们被伦敦的吵闹声所包围，"路易斯说，"机动车、运货车、公共汽车来往不断。所有一切都在一种像转动的车轮一样单调的声音里沉沦。所有某一类的声音——车轮声、铃声、醉汉、找乐子的人的声音——都混合到一起，成为一种散发着钢铁般蓝色的光泽、周而复始的吵闹。这时汽笛发出一声长鸣。于是海岸慢慢消失，烟囱也逐渐看不见，轮船向更辽阔的大海驶去。"

"珀西瓦尔走了，"内维尔说，"我们坐在这里，被簇拥在人群中，被灯光照耀着，显得那么斑斓，所有的东西——手、窗帘、餐刀、餐叉、正在用餐的其他人——都搅和到一起。我们被困在这里。而印度却在外面的世界里。"

"我看到印度了，"伯纳德说，"我看到那长长的、低矮的海岸，我看到一些被踩得泥泞不堪的弯曲的小街，在东倒西歪的宝塔间穿来穿去。我看到一些像雉堞一样的发光的屋顶，一派不堪一击又衰败的景象，似乎它们只是匆忙在一个东方博览会上搭建起来的临时建筑。我看到在一对阉牛的拉动下，一辆矮小的牛车正冒着酷日走在大路上。那辆破旧的车子一摇一晃的，似乎随时都要散架一样。这时有个轮子陷到辙沟里面了，若干个缠着腰布的土著立马围了过来。他们滔滔不绝地说着什么，可是却不采取任何行动。时间似乎没有止境，野心勃勃则总是一场幻梦。一切都被一种人类的所有努力都无济于事的感觉所笼罩。空气里处处散发着难闻的酸臭味儿。一个老人在一条水沟里站着，边嚼着槟榔，边屏气凝神，意守丹田。可是现在，看，珀西瓦尔过来了，他戴着一顶太阳帽，骑着一匹全身都是跳蚤的牝马过来了。在经过西方的行为练习以后，在把他所习惯的粗鲁语言派上用场以后，在短短四分多钟的时间里，那辆阉牛拉的车就被处理好了。有关东方的难题就这样被化解了。他骑马继续前行。他被人群簇拥着，他被他们誉为神，事实上，他就是个神。"

"他是难以捉摸的，不管他身上有没有什么让人觉得奇怪的地方，"罗达说，"这都无所谓。他就如同一块被丢到池塘里的石头，身边总是有一群小鱼。和这些小鱼一样，我们平常喜欢到处窜，可是只要他来了，我们全都以他为中心。和这些小鱼一样，只要发现前面有一块大石头，我们就会很满足地围绕着它活动。我们的身体会慢慢沉浸在一种舒适的感觉中。我们的血液被金色的亮光所照耀。一下，两下；一下，两下。在平静、自信的状态中，心脏在跳动；在一种自我感觉不错的境界中，心脏在跳动；在一种宽容的快乐的心情中，心脏在跳动。而且你们看——所有外部的世界——远方地平线上的模糊影像，像印度，都进入我们的眼帘。曾经颓废的世界又重新变得舒展，黑暗中再次出现遥远的外省，我们似乎在我们的视界内，在我们骄傲的外省的一角，看到泥泞不堪的道路、鱼龙混杂的荆丛、摩肩接踵的人群以及啄食尸体的秃鹫，这些都要归咎于珀西瓦尔，他骑着一匹全身都是跳蚤的牝马，顺着一条安静的小路慢慢前行，在荒芜的树下安营扎寨，一个人待在那儿，静静看着连绵起伏的群山。"

"确实是珀西瓦尔，"路易斯说，"就是那个安静地坐在云彩下面的草丛里，只安安静静地坐着的珀西瓦尔。他让我们觉得，当我们像一个身体和灵魂分开后又重聚时，我们曾经所做出的努力是多么可笑。因为害怕，我们抛弃了某些东西。因为虚荣，我们背弃了某些东西。我们曾经努力强调差异。因为特别想把自己的独特性彰显出来，我们曾经把我们身上的不足和特别之处故意显现出来。可是在我们的脚下，总有一根链条以一个钢蓝色的圆圈为中心持续旋转。"

"那不仅是爱，也是恨，"苏珊说，"那就是那条只要我们望向下面，就会感到头晕的深不可测的激流。这会儿我们站在一块岩礁上，可是只要我们看一眼下面，马上就眼花缭乱，站立不稳。"

"那不仅是爱，也是恨，"珍妮说，"就如同因为有一次我在花园里和路易斯亲吻，苏珊对我也是这样的感觉。因为我好好打扮了一下自己，当我走进来时，给她的感觉就是'我的手很红'，而且赶紧把手藏到桌子底下。可是，我们之间的爱和恨一样，都是融为一体的。"

"可是这些奔腾的激流，"内维尔说，"我们在上面架起了立足平台，比起我们起身准备说话时所发出的那些相互冲突的叫喊，这些奔腾的激流要更加平稳；当我们竭力争辩，努力想要把这些可笑的话语——'我就是这个，我就是那个！'——抛出去时，言辞自身就不太可靠。

"可是我吃东西。当我吃东西时，我就慢慢把我到底有什么特别的地方给忘了。我慢慢臣服于食物。这些可口的烤鸭，在各种蔬菜的搭配下，持续散发着温暖、美好的滋味，从我的嘴巴经过，进入我的喉咙、肚腹，让我全身上下都变得惬意。我觉得平稳、隐忍。如今，一切都显得是那么平实。现在，我的嘴巴对某种甘甜的、可口的东西，某种加了糖的、细腻的东西有着天生的渴求；还有甘洌的酒，像葡萄叶一样的香甜，像葡萄一样的紫红，用来抚慰我的上颚里震颤的敏感神经实在再合适不过了，当我啜饮它时，它便会让我的嘴巴张得大大的，变得像有一个拱顶的山洞。现在，我可以淡定地看着我脚下那四处飞溅着泡沫的水流了。我们该用一个什么样的特殊名称来称呼它？让罗达来说吧，我看到她的脸正隐约在对面的镜子里显现。有一次，当她正在晃动一个棕色面盆里的花瓣时，我打断了她，问她伯纳德偷走的小刀子在哪儿。于她而言，爱不可能是什么泥潭。她看向下面时也不会觉得头晕。她的目光从我们的肩头越过去，看向远离印度的地方。"

"没错，从你们肩与肩之间的缝隙，从你们的头顶越过去，"罗达说，"我看到一处风景、一处低谷，那里层峦叠嶂的山崖像要合拢一样，就像飞鸟把它们的翅膀合拢一样。那里，在生长着矮小而坚挺的蒿草的草地上，叶色昏暗的灌木丛随处可见。我看到一个白色的人影在这昏暗的背景上移动，它也许是个活人，绝对不是什么石像。可是它不是你，不是你，也不是你，不是珀西瓦尔、苏珊、珍妮、内维尔或路易斯。当那白皙的手臂在膝盖上撑着时，它就如同一个三角形；当它站直时，它则像一根柱子。现在，它则像一股汩汩朝外冒着泉水的喷泉。它没有做出任何动作，也没有和任何人打招呼，它压根就没有看到我们。它身后是呼啸的大海。它是我们所无法企及的。可是我却冒着极大的风险到了那里。我去到那里，去赶走我的空虚，去让我的黑夜延长，让它们尽可能被各种梦境填满。而且哪怕是在现在，转瞬之间我就可以实现我的目标前，我跟它说：'不要再晃荡了，所有其他的东西都是考验，目的地就在这里啊。'可是，这类游历，这种出发的时刻，总是开始于你们都在场的时候，开始于这张桌子旁边，这些灯光下面，珀西瓦尔和苏珊身边。因此，当从你们的头顶越过，从你们肩与肩之间的缝隙穿过，或者当我在舞会上从房间穿过，站在窗前看向外面的大街时，那片小树林总会出现在我的眼前。"

"可是他的鞋子的声音呢？"内维尔说，"他在楼下大厅里说话的声音呢？还有看到他无视别人时呢？有人在等他，可是他却始终不来。时间已经越发晚了。他不记得了。他正和其他人待在一起。他是个不遵守承诺的人，他的爱情一点儿意义都没有。哦，因此才会如此难受——因此才会那么绝望啊！而这时门开了。他来了。"

"我亲切地和他打招呼，'赶紧过来啊，'"珍妮说，"于是他就过来了，他从房间穿过，走向我坐着的地方，我在一把描金的椅子上坐着，我的礼服像一层纱一样把我的身体包裹着。我们小心地触碰了一下对方的手，我们的身体里似乎有火焰在燃烧。座椅、杯子、桌子——所有的东西都散发着光彩。所有的东西都在抖动，所有的东西都像在燃烧，所有的东西都被照得熠熠生辉。"

"看，罗达，"路易斯说，"他们变成了夜行者，看上去是那么兴奋。他们的眼睛里有光芒在闪烁，飞快得如同扇动飞蛾的翼翅，似乎像没有眨动过一样。"

"我们听到了号角和喇叭声，"罗达说，"树叶分开了，牝鹿在灌木丛中大声叫唤。有人在跳舞和敲鼓，就如同一些不着寸缕的野人拿着标枪在舞蹈和敲鼓一样。"

"就如同一些野人在篝火旁跳舞一样，"路易斯说，"他们是没有被驯化的，他们是冷漠的，他们围成一个圈，一边跳舞一边拍打肚皮。火焰腾起，把他们涂着各种色彩的脸孔照亮，还有豹子皮和他们从活着的动物身上活生生撕下来的肢体都被照亮了。"

"节日的焰火越发高涨，"罗达说，"当游行队伍敲锣打鼓地经过时，把嫩绿的树桠和鲜艳的花枝抛向四周。他们的号角有蓝烟朝外喷射，在火把的照耀下，他们的皮肤显现出红黄相间的斑纹。他们把紫罗兰抛向四周。在那片层峦叠嶂的圆形草地上，他们把花环和桂冠给心爱的人戴上。游行的队伍走过去了。当他们经过时，路易斯，我们觉得气氛一下子没那么热烈了，我们和气氛的跌落做着斗争。影子逐渐斜去。我们默契地往后退，斜靠在一个冰冷的坟墓上，看着紫红的焰火慢慢消退。"

"死亡和那些紫罗兰是编织在一起的，"路易斯说，"死亡，之后依然是死亡。"

"坐在这里的我们是多么骄傲啊，"珍妮说，"我们这些人还不满二十五岁呢！外面一些树上盛开着美丽的鲜花，外面一些女人四处晃悠着，外面一些马车快速转弯，急匆匆地驶过。我们在经历了迷茫的青春期以后，正凝视着前方，随时准备应对各种事情（门开了，门一直处在开了又开的状态）。一切都是真实的，一切都是板上钉钉的，没有任何错觉或幻影。我们的眉梢上写满了美。我有我的美，苏珊有苏珊的美。我们的皮肤既坚定又安宁。我们之间的差异是那么明显，就像被太阳照射的岩石的阴影。热气腾腾的面包卷就放在我们身边，金黄的、瓷实的，桌布是雪白的，我们把手掌微微弯了一下，随时打算握得紧紧的。数不清的时日就要到了，冬天的时日、夏天的时日，我们的宝藏一直好好地埋藏着。如今果子已经成熟了。房间里金黄一片，我对他说：'赶紧过来。'"

"他的耳朵红通通的，"路易斯说，"当那些城市的小职员吃午餐时，周围笼罩着油腻的肉味。"

"既然我们还有很多时间，"内维尔说，"我们就得好好反省一下，自己应该做些什么？我们会不会顺着证券大街闲逛，到处看看，也许还会买一支自来水笔，就因为它是绿颜色的，或者想问一下镶着蓝宝石的那枚戒指多少钱？或者我们会不会坐在房间里，一直盯着炉中的煤块烧成红通通的火焰？我们会不会拿一本书过来读？我们会莫名其妙地大笑吗？我们会不会来到处处是鲜花的草地，摘一些雏菊编成花环？我们会不会去查找开往赫布里底群岛①的最近一班列车是什么时候，而且想办法去订一节车厢？这一切都是有可能的。"

"对你来说是这样，"伯纳德说，"可是昨天我不小心撞到了一个邮筒上。昨天我订婚了。"

"这一小堆砂糖好奇怪啊，"苏珊说，"还有这些彩色的梨子皮，这些镶在镜子边上的丝绒。之前我压根没注意过。现在所有东西都固定下来了，所有东西都是稳定了的。伯纳德订婚了。已经发生了某种不可逆的事情。一个圆圈已经被扔到了水面上，已经加上了一条锁链。我们再也不能想怎么漂流就怎么漂流了。"

"这都只是暂时的，"路易斯说，"在链子断掉以前，在恢复秩序以前，人们会发现被约束的我们，被展示的我们，被老虎钳夹住的我们。

"可是现在那个圆圈裂开了，水开始流动了。比起之前，现在的我们冲得更快了。那些隐藏在心底的各种欲望，如今都冒了出来，让我们被它们那汹涌的波涛所淹没。妒忌和痛苦、羡慕和欲念，还有某种更加沉重、更加强大、更为私密的东西。响起了要求行动的声音。听，罗达（由于我们是心灵相通的，我们的手贴在冰凉的坟头上），听那要求行动的仓促、兴奋的声音，听那猎犬追赶猎物的声音。他们现在口不择言地讲着什么，甚至都来不及管有没有说完整。他们像情

① 在苏格兰西部。

侣一样窃窃私语。他们被一种高傲的兽性所钳制住。他们腿上的神经兴奋地颤动着。他们的心脏跳得飞快。苏珊拧着她的小手帕。珍妮的眸子里有火焰在跳动。"

"别人的指指点点和挑剔的眼神，"罗达说，"从来不会影响到她们。她们转过来看了一眼，看上去是那么淡定。她们摆出来的架势是多么骄傲啊！珍妮的眼睛里跳动着旺盛的生命力，苏珊是用多么犀利的眼神在寻找草根里的虫子啊！她们的头发金光闪闪。她们的眼睛就如同闯到叶丛中寻找猎物的野兽的眼睛，闪烁着动人的光彩。圈子已经不在了。我们已是各奔东西。"

"可是，这种高傲的自负不久就消失了，"伯纳德说，"真的太快了，执着地追求个性的时刻不久就会结束，想得到幸福以及更多幸福的渴求过于多了。石头沉下去了，那样的时刻已经结束了。我周围是一片开阔的天地。现在我的眼睛里似乎有若干双充满探知欲的眼睛张开。现在任何一个人都可以要了已经订婚了的伯纳德的命，只要他们还未曾接触过这片未知领域的边缘，这片未知世界的丛林。为什么，我问我自己（异常小心地说），那边的那些女人只顾着自己吃饭？她们是什么人？在这个特别的晚上，她们是因为什么聚集在这个特别的地方？屋角的那个年轻人，我可以肯定他是从乡下来的，因为他总是摸后脑勺，看上去很是不安。他要向别人求助，因此非常迫切地想要更好地招待他的东道主——他父亲的朋友，以致现在，他完全感受不到明天上午十一点半左右就可以享受到的欢乐。我还看到那位女士一直在往她的鼻子上扑粉，哪怕这场交流需要投入百分之百的精力。可能她们是在谈论爱情，可能是在谈论她们某个共同好友所遇到的倒霉事。'哦，我的鼻子现在会是什么样啊！'她想，接下来，她把她的粉扑拿出来，在扑粉时，也就一并抹掉了刚刚有关人心难测的强烈愤慨。可是，仍然存在一些难以解释的疑团：那个戴眼镜的形单影只的男人是谁？那个自顾自喝着香槟的年事已高的太太是谁？这些陌生人都是谁，都是从事什么工作的？我问我自己。我可以以他或她所说的话为依据，捏造出很多故事，我的脑海中闪现过很多画面。可是，故事是什么？是我不停摆弄的玩具，是我吹的一些气泡，是一个圆圈从另一个圆圈穿过。有时候我甚至怀疑所谓的故事到底存不存在？我的故事是什么？罗达的故事是什么？内维尔的故事又是什么？只是存在各种事实，因为，比如说：'那个身穿灰色衣服的长相帅气的年轻人，比起其他人的喧哗，实在是太安静了，以致显得很奇怪，现在他把马甲上的面包屑掸掉，接下来快速和侍者打了个招呼，用着既严肃又不失亲切的手势，侍者马上赶过去，没过多久，就用盘子托着一张折叠好的账单回来了。'这就是事实，这就是实际情况，凡是这以外的东西都是黑暗和猜测。"

"现在，当我们付过账单，准备分别时，"路易斯说，"我们血液中的那个因为我们互不相同而时常破碎的圆圈，现在又愈合了。已经形成了某种东西。没错，当我们起身，并且因为有点儿不安而觉得焦躁时，我们都把这种共同的感受牢牢抓住，真心恳求：'无论如何都不要迈步，无论如何都不要让那扇弹簧门把我们已经形成的东西打破了，粉碎那个就在这里，在这些灯光下面，在这些果皮、面包屑和来往如织的人们中间所形成的一方小天地。无论如何都不要迈步，无论如何都不要离开。让它就这样保持下去吧。'"

"让它就这样待一会儿吧，"珍妮说，"不管我们用爱称呼它，还是用恨称呼它，让这个用珀西瓦尔，用青春和美，还有某种沉沉地压在我们内心的东西而做成的小世界多待一会儿吧，也许将来再也不会有人让我们这样凝聚在一起了。"

"它里面有世界另一边的森林和遥不可及的国家，"罗达说，"海洋和丛林，豺狼的嚎叫和在鹰隼飞翔的高山之巅遗落的月光。"

"它里面也拥有幸福，"内维尔说，"还有平凡事物的安宁。一张桌子、一把椅子、一把裁纸刀插在一册书页间。还有玫瑰花瓣，以及当我们安静地坐着时，或者因为某件细碎的事情出现在脑海里而忽然开始讲话的时候，那飘忽的光影。"

"一个星期中劳作的那几天就在它里面，"苏珊说，"周一，周二，周三，那些向田野奔去的马和那些正在回家的马，那些无论什么季节，有时展翅高飞，有时低飞，都把榆树枝儿往巢里衔的白嘴鸦。"

"还有我们要面临的事情，"伯纳德说，"那是在珀西瓦尔所打造出来的美妙而自傲的时刻，我们所注入的最后，同时也是最耀眼的一滴，就如同一滴来自天上的水银。将来会有什么等着我们？我边问自己，边把我的马甲上的面包屑掸掉，外面到底有什么等着我们？当我们坐下来吃饭、聊天时，我们已经证实过，我们完全有能力增添一些东西到时间的宝库中去。我们不是天生就要忍受各种奇怪的打击的奴仆。我们也不是跟随在某个主人身后的羔羊。我们是创造者。我们也曾经把某种东西创造出来，让它和曾经岁月中的若干会众聚合到一起。一样的道理，当我们把帽子戴上，把这扇门推开时，我们并不是来到一片沼泽，而是来到了一个世界。在那里，等待我们的是一个可以用力量征服、走向一条永久的光明之路的世界。

"当他们去叫马车时，珀西瓦尔，赶紧多看几眼这些你再也无法看到的景色吧。在车轮的碾压下，这街道已经变得又硬又光滑。在我们强大的能量的作用下，那黄澄澄的光幕，就像一块烧得正旺的布，在我们头上盘旋。剧院、音乐厅和私家住宅里的灯火，共同形成了这片光的海洋。"

　　"一块块耸立得高高的云朵，"罗达说，"在好像涂过亮光油的鲸骨一样的黝黑的天空飘荡。"

　　"现在极度的痛苦就要开始了，现在我被恐惧牢牢地攫住了。"内维尔说，"现在车子开过来了，珀西瓦尔要走了。我们要怎样才能把他留下来呢？如何才能把我们之间的距离跨过去呢？这堆火要如何扇，才能让它一直燃烧呢？如何告诉长久的未来，我们这些在大街上，在路灯下站立的人，一直爱着珀西瓦尔呢？现在，珀西瓦尔终于走了。"

太阳已经升高。它不再是隐约的一团，它的存在不再只是通过一些若有若无的影像和光束来推测，就如同一位在碧蓝海水床垫上躺着的姑娘，她的额头上佩戴着像水晶球一样的宝石，珠宝发射出的像枪刺一样的蛋白色光束一直闪烁在隐约的大气中，就像一条从水里腾空而起的海豚把它的肚腹露出来，或是一把发着亮光的刀刃。现在太阳已经完全燃烧起来了，不再遮遮掩掩。它照射着坚硬的沙滩，岩石都变成了炽热的火炉，它四处寻找水洼，抓捕着那些在缝隙中躲避的小鱼儿，它让沙滩上锈掉的车轮、白骨残骸，或是一只漆黑的没有鞋带的靴子暴露无遗。所有东西在它的映照下都彰显出最本真的色彩，沙丘把它们那若干个亮晶晶的颗粒闪现出来，野草把它们那闪耀的碧绿显现出来，它的光有时还落在荒芜之地，有时折射进犁沟车辙，有时从废弃的路标石堆扫过，有时又变成矮小碧绿的野树丛的装饰物。它把光辉灿烂的宁静的清真寺照亮了，把南方乡村中那些极易坏掉的红白相间的纸板房子照亮了，把那些跪在河床上、使劲捶打着衣服的头发灰白、乳房扁塌的妇女照亮了。阳光还捕获了正在海面上慢慢航行的轮船，透过黄色的遮篷，阳光肆意地挥洒在那些在甲板上休闲的乘客身上，轮船驮着他们单调地航行在大海上，他们天天都挤在油腻的晃动不断的船舷上，不时眺望着远方的陆地。

　　阳光肆意洒落在南方连绵起伏的群山的峰顶上，照射在满是石头的河床上，吊桥下面的河水已经少得可怜，那些在炙热的石头上跪着洗衣服的妇女都没办法把她们要洗的衣服打湿，瘦弱的骡子驮着驮篓，在发出清脆响声的灰色的石子间踽踽前行。正值中午，那些小山丘被炙热的阳光烤得很是惨淡，就像刚经历过一场爆炸一样，而在离北边更近的多云多雨之处，有一点微光闪烁在那些似乎被铁铲的背部拍成光滑的平板的小山坡上，就如同那里面有一个守护者高举着一盏绿灯，穿行在一个又一个房间里。阳光从灰蓝色的空气微粒透过，照射在英格兰的田野上，把沼泽和池塘都照亮了，把一只歇息在木桩上的洁白的海鸥也照高了，把那在梢头平整的树林、正在苗壮生长的庄稼以及绵延的干草地上空慢慢飘移的云影也照亮了。果园的围墙也在它的映照下，砖墙上的纹理、坑凹都发散出耀眼的银色和紫色，似乎带给人柔软的触摸感，只要触碰到就会变成热腾腾的灰土。墙边挂着一串串葡萄，就像鲜花的涟漪和瀑布，叶面下鼓胀着正慢慢长大的李子，若干青草的叶茎汇成一大片闪亮的色彩。所有的树影都缩小成以树根部为中心的一片灰暗的池水。原本一层一层的枝叶在像洪水一样涌下来的阳光的作用下，变成了一大片碧绿。

　　鸟儿欢快地鸣叫着，似乎为某个人而唱，然后就都停了下来。它们一边小声说着什么，一边把一小截一小截的细稻草或树枝叼到大树顶上的那个黑色枝干攀结处。它们身上有金色和紫色的光芒在闪烁，它们在花园里栖息，花园里金链花和紫色的松果球闪烁着金色或淡紫色的光芒，不停地坠落，因为现在正值中午，花园里正是一片百花齐放的景象，即便是花丛下面的那些通道也变换着不同的色调，或变绿，或变紫，或变褐，这就取决于阳光从哪里照进来的，是从粉红的花瓣照进来的，还是从宽阔的黄色花瓣照进来的，抑或是被某根毛茸茸的青翠的粗花茎挡住了。

阳光垂直地照射在房屋上面，昏暗的窗户之间的白色墙壁也因此显得异常夺目。周围遍布绿色的花茎的窗框窗格，把昏暗阴影圈住了。窗槛上投进来一道层次强烈的楔状光线，屋子里的物件都被镀上了一层光辉，像蓝色环状花纹的盘子，带曲形手柄的茶杯，一个大碗突起的腰部，绣着十字形图案的地毯，以及那些无法绕过去的衣橱和书柜的边角。在这些柜橱聚集形成的巨大物体后面有一片阴影，可能还有一个比较清晰的东西在阴影里面，它已经不再被阴影所笼罩，或者仍然在昏暗的深处停留，越发昏暗了。

海浪碎裂以后，海水迅速地漫上了海滩。浪头接连涌过来，又颓然落下，在浪峰坠落的当口，浪花四处飞舞。海浪周身都是碧蓝色，只有浪峰上面闪烁着钻石般四射的光芒。那浪峰连绵起伏，就像健壮的骏马奔驰时背上起伏的筋肉。一波波海浪往下坠落，退向后边，然后又开始坠落，就如同一只巨兽在用力踩着脚。

"他从马上摔下来，死了，"内维尔说，"他的马被绊倒，然后他就被甩下来了。世界之船帆忽然断了，哐当一声落在我的头顶。一切都结束了，世界之光熄灭了。那棵我没办法跨过去的大树在前面直直地挺立着。

"哦，把我手中的这封电报揉成一团吧——再次点燃世界之光吧——这件事就会像从未发生过一样！可是为什么要一个人不停地转脑袋，来逃避问题呢？事实确实如此啊。他的马被绊倒了，他被甩下来了，一闪而过的树木和栏杆都高高飞起。一下子觉得天地都在打转，他的耳朵里有轰鸣声。接下来就是沉重的一击，世界塌了，他重重地喘了一口气。他死在了从马上摔下来的地方。

"乡间的谷仓和夏日，还有我们曾经待过的房间，所有这一切现在都变成了那永远消逝的虚幻世界中的东西。我的过去已经和我没有联系了。那些人跑过来了。那些穿着马靴的人，那些戴着遮阳帽的人，共同把他抬到一个凉亭里，他就在那些陌生人中间死去了。他时常被孤单所包围。他时常远离我。之后，当他回来时，我就说：'看他是多么伟大啊！'

"那些女人慢悠悠地经过窗前，似乎大街上还是和以前一样，没有出现一道鸿沟，也没有一棵我们难以跨越的叶片僵硬的大树挺立着。那么，我们应该是被鼹鼠窝绊倒了。我们把眼睛闭得紧紧的，慢悠悠地走着，心里无比失望。可是我为什么要这么忍气吞声？为什么要尽可能把脚抬起来，爬到楼梯上去？我站立的地方就是这里，我拿着电报站立的地方就是这里。曾经的岁月、夏天的时光和我们曾经坐过的房间，就像仍旧闪烁着红色火星的纸灰，全都消逝了。为什么还要聚会，还要再次开始？为什么还要和其他人聊天、吃饭、产生新交集？从现在开始我就变成了孤身一人。我再也不会得到任何人的理解了。我收到过三封信：'我要和一位上校去玩套环游戏，所以就先写这些吧。'我们的友谊就这样被他画上了句号，他挥了挥手，消失在了人群中。这样的闹剧完全不用弄一场正式的庆典。可是，如果当时有人说一声'等一等'，如果再用力收紧一下马肚带——那么他肯定会再用半个世纪来公平、公正地断案，会坐在法庭上，会第一个冲出去，走在队伍的最前面，会对某个万恶的暴政加以批评，会回到我们身边来的。

"现在我想，有人正偷笑呢，有人正在寻找遁词。一定有人在背后嘲讽我们。那个男孩在往公共汽车上跳时，差点儿就摔下来了。珀西瓦尔摔下来，命都没有了，埋葬了，而我却用心观察着往来如梭的行人，把公共汽车上的扶手紧紧抓在手里，妄想要把他们的性命救回来。

"我不想抬脚去爬楼梯，我想趁着楼下那个厨子不停开关炉火门的工夫，去那棵没办法逃避的树下静静站一会儿，一个人跑到那个被割断喉咙的人那里待一会儿。我不想爬楼梯。我们都是逃不了的，我们所有的人。那些女人提着购物袋慢悠悠地走过。人们持续来往着。可是你们奈何不了。因为我们两个现在正待在一起。我紧紧把你抱住。来吧，痛苦，你来吞噬我吧，把你的毒牙刺到我的身体里面吧，把我撕碎吧。我不停地哭着，哭着。"

"这个巧合真是让人难以置信，"伯德纳说，"事情复杂就复杂在这里，当我从楼梯上下来时，我已经分不清什么是喜什么是悲。我有了儿子，可是珀西瓦尔却死了。我似乎被挂在柱子上，遭到两种感情的挤压，可是喜又在哪一边，忧又在哪一边呢？我问我自己，可是却没有答案，我只知道我想一个人到外面安静地待一会儿，利用这段时间好好想想我的世界到底发生了什么，死亡究竟对我的世界做了什么。

"那么，珀西瓦尔是不可能再看到那个世界了。让我来看看吧。那个卖肉的正把肉送到隔壁去，两个老人正顺着人行道慢慢往前走，一群麻雀从天而落。接下来，机器发动了，我发现了那种旋律，那种震动，可是那种东西和我没有关系，因为我无法再看到它了。（他面无血色，全身上下都被绷带缠得严严实实的，躺在一间屋子里。）因此趁现在这个机会，我可以把事情弄清楚，可是我一定要小心一些，要诚实。我对他的感觉一直以来都是：他在那个地方的中心位置待着。今后我不会再去那里了，那个地方已经什么都没有了。

"哦，没错，戴毡帽的男人和提篮子的女人，我可以肯定地跟你们说，已经有一种对你们而言非常宝贵的东西从你们身边消失了。你们原本有一位可以跟随的领袖，不过现在没有了，你们中间的某一位没有了幸福，也没有了孩子。那个人原本应该赐予你们这些东西的，可是现在他不在了。在印度一家热烘烘的医院里，他被绷带裹得严严实实地躺在一张行军床上，一些苦力正用力摇着蒲扇——在他们那里这叫什么我一时想不起来了。可是这一点很重要，'你们都置身事外'，当鸽子落在房顶上，我的儿子刚出生时，我像这样说过，似乎这是一件确凿的事实。他那种超脱一切的奇怪神情，我到现在都还记得。而且我又继续说道（我的眼眶里满是泪水，之后就慢慢干了）：'可是，这远远超出你所想象的。'我对着半空中正对着我，而我却无法看到的某个没有具象的东西说：'难道你能做到的最好的事情就是这个？'接下来我们感到很兴奋。因为你的确付出了所有的努力。我对着那张毫无血色的脸徒劳地说（因为他才二十五岁，而他原本可以活到八十岁的）。我压根不想躺下来，在哭泣中让这充满烦恼的一生过去。（我应该把这句话写在我的笔记本上，蔑视那些经历了徒劳的死亡的人）。而且，这一点的重要性也毋庸置疑，我一定可以让他处于某种可笑的境地，以便让他不会觉得自己骑在奔驰的骏马上是多么荒谬的一件事情。我一定要这样告诉他：'珀西瓦尔，这个名字实在是太可笑了。'可是，我要告诉你们这些急匆匆去坐地铁的人，原来你们对他是充满尊敬之情的。原本你们是应该列队跟随在他后面的。哦，要在一群急切想要看清人生之路的人中间穿行实在是太奇怪了。

　　"可是信号灯早就亮了，它不停地向我发出呼唤，想吸引我回去。我只是短时间抛开了好奇心。你的目光根本没办法从这架机器身上离开，即便只是半小时。我发现人们的躯体已经变得稀松平常了，可是它们的内部却有着天差地别——这就是透视。那块报纸张贴牌的后面有一家医院，有一些皮肤黝黑的人正在一间长长的房间里拉绳子，之后他们为他举办了葬礼。可是，只要从人们口中听说有位知名女演员离了婚，我就会立刻想要知道是哪一位。可是我没有钱，我无法买来报纸去看，而且我还不能容忍别人来打扰我。

"我问我自己，如果我不能再和你见面，让我的目光一直锁在那个实体身上，那么我们会如何取得联系呢？你已经从庭院穿过，越走越远，使得连接我们的那根丝线越发细了。可是你依然在某个地方存在。你身上的某种东西并没有消失。比如说作为审判员。就是说，假如我自身出现了某种新气质，我会偷偷喊你来当裁判。我会问，你会如何裁判？你充当的仍然是仲裁者的角色。可是这会持续多久呢？事情将变得越发复杂，会有各种各样的新事物出现。我不是已经有了儿子吗？现在我正处在某种经历的最高峰。它势必会衰落下去。我再也不会信心满满地大叫：'我的运气真是太好了！'饱满的士气、鸽群的降落，都消失了。再次回到毫无秩序中。看到橱窗上写的各种名目，我再也不会觉得奇怪了。我不会再去思考为什么要这么急匆匆的？为什么要赶火车？事物回到了原有的秩序中：在一个事物的带动下，会有另一个事物出现——秩序往往就是这样的。

"没错，可是我仍然对这常见的秩序表示憎恶。我还没有学会接受事物的秩序。我要继续前行，我不会停下来，左顾右盼，进而让我头脑中的节奏都发生变化。我要继续前行。我要通过这些台阶到美术馆里面去，去感受一下那些和我一样不被秩序所禁锢的头脑会给我带来什么影响。已经没多少时间去回答问题了，我的精力大不如前，我变得越来越迟钝了。这里有一些画像。这是一些在柱廊里挂着的淡漠的圣母像。真希望她们可以让那颗躁动的心、那个缠满绷带的脑袋，以及那些正在拉绳子的人平静下来，进而给我在事物的深处找到某种难以捉摸的东西提供方便。这里有一些花园，还有被鲜花包围的维纳斯雕像，这里有一些圣徒像和一脸忧郁的圣母像。幸亏这些画像无从考证，它们既没有透露出任何隐晦信息，也没有指名道姓说着什么。因此，我对他的想法的范围反倒被它们拓宽了，而且我心中再次出现了他那完全不一样的样子。我想到了他的英俊。'看他是多么伟大啊。'我时常这样说。

"这些线条和色彩差点儿就让我相信我也可以表现出英雄的一面，我，作为一个那么轻易就可以编造出华丽的语言的人，太容易被诱惑了，很难下定决心，只会迟疑不决地以自己所处的环境为依据编造出一些美丽的辞藻。现在我从自己的软弱中，再次发现于我而言，他到底意味着什么：他是我的反面。因为与生俱来的诚实，他不懂得那些夸夸其谈的把戏。他凭借着天生的分寸感做人，称得上是一位完完全全的生活大师，所以他显得很老到，让别人觉得他极其严肃，甚至说很淡漠。当然他对自己的出人头地漠不关心，尽管他拥有极大的怜悯之心。一个夏天的晚上，一个小孩正在玩耍，房门会一直开开关关，我看向门外，看到了那些让我忍不住落泪的场景。因为它们是不能倾诉的。我向我头脑中的这个地方转过去，发现它是空洞洞的。我正被自己的软弱所压迫。自此以后，不会再有他和它们对比了。

"看吧，现在，这个一脸忧伤的圣母看起来很伤心，满脸都是泪水。这是我的葬礼。我们没有举办什么仪式，只是念了悼词，而且没进行总结，只是发了一些毫无关联的感慨。说出来的话完全不符合现实情况。我们在国家美术馆的意大利展厅里坐着，胡乱欣赏着。我在心里揣测，提香①有没有感觉到老鼠的啃噬。画家总是过着有条不紊、精神专注的生活，细致地描绘着他们的画。他们和诗人不同，不会成为替罪羊，他们不会被锁在山崖上。这种严肃、崇高也正是因此而来。可是，那种深红一定会让提香心里觉得不舒服。毋庸置疑，他曾经用粗壮的手臂把那代表肥沃的羊角举起来过，之后却在这种堕落中脸面尽失。可是我却受到这种严肃的压迫——这种对眼睛持久地全神贯注的要求。这种沉重的压迫是模糊的、不连续的。我不太具有分辨能力，什么事情都只能了解个大概。尽管我触碰到了铃铛的按钮，可是我要么没办法把铃铛按响，要么弄出一些奇奇怪怪的、聒噪的声音。我一味地沉浸在某种光彩中，那种在绿色背景映衬下的褶皱的深红，那排圆柱的行列，那闪耀在一棵棵仿佛竖起耳朵的、乌黑的橄榄树后面的橘黄色光线。我的脊背上生出阵阵像芒刺一样的激动之感，可是很杂乱无章。

"可是还有某种东西存在于我的理解中。在我的理解中深深隐藏着某种东西。我曾经想过把它抓住。可是最后还是把它藏得深深的，让它在我头脑深处隐藏着，偷偷生长，直到某一天开出绚烂的花朵，结出丰硕的果实。在经历了漫长的、悠远的人生以后，在获得启发的那一瞬间，我也许会伸手把它抓住，可是现在我已经不这样想了。那些念头不止一次幻灭，几乎很难形成一个完整的观念。它们总是幻灭，倾泻在我的头上。'相比于线条和色彩，它们会存在得长久一些，因此……'

"我打了个哈欠，我太激动了。那种忐忑的、漫长的时间——二十五分钟，半小时——弄得我身心俱疲，所以我只好离那架机器

---

① 意大利文艺复兴后期威尼斯画派代表画家，有"西方油画之父"的美誉。

远远的，一个人待着。我变得迟缓了，变得冷漠了。我怎样才能不被这种让我同情心爆发的心灵蒙受羞辱的麻木状态所禁锢呢？还有其他一些人也正被痛苦所包围——有很多人正被痛苦所包围。内维尔正在经历痛苦。他爱珀西瓦尔。可是这些极致的痛苦我再也忍受不了了，我需要有个人陪在我身边，我和他一块儿笑，一块儿打哈欠，一块儿回想过去他是如何挠头皮的；一个他曾经无拘无束地与之交往而且心生好感（不是他爱过的苏珊，珍妮倒更加合适）。我还可以在她的房间里忏悔。我可以问：他有没有跟你说过，当他那天邀请我到汉普顿宫去时，我是如何回绝他的？一想到这些事情，我就会半夜惊醒——这些事情是会让人甘愿在世界上的任何一个喧闹的集市上忏悔的罪过，可是在那天，竟然有人不愿意到汉普顿宫①去。

"可是，如今我是多么希望自己能被生活、书籍和各种小饰物以及商人们往来如织的吵闹声所包围，让我那累到极致的脑袋可以好好休息一下，在接受了这番启迪以后把眼睛稍微闭一会儿。之后，我会直接从楼梯上下去，坐第一辆出租车去珍妮那里。"

"这里有个沙坑，"罗达说，"我无论如何都迈不过去。我听到那个大砂轮就在我脑袋附近嚓嚓地飞旋。它卷起的风不停地刮到我的脸上。我被生活的所有能够触摸到的形式抛弃了。我一定会顺着永恒的通道彻底离开这里，除非我可以把某种结实的东西牢牢抓在手里。那么我能抓到什么东西呢？是什么样的砖块，什么样的石头，进而有助于我从这道鸿沟跨过去，和我的身体融为一体呢？

"如今已经没有阴影了，绛紫色的光线斜着映照下来。之前身着

---

① 宫殿名，位于泰晤士河北岸。

华美衣服的倩影，如今却穿得破破烂烂的。当他们告诉我，他们很喜欢听他在楼梯上讲话，很喜欢他穿过的旧鞋子，很喜欢曾和他共度的时光时，我跟他们说，那个曾经身处悬崖朝下看坟头的身影已经消失了。

"现在，我要顺着牛津大街①往前走，同时在脑海里设想被闪电划破的世界是什么样子的。我要去看看那些橡树、开花的树枝折断的地方所裂出的大口子是什么样子的。我要去牛津大街买一双舞会上要用的袜子。我要顶着闪电做我日常会做的事情。我要采些紫罗兰过来，将它们扎成一束，献给珀西瓦尔，作为我送给他的礼物。现在，看看珀西瓦尔都给我送了些什么东西吧。看看这条大街吧，既然珀西瓦尔已经不在这个世上了。这些房屋的地基也太不稳了，一口气吹过来就可以让它们轰然倒塌。汽车肆虐前行，发出轰隆隆的叫声，就像猎犬一样在我们后面紧追不舍。人类的面孔很难看。可是这正好符合我的喜好。我需要公众关注到我，需要癫狂的行为，需要像石头一样被狠狠砸在岩石上。工厂的烟囱、起重机和运货大卡车，那些来往如梭的面孔，各种各样的、冷淡的面孔，我都喜欢。我不喜欢美丽、安静。我要在惊涛骇浪上漂浮，我要在里面溺水而亡，而不需要其他人的拯救。

"借助他的死，珀西瓦尔把这样的礼物送给了我：那让人害怕的东西因为他浮出水面，让我一个人来蒙受这样的屈辱——各种各样的面孔，就如同厨房里的帮手端上来的一个个粗鲁而欲求不满的汤盘；粗俗，贪婪，轻浮；拎着各种提包看向商店的橱窗；抛着媚眼、脸颊透红，所有的一切都被糟践了，即便是我们的爱，也因为被她们用脏

①　是伦敦西区的购物中心，每年都吸引很多游客前来。

手触摸以后都变得污秽了。

"那家卖袜子的商店就在这里。我简直要相信美又重新向外涌现。它的声息就从这些货架之间的通道而来，从这些花边看过去，在这些装着各种颜色的丝带的篮子中间，恍惚可以闻到点儿气息。那么，在这热闹的中心还有一些温暖的洞穴藏在其中，还有一些安静的凹室，我们可以在里面躲起来，在美的翼翅的保护下，躲避开我所渴望的真实。当一位姑娘小心地把一只抽屉拉开时，痛苦就暂时离开了这里。可是紧接着，她开始说话了，她的话音一下子惊醒了我。在这处处是杂草的地方，我忍不住刨根问底，于是发现了羡慕、仇视和嫉妒。在她说话时，所有这一切都向沙滩上涌去。这些东西就是一直陪在我们身边的东西。我要把账单付了，把我的包拿走。

"这里就是牛津大街，在这里，仇视、嫉妒随处可见，都纷纷显现出一副粗俗的生活模样。这些就是一直陪在我们身边的东西。想想那些和我们一起进餐的朋友吧。我想到了路易斯，他正在看晚报上的体育栏目，他老是担心别人会笑话他，真是一个利己主义者。他一边看着往来如织的行人，一边说：只要我们愿意和他同行，他就会成为我们的守护者。只要我们臣服于他，他就可以带领我们走向正轨。这样他才能把珀西瓦尔的死安心抹杀掉，专心致志地从那些调味品瓶子越过去，向天国里的那些房屋投去遥远的目光。同时，伯纳德的眼睛红红的，一下子陷进安乐椅里面。他会把他的笔记本拿出来，在标有'D'的那一栏里，他会写下'悼亡友用词句'。珍妮会一边跳着足尖舞，一边从房间里穿过，在他椅子的扶手上坐下来，随后问道：'他爱我吗？''他爱我是不是比爱苏珊多一点儿？'苏珊———直在打理她的农场，她会举着一个盘子，有那么一瞬间呆滞在那封电报前，之后，朝它用力踢了一脚，让它滚落到炉灶口。内维尔双眼含泪地看了一会儿窗户以后，会从泪水中看到一些东西，然后问道：'是谁经过窗前呢？'——'好可爱的小伙子！'我献给珀西瓦尔的礼物就是这样，凋谢的、黑色的紫罗兰。

"接下来我该去哪里？是不是应该去博物馆？那里的某个玻璃柜里陈放着耳环戒指、女王们用过的服饰。抑或去汉普顿宫，去看看那里的庭院、红墙，以及整齐排列在处处是鲜花的草地上的紫杉林？我能不能在那里再次找到美，而且重新归位我那凌乱不堪的心灵？可是当一个人处在孤独的境地时，他能做好什么事情？当我一个人时，我会在空无一人的草地上安静地待着，说：白嘴鸦在飞翔；有一个人拎着一只包走了过去，有一位推着独轮车的园工。我会和其他人待在一起，闻着汗臭味和其他恐怖的味道，而且就如同其他人一样，被高高挂起。

"这个大厅买票就可以进去，在酷热的午后，人们吃过午饭后就喜欢来到这里，你可以和这些昏昏沉沉的人待在一起，听听音乐什么的。我们吃了牛肉和布丁，吃得很饱，一个星期不吃其他东西都没有问题。所以我们就如同蛆一样在某种东西的背上聚集，不管它把我们带到哪里去。端庄有礼——我们的帽子下面，白头发飘飘、鞋子纤小、提包精巧、脸颊干净，有人留着像军人一样的胡子，从来不会让我们的绒布衣服沾上一点儿灰尘。把节目单打开，同时问候一下朋友，我们就停下来了，就如同一些海象在岩石上面停下来，就如同笨拙的躯体无法踉跄着走进大海，希望海浪能托起我们的身体，可是我们实在是太重了，而且在我们和大海之间隔着太多干硬的卵石。我们就在那里躺着，胃里食物充盈，热得慵懒无力。这时，走过来一个浑身鼓胀、身穿海青色绸缎衣服的女人，她及时过来营救了我们。她把嘴唇抿得紧紧的，看上去很是专心致志，她深吸一口气，就如同看到一只苹果一样，她尖锐地叫出'啊'这个音符。

"一把斧子砍进一棵树的树心，树心暖暖的，树皮下面有颤抖的声音发出来。'啊!'从威尼斯的一个窗口内传出一位女士叫喊她的情人的声音。'啊，啊!'她喊道，接下来又喊了一声'啊'，她让我们听到她的那声喊叫。可是只是一声喊叫而已。那喊叫算什么呢? 这时，那些如同甲壳虫一样的男人携带着他们的小提琴走向这边，他们等待着，算着时间，一副卑躬屈膝的样子。而在很多悬崖汇合的地方，当一名海员叼着一根小树枝快活地跳到岸上时，就会有一阵笑语声传过来，就如同橄榄树和它们那数不清的灰色树叶正迎风飘拂。

"'好像'，'好像'，'好像'——可是在事物表面相似的背后，又有什么样的东西隐藏着呢? 现在闪电已经落到了树身上，树枝应声而落，珀西瓦尔用他的死把这个礼物送给我，让我明白事物本来是什么样子的。这里是一个正方形的东西，那里是一个长方形的东西。那些运动员把正方形的东西放在长方形的东西上面。他们放得很精准，打造了一个理想之地。外面几乎没留下什么东西。现在已经可以看到清楚的轮廓了，这里已经清楚说明了早期创造的东西。我们之间并没有那么大的不同，也没有那么狭隘自私，我们已经把一些长方形的东西打造完毕了，还把它们架了正方形的东西上面。我们的胜利、我们的安慰就是这个。

"沿着我的意识的墙壁，这种美好的滋味顺流而下，而且释放了我的理解力。不要再迷茫了，我说，目的地就是这里。我们已经把长方形的东西放在了正方形的东西上面，最上面是一个螺旋状的东西。我们已经被拖拽着从铺满卵石的海滩越过去了，来到了海水里。运动员们又来了。可是他们正把脸上的汗水擦拭掉。他们不再那么意气风发，快活肆意。我要离开这里了。我要先存放这个下午。我要去长途旅行一次。我要去格林尼治①。我会一脸无畏地跳到电车上面，跳到公共汽车上面。当我们沿着摄政大街缓缓前行时，我不是撞到这个妇女身上，就是被挤到那个男人身上，可是我的身体完好无损，也没有因此而变得愤怒不已。在一个长方形的东西上面竖起来一个正方形的东西。这里有一些简陋的街道，沿街的市场上到处都可以看到交易的场面，外面摆放着各种铁条、螺栓、螺钉，人们拥挤着从人行道走下去，用粗重的手指捏着那些生肉。构架已经很清晰了。一个安身立命之所已经搭建好了。

　　"那么，那种在旷野的乱草丛中生长、不开花也不结果的花儿就是这些啦，它们遭到了野马、野风的摧残，都快看不出本来的面目了。这些就是我从牛津大街的人行道上扯过来的、价值微小的花束，紫罗兰花束。这时，我从电车的窗口看出去，看到那些出现在烟囱之间的桅杆，那边就是河，那里有驶向印度的船只。我要沿着这条河前行。我要从这道堤岸走过去，在那儿的一座玻璃棚里，有一位老人正专心致志地看着报纸。我要到这座平台上面去，远远看着那些向下漂流的船只。甲板上，有个女人正在散步，她身边有一条汪汪叫的狗。风吹起了她的衣裙、她的头发。他们正向大海驶去，他们正离我们远去，在这个夏日的傍晚，他们正慢慢消失在我们的视线里。现在我要离开了，要放弃了。现在我终于要把那被遏制的、被强力阻止的欲望释放出来了，肆意妄为，不枉此生。我们将一起骑马从那些荒芜的山坡经过，从那燕子飞过的阴暗的深潭上驶过，从那一根根圆柱直立

---

　　① 位于泰晤士南岸，是英国大伦敦的一个区。

的地方驶过。我们要冲到那海岸拍打的浪涛中去，要驶入那四处飞溅着白沫的浪涛中。我要把我的紫罗兰扔掉，把我献给珀西瓦尔的礼物扔掉。"

太阳已经偏离中天，它的光线变成了斜线。这会儿它的光线落在一朵云彩的边缘，把它照得熠熠生辉，似乎成了一座燃烧着熊熊大火的火岛。之后，太阳的光线又在另一朵云彩上面照耀着，接下来又是一朵，又是一朵，使下面的海浪好像被一丛丛来自天空中的通红的羽箭射中了。

在阳光的炙烤下，树梢最上面的叶子有一点儿卷翘。在微风的吹拂下，它们发出干硬的沙沙声。鸟儿安静地栖息在树枝上，只是时不时转动一下它们的小脑袋。如今它们都不再唱歌了，似乎不再喜欢吵闹，似乎它们已经厌倦了这丰饶的中午。一只蜻蜓先是安静地在一根芦苇上面停留了一会儿，之后继续飞向空中。远处有若隐若无的嗡嗡声传来，就如同一些娇弱的翅膀在天边起舞，发出间断的震颤。河水现在把芦苇扶得笔直的，就像有玻璃凝固在了它们周围，之后那玻璃开始摇晃，芦苇也开始晃悠。低头思考的牛马在田野上站立，之后又慢慢往前挪。房屋旁边的那个水桶上的龙头已经不再滴水了，似乎桶里的水已经快要溢出来了，可是没过多久，那个龙头又连续滴了三滴。

窗户上映出一些通红的光斑，一根树枝的弯折，然后是一片澄静的空白。红红的窗帘在窗户两边挂着，房间的桌椅上面映照出那像箭一样的光线，照出它们那喷过油漆、打磨光滑的表面上的斑痕点点。绿色水壶的腰肚鼓得很大，那长长的白色窗帘在它的一侧。光线把阴影赶走，把房间的各个角落和墙壁上的所有雕饰都大方地照亮了。可是，阴影依然被它挤压成凌乱不堪的一堆。

海潮风起云涌，浪头一浪高过一浪，之后水花四溅。石头和沙砾都飞溅出去。浪潮从岩石掠过，层层浪花飞舞，一下子溅湿了之前还是干燥的岩洞，还留下一大片积水在海岸上。当浪潮消退以后，那里就会出现一些搁浅的鱼儿，不停地扑腾着。

"我已经签了二十次我的名字了，"路易斯说，"我，接下来是我，还是我。我的名字就在那里清清楚楚地摆着，不打任何一点儿折扣。我自己也是不打一点儿折扣的。可是太多过来人的人生经验汇聚在我的身上。我已经活了数千年了。我就如同一条蛆虫，蛀到一棵古老的橡树的树干里面。可是，现在我结实无比，现在，在这个晴空万里的上午，我的精神状态非常好。

"太阳闪耀在澄澈的天空中。可是到十二点钟以后，我就不再关心是下雨还是晴天了。因为约翰逊小姐托着一个铁丝筐给我送信的时间就是这个时候。我把我的名字写在这些洁白的纸张上。树叶在喁喁低语，水沿着水槽一直往下流，大丽花和百日草装饰着浓荫深处。我，有时是位公爵，有时是柏拉图、苏格拉底的伙伴，是随处漂泊的皮肤黝黑或皮肤焦黄的人的艰难前行之旅；是那永恒的行列，妇女们提着公文包从斯特兰德大街经过，就如同她们曾经把大水罐顶在头上，向尼罗河走去；此刻，我的名字里面汇聚了那涵盖着方方面面生活的卷曲和折叠的所有篇章；在纸页上或明或暗地刻着。现在，作为一个饱经沧桑的男人；现在，不管是在阳光下还是在风雨中，我都得像把斧子一样，用力砍下去，把我所有的力量都使出来，向一棵橡树砍去。因为假如我再犹疑，走上歧路，我就会像雪一样飘落、幻灭。

"我有点儿爱上打字机和电话了。通过信件、电报和打到巴黎、柏林、纽约去的电话上面简短的命令的方式，我已经把我很多方面的生命都交融到了一起。在我的努力和果敢下，我已经在那张地图上画出了一条条路线，进而联结上了世界上各个不同的地方。我喜欢准十点走进我的办公室，我喜欢这幽静的桃花心木发散出来的紫色光泽，我喜欢这桌子和它清晰的结构，还有这拉得特别顺滑的抽屉。我喜欢那伸着话筒口、让我一直小声说个不停的电话机，还有在墙上挂着的日历，还有约会备忘录。四点钟，我和普朗蒂斯先生有约，四点半，我和埃雷斯先生有约。

"我喜欢伯查德先生请我到他的私人办公室去，对我们和中国的贸易往来进行汇报。我希望能有一把扶手椅和一张土耳其地毯归我继承。我努力工作，把遇到的各种难题解决掉，拓展商业，让它抵达世界上混乱的任何地方。只要我坚持下去，把秩序建立起来，那么终有一天，我就会发现查塔姆曾经拥有的地位我也会有，皮特、柏克以及罗伯特·皮尔①曾经拥有过的地位我也会有。那样，我就可以把一些污点去除，把一些过去的耻辱抹掉：那个从圣诞树上摘了一面小旗给我的妇女；我的口音；训斥和其他的磨难；那帮说大话的小伙子；我那在布里斯班银行里任职的父亲。

"在一家餐馆里，我曾经读我所欣赏的诗人的作品，而且，一边搅着咖啡，一边听那些小职员打赌，看柜台前迟疑不定的女人们。在

---

① 查塔姆、皮特、柏克和罗伯特·皮尔都是英国历史上的政治家。

我看来，不管什么事情都是相互联系的，像随手朝地板上一扔的发黄的纸团也是如此。他们的忙碌得有个目标才行；他们应该听一个严肃的主人的号令，每周把他们的两镑十先令工钱赚回去；到了晚上应该有只手来安抚一下我们，有一件长袍来把我们的身子包裹住。只要我这些伤口愈合了，只要我对这些怪物表示理解了，以致他们对原谅和辩护都不再需要——这些只会让我们的精力白白消耗掉，他们在这种难熬的时刻摔在地上，而且在满是乱石的海滩上筋骨尽断时所丢失的东西，我会全部捡起来还给这条大街，这家餐馆。我要搜索几个字眼，打造一个圆环围住我们。

"可是，现在我却压根没有时间。这儿，没有休息的时间，也没有树荫下的阴凉，或是一处凉亭，来逃离这炽热的阳光，或者在凉爽的夜晚和一位情人共坐一会儿。我们的肩上背负着沉重的世事，处处都是世事的幻影，只要我们眨眨眼睛，或者看一眼旁边，或者转身去揣摩一下柏拉图曾经说过的话，或是回想一下拿破仑的征战生涯，我们就会让世界陷入某种歧途。这就是生活，四点钟我约了普朗蒂斯先生，四点半我约了埃雷斯先生。我喜欢听电梯滑动的声音，听它突然在我所住的那个楼层停住的声音，之后是一个男人从走廊经过的沉重脚步声。就这样，在我们的齐心协力下，数不尽的船只被我们送到世界上最遥远的地方，盥洗室、健身房都有。我们的肩上背负着沉重的世事。这就是生活。假如我一直坚持下去，就一定可以继承一把椅子和一张地毯，以及萨里郡①的一处地产，其他商人羡慕不已的玻璃房，少见的针叶树、甜瓜和花木那里都有。

"可是我的小阁楼我依然留着，我时常在那里翻看平装的小开本

---

① 英格兰东南部的一个郡。

书，时常在那里看着雨点肆意地落在房瓦上，直到最后那些房瓦因此变得特别闪亮，我可以在那里看到穷人们的房子的破旧窗户，看到瘦骨嶙峋的猫，或某个正打算去街头拉客、正对着镜子修饰自己的妓女。有时罗达也会去那里，因为我们是情侣。

"珀西瓦尔已经死了（他死在埃及；他死在希腊；归根结底，他反正死了）。苏珊已经有孩子了，内维尔已经爬到了很高的位置上。生命在一天天消逝。在我们的房屋上方是连续变幻的云朵。我一会儿干这个，一会儿又干那个，之后又回头来干这个，再干那个。当我们聚会又分开，分开又聚会后，我们都慢慢有了自己的气场，有了不一样的做事风格。可是，如果我不用力留住这些印迹，而且把身上所隐藏的那诸多不一样的人物汇聚到一起，变成一个人，存在于此时此地，而不是像远山上四散的雪花一样一转眼就没了，而且在从办公室经过时，问一下约翰逊小姐和电影有关的情况，而且喝上一杯茶，吃一片我喜欢吃的饼干，如果不是这样的话，我一定会像雪花一样幻灭。

"可是只要一到六点钟，我就会和身穿制服的看门人碰碰帽子，打个招呼，因为我特别希望别人能接纳我，因此我总是表现得特别有礼貌。之后，我就把衣服的纽扣完完全全地扣好，弯腰，冒着风前行，风把我的下巴都吹青了，两只眼睛不停地流着眼泪。一到这时，我就特别希望有一个娇小的女打字员靠在我的膝上，我会想到动物的肝和熏猪肉是我最喜欢的食物，于是，我就想到河边去，到那些逼仄的胡同去，那里有一些小酒店，在胡同的另一头，可以看到来来往往的船影，女人们也时常在那种地方打架。可是我很快就清醒过来了，提醒自己四点钟要和普朗蒂斯见面，四点半要和埃雷斯见面。一定要把斧子砍到木头上，砍橡树时要砍到树心里面去。我的肩上背负着沉重的世事。这里有钢笔，有张纸，在放在铁丝筐里的信件上我要签上我的名字，我，我，还是我。"

"夏天到了，之后就是冬天了，"苏珊说，"季节循环交替。饱满的梨子从树上落下来。一片枯叶落在水面上。可是窗户因为水汽变得朦胧起来。我在炉火边坐着，看着壶里沸腾的水。一道道水汽从窗户上流下来，那棵梨树映入我的眼帘。

"睡吧，睡吧，我总是小声哼着，无论是在夏天还是在冬天，无论是五月还是十一月。我哼着不成调、听不到音乐的催眠曲，我只能听到那些乡村的音乐，像狗的叫声、铃的响声，或是车轮从砾石上经过的声音。我在炉火边哼着歌儿，就像一只在海滩上待了很久的老贝壳一样正小声说着什么。睡吧，睡吧，我哼着，我要用自己的声音来防范有人把牛奶罐弄响，开枪打白嘴鸦或射击兔子而发出声音，或者不管怎样也要反复告诫他们不能把这种破坏性的震惊带到这只柳条摇篮的旁边，把蜷缩着躺在粉红色被罩下的娇嫩肢体给惊吓了。

"现在我已经没有了之前那种淡漠的心情，那迷茫的眼神，那睁得大大的、可以看到草木根部的眼睛。我已经不是一月、五月或其他任何季节，而是尽力纺成一根可以把摇篮围成一圈的细线，用我自己的血肉做成的茧包裹住小宝宝柔嫩的肢体。睡吧，我边哼着歌边觉得有一股极其狂热、阴暗的力量涌入我的体内，如果有什么人大着胆子进入这间屋子，把正在睡觉的孩子吵醒了，我一定会上去给他一拳，把这个诱拐犯打倒。

"我就像我那因为癌症而死的母亲一样，整整一天，我都系着围裙、趿着拖鞋，在房间里走来走去。我已经不再依靠荒原上的野草或石楠花去判断现在是什么季节了，我只需要看一眼窗户上的水汽就明白了。当云雀尖叫着直直地冲下来，像一片苹果皮一样从高空坠落时，我会弯下腰去，喂喂我的小宝宝。我过去时常漫游在山毛榉树林里，观察松鸦飞下来时它身上的羽毛是怎么变成蓝色的，我曾经经过牧羊人和流浪者身边，他们正专心致志地看蹲在一辆倾倒的大车旁边的一个妇女，而如今，我拿着掸子，在不同的房间里穿梭。睡吧，我边哼边期待睡意如同一张毯子，盖住孩子柔弱的肢体。同时，我要求生活把它的利爪收回去，让它的闪电不要那么肆无忌惮，安安静静地度过，让我的身体成为一个温暖的港湾，好让我的孩子可以安睡。睡吧，我哼着，睡吧。有时我会走到窗户跟前，看一眼白嘴鸦那建得老高的巢穴，还有那棵梨树。'当我把眼睛闭上时，他的眼睛一定在看着我。'我这样想道，'我会超脱自己，和他们一块去旅行，我会看到印度。他会得胜而归，在我的面前摆上战利品。他会让我拥有更多财富。'

"可是，我还没在很早的时候起来过，去观察卷心菜叶子上的紫色露珠和玫瑰花上的粉红露珠。我和塞特狗可不一样，它会用灵敏的鼻子去小心防范周围，或者晚上在那里躺着，看树叶是如何把星星遮住的，星星是如何活动的，以及树叶为什么还是那么安静地躺在那里。卖肉的在大声叫卖，为了不让牛奶变馊，应该把它放在阴凉的地方。

"睡吧，我哼着，睡吧。壶里的水这时都沸腾了，水汽越发多了，从壶嘴里喷出一股气流。我全身的血脉就这样被生命所填满了。我的四肢就这样被倾注了生命。我也是这样被生活裹挟着前行，从早上到傍晚，不停地开门关门，不断有人进出，直到忙碌得想哭。'好了，我已经对那些自然的乐趣厌倦至极。'可是还会有更多的东西，更多的孩子，更多的摇篮，更多菜篮子和火腿，更多发亮的葱头、莴苣和土豆。我就如同一片随风而起的树叶，不是从潮湿的草地掠过，就是快速起飞。那些自然的乐趣我早就厌倦了，我希望有一天我身上不再有这种餍足感，人们呼呼大睡所带来的压抑感会顷刻间消失，那时我们就可以坐在那儿好好地看书，而我则会停住刚穿进针眼的线。在昏暗的窗格玻璃上，灯光会映照出一团焰火。一团焰火在常春藤的中心燃烧。在冬青树丛里，我可以看到一条璀璨的大街。在从小路刮过的风声中，我可以听到车马的喧闹声，人们的说话声，还有房门打开时珍妮的叫喊声：'来啊，来啊！'

"可是我们的房屋依然很安静，只有大门附近的田野的叹气声传来。风吹过榆树林，一只蛾子直直地扑到灯上，一头奶牛发出哞哞的叫唤声，屋顶上的椽子忽然发出裂开的声音，我把线从针眼穿过去，同时小声说着——'睡吧'。"

"现在是时候了，"珍妮说，"我们现在见面了，我们又相聚了。现在让我们来交流交流，来讲讲故事吧。他是谁？她又是谁？我好奇心满满，也不知道将来会有什么事情发生。如果当我们第一次见面时，你就跟我说，'四点钟的时候，班车从皮卡迪利大街出发'，那么我就会马上赶过来，而不会因为收拾一些必要用品而延误了时间。

"我们就在这些修整过的花丛下面坐一会儿吧，在这幅画旁边的沙发上坐一会儿。让我们不断用事实来对我们的圣诞树进行装饰吧。没过多久，人们就都走了，我们赶紧追上他们吧。那边的那个人，就是在玻璃柜旁边站着的那个人，你相信吗，他就在瓷器中生活。只要把其中一件打碎了，就相当于损失了一千英镑。之前在罗马的时候他爱过一个姑娘，但那个姑娘抛弃了他。他之所以摆弄这些坛坛罐罐，这些破旧物件，这些从人家公寓里找到的、从荒芜的沙漠里找到的东西，就是这个原因。既然美的东西必须每天被打破，来维持美，所以他总是一动不动地待着，他的生活就在瓷器用品的包围中凝固了。可是说出来也让人难以置信，年轻的时候，他也曾在潮湿的泥地上坐着，和一群士兵喝朗姆酒。

"你一定要很快，且熟练地对事实真相加以填补，就如同把玩具都挂到树上，用手指把它们缠紧。他总是一副卑躬屈膝的样子。看，哪怕在一朵杜鹃花面前，他也总是一副卑躬屈膝的样子，在一个老妇人面前，他也会这样，只是因为她的耳朵上戴着钻石；在一辆小马马车上为她的财产操心，指出应该得到救济的是谁，哪棵树倒了，明天应该驱逐谁。（我一定要跟你说，我这么多年以来一直安享生活，而且我现在已经三十多岁了，一直在冒险，就如同一头山羊从一处悬崖向另一处悬崖跳去。不管在哪里，我都只能待一段时间。我从来不会和某个人走得特别近，可是你会发现，只要我把我的手臂举起来，很快就有人把正在做的事情停下来，来到我面前。）哦，那边那位男子是个法官，而那位是个特别有钱的人。而那边那个戴眼镜的，十岁时就用箭把他的家庭女教师的心脏射穿了。后来他曾骑马从沙漠穿过，还参加了革命，现在他正在收集他那一直在诺福克定居的母亲家的家族史的材料。那位下巴呈青色的小个子男人的右手萎缩了。可是究竟为什么会这样，我们并不了解。那个女人，你说话小点儿声，她的耳朵上挂着用珍珠串成的宝塔，她曾经那么炽烈地燃烧过，把我们的一位政治家的生命点燃过。自从他离世以后，她都可以看到鬼魂，对未来进行预测，她还收养了一位名叫弥赛亚的咖啡色皮肤的年轻人。那位胡子垂向下面、看起来像骑兵军官的人，曾经过着最为骄奢淫逸的生活（在一些回忆录中可以找到相关记录），直到有一天，他在火车里遇到一位素不相识的人，在从爱丁堡①到卡莱尔②的路上，用读《圣经》的方式使他皈依了宗教。

---

① 苏格兰首府，位于苏格兰东南部。

② 城市名，位于英格兰西北部。

"这样一来，只需要短短一瞬间，我们就可以把别人脸上写着的那些象形文字破解开了。在这儿，在这间屋子里，有不少被遗弃在海岸上的残缺的贝壳。房门持续被打开。知识、苦恼、各式各样的野心、非常多的冷漠以及一些失望被持续填入房间。只要我们的心在一起，你相信吗，我们就可以把大教堂建起来，可以对政治产生很大的影响，可以判处一些人死刑，可以对某些国家大事进行管理。我们共同拥有悠远的、丰富的经历。我们两个有很多孩子，有男孩也有女孩，我们教育他们，在麻疹流行时去学校看望他们，希望把他们抚养成人来继承我们的房产。我们都在用不同的方式过着这一天，这个星期五，有的人以上法庭的方式，有的人以进城的方式，有的人以去托儿所的方式，有的人以列队行军的方式，有的人以排成四列纵队的方式。数以千计的人在做针线活，在搬运煤斗。活动是无限的。到了第二天，这些活动又会卷土重来，到了第二天，我们就要创造星期六了。有的人坐火车到法国去，有的人坐轮船到印度去。有的人将再也不会回到这里了。有的人可能今晚就会离开人世。还有的人也许会诞下一个新生命。我们身上会产生不同的建筑、政治、冒险、绘画、诗歌、孩子、工厂。生活来了又走，生活就这样被我们创造着，你说对不对？

"可是我们在躯体中生活，只有通过躯体的想象力，我们才可以看到事物的结构。在太阳的照射下，这些岩石映入我的眼帘。这些事实没办法被我带到岩洞里面去，之后把双眼遮住，对它们的黄色、蓝色、红棕色挨个进行鉴别，之后再合成一体。我不能一直这样安静地坐着，我必须即刻出发。班车也许已经离开了皮卡迪利。我把所有这些事实全部抛开，像岩石、萎缩的手掌、瓷器的瓶瓶罐罐，还有其他的一切——就如同一只猴子用它光秃秃的爪子丢开坚果一样。我没办法跟你说生活确切的样子。我正准备逃离这堆拥挤的人群。我正要推搡，我就像大海中的一叶扁舟，被挤得七上八下。

"由于我的躯体，这个总是向我示意的伙伴，它总是凭借一时冲动，要么说'不行'，要么说'来吧'，现在正在那儿呼唤我呢！有的人已经开始行动了。我把我的手举起来过吗？我看过一眼吗？我那个上面有草莓图案的黄色围巾挥舞过，发过信号吗？他忽然离开了墙边。他尾随我的脚步。有人跟在我后面从森林穿过。一切都让人沉迷，一切都发生在晚上，成群的鹦鹉发出尖厉的叫声穿过树林。我所有感官都激动万分。现在我才发现我正推开的这层围幔的质地是多么粗糙，我握在手心的铁栏杆是那么冰冷，它上面所涂抹的油漆是那么凹凸不平。现在我的全身都被冰凉的黑暗潮水所浸透。我们正身处户外。黑夜慢慢向外延展。在游动的飞蛾下，黑夜晃过我们眼前。黑夜把四处游历、想要探险的情侣遮掩住了。我嗅到了玫瑰的香味、紫罗兰的香味，才消退下去的红色和蓝色。我一会儿踩在砾石上，一会儿踩在青草上。直直挺立的房屋的背面散发着羞怯的灯光。这些迷离的灯光，搅乱了整个伦敦的状态。现在让我们来唱我们的情歌吧——来呀，来呀，快来吧。现在我那响亮的信号如同一只蜻蜓高高飞起。啾、啾、啾，我如同一只夜莺开始歌唱，它那美妙的歌声似乎总是难以顺畅地从它那细小的嗓子眼里发出来，不能如潮水般涌出。现在我听到树枝断裂的声音，听到鹿角撞裂的声音，似乎森林中的野兽全都处在围追堵截的状态，都在荆棘丛中逃窜，要么用后脚站立，要么趴在地上。有一只野兽用角把我刺穿了，另一只野兽扎到了我的身体里面。

"而且，我被那些温润的柔嫩花叶所覆盖，我的全身都被浸湿了，身上香气扑鼻。"

　　"哦,"内维尔说,"那座正在壁炉上走着的时钟,你看到了吗?没错,时间在一分一秒地流逝。而我们正一天天老去。可是和你,我只想和你一个人待在这里,坐在伦敦的这间炉火通明的屋子里,你在那儿坐着,我在这儿坐着。这世界上的所有地方都遭到了洗劫,所有的山峰高地都未能幸免,鲜花被采得一朵都不剩。看那炉火的光,层次分明地映照在窗帘的金丝线上。那只果子映照在炉火中,沉沉地悬在那里。火光把你的鞋尖照亮了,你的脸上多了一层粉红的光晕——我觉得那是炉火光,而不是你的脸,我觉得墙壁边上靠着的是书,那是一面窗帘,而那边可能是一把扶手椅。可是你一来,所有东西都变了。今天早上你一来,杯子也好,碟子也好,全都变了。我扔掉报纸,同时在心里想道,毋庸置疑,只有接受爱的注视,我们这平庸的生活,才会变得绚烂、有价值。

　　"我起身。我已经吃过早饭。我们将拥有整整一天的时间,而且这一天将是温暖的、美好的、闲散的,我们从花园穿过,走过堤岸街,沿着斯特兰德大街走到圣保罗教堂,之后到一家商店里买了一把伞,我们一路上走走停停。可是会一直这样下去吗? 在特拉法尔加广场[①]上的那只狮子旁边,在那只让人难以忘怀的狮子旁边,我问我自己——如此回忆自己曾经的生活,那里有一棵榆树,珀西瓦尔就在那里躺着。我们要始终矢志不渝,我发誓道。之后,我迟疑着冲过去,把你的手牢牢握在手中。你离开了我。走进地下铁道就如同走向地狱。我们被迫分离,那无数张面孔把我们阻隔开来,那似乎掠过荒芜的砾石的穿堂风分开我们。我傻傻地坐在自己的房间里,眼睛睁得大大的。等到五点钟,我才意识到你没有信守承诺。我把电话拿在手

---

　　①　坐落于伦敦市中心的一座广场,是伦敦的名胜。

里，那愚蠢的嗡嗡声从你那空荡荡的房间传过来，我的心饱受折磨。就在这时，房门打开了，你就在门口站着。那是我们记忆中最美好的一次相见。可是那些相见，那些分别，最终却把我们毁掉了。

"对于我来说，现在这间屋子似乎成了中心，成了某种来自永恒的黑夜中的东西。屋外所有的线都交错在一起，以我们为中心，把我们层层包裹。我们是这里的中心，我们在这里可以一个字都不说，或者可以小声说话。你有没有发现这个，发现那个？我们说。他也说过与之相同的话，意思是……她欲言又止，于是我知道自己被质疑了。可是不管怎样，我曾经在夜半时分听到楼梯上传来说话声，听到过啜泣声。那表明他们之间的关系走向了终结。所以，我们总是不停地兜圈子，说一些无足轻重的话，而且还说得像那么回事。我们会说到柏拉图和莎士比亚，还会说到一些不知名的人物，一些无论如何都无足轻重的人物。我不喜欢有些人挂一个十字架在他们背心的左边。我不喜欢任何仪式和哀悼，不喜欢基督在另一个颤抖的形象旁边颤抖而悲伤的形象。还有那些打扮华丽、身上挂满星章和勋章的人，在大吊灯底下，他们总是故意做出那种派头十足、得意扬扬的样子，总是不合时宜地夸夸其谈。可是，树篱上的几根小树枝儿，或者平平整整的冬日田野上太阳西下的场景，或者一位老妇人双手叉腰挎着一只篮子坐在公共汽车上的样子——看到这样的场景，我们都会相互指给对方看。可以这样叫对方去看，真的很欣慰。还有之后那安静的相对无言。沿着隐讳的意识的通道进入往事，查找书籍，拨开枝叶，摘取果实。而且你完全可以领悟并且心里充满了问号，就如同我可以领悟到你身体下意识的举动，并感兴趣于它的淡定、强健——你突然用力把窗户推开，你的两只手真是太灵活了。因为，唉！我的脑袋有点儿笨，它极易感到疲乏。我时常会对一个目标感到疲乏，可能还会觉得讨厌。

"唉，我不能戴着遮阳帽骑着马在印度晃荡，然后回到一座平房，那座平房还带有游廊。我不能像你学习，在轮船甲板上像个半裸的小伙子一样用橡皮管打水仗。这炉火、这安乐椅我都需要。在一天的奔波过后，在经历了所有的烦恼以后，在经历了持续的倾听、等待和疑惑以后，我需要有个人陪着我。在经历了争吵与和好以后，我想一个人静一静——只和你一个人共处，让这吵闹变得秩序井然。因为我和猫一样爱干净。我们千万不能允许世界被毁坏，千万不能让它吐出来的废物四处瞎转悠。更有甚者，一个人还要用裁纸刀把小说书的书页工工整整地切开，用绿丝带整整齐齐地捆扎一捆捆信函，用扫炉灰的笤帚把炉渣扫到一起，一定要处理好所有的事情，这样才不会因为被糟蹋而感到害怕。让我们去好好读一读那些对罗马人的严肃和美德进行描绘的作家的作品吧，让我们从沙漠穿过去追求完美吧。没错，可是当我看到你那美丽的灰眼睛、那顾盼生姿的青草、夏日的微风和正在嬉戏的孩子们——那些在甲板上赤裸着身体用橡皮管相互打闹的船舱小子——的欢闹声，我却甘愿把那些尊贵罗马人的美德和严谨放到一边。因此，我并不是和路易斯一样，是个毫不关心世事，只想从沙漠穿过，去追求完美的人。书页上时常会沾上各种各样的色彩，书页上也时常掠过片片云影。就连诗歌，我想，也只是你在倾诉的声音。亚西比德①、埃阿斯、赫克托耳②以及珀西瓦尔，都是你。他们喜欢骑马，他们用自己的生命做赌注，去毫无顾忌地探险，他们并不是什么伟大的读书人。可是，你并不是埃阿斯或珀西瓦尔。他们不会像你那

---

　　①　古雅典政治家，将军。

　　②　埃阿斯：希腊神话人物。赫克托耳：荷马史诗《伊里亚特》中的凡人英雄。

样皱鼻子、挠额头。你就是你。我所欣慰的就是这一点，虽然我有很多不足之处——我长得不好看，身体素质也差，虽然世界腐化，青春不再，而且珀西瓦尔已经死了，还有很多忧愁、愤恨和妒忌。

"可是，如果有一天吃过早餐以后你还没有出现，如果有一天我从镜子里发现你可能在寻找其他人，如果电话寂寥地响彻你那空荡荡的房间里，那么我就会在经历了无法言说的痛苦以后——由于人类愚昧心灵的欲求是无穷无尽的——去寻找另一个，寻找另一个你。可是现在，让我们一拳打烂那座一直在响的时钟吧。来吧，靠近一点儿。"

现在天空中的太阳越发低了，如同小岛一样的云朵变得越发浓重，缓缓地从太阳身边掠过，下面的礁岩也突然间变得黑漆漆的，那些晃荡的海冬青也由蓝色变成了银白色，所有的阴影都像灰蒙蒙的布面一样在海面上弥漫。浪潮只是在近处翻腾，离那条蜿蜒地横亘在沙岸上的不连续的黑线也远远的。沙粒似乎变成了晶莹的珍珠，闪烁着灼灼的光辉。

鸟儿不是俯冲直下，就是向上高高飞起。有一些鸟儿时而去追风，时而又反向翻飞，一下子冲开鸟群，似乎它们本就是一个整体，被撕裂成无数块。飞下来的鸟群就如同一扇网，从树梢上降落。偶尔有只鸟儿独自向沼泽地飞去，然后在一个白色树桩上落寞地栖息，翅膀时而张开时而合拢。

花园里落下几片花瓣。它们如同贝壳一样躺在地上。枯干的叶子并没有斜斜地落下来，而是在风的吹拂下，不是翻飞就是停歇地冲向某一株花茎。有一道光波忽然在所有花丛中闪过亮丽的一瞬，就好像一片鱼鳍把湖水中的绿草划开了。时而会吹过一阵疾风，各种草叶因此被吹得跌宕起伏，之后，当风没有那么猛烈以后，每一株草儿就又挺直了腰杆。在太阳的照射下，那些花儿的鲜艳花盘散发出夺目的光彩，每当微风吹过来，它们就会短时间逃离光照，可是之后有些花冠因为太过于沉重而没办法再直起腰来，只能枯萎下去。

田野被太阳晒得暖烘烘的，所有的阴影都因此蓝光乍现，庄稼也被照得红通通的。一片或深或浅的光泽在田野上显现。一辆大车、一匹马、一群白嘴鸦——不管什么东西经过田野，都会泛起金光。假如有一头牛挪动它的一条腿，一阵赤金色的光之波纹就会马上显现出来，它的两角也好像被光晕连在了一起。一棵棵长着浅黄色芒刺的谷穗在树篱上挂着，那都是来自一辆辆看上去又矮又落后的、从牧草地驶来的大车。那些圆溜溜的云块一直保持着圆溜溜的形象飘过，从来没有打过退堂鼓。当它们这会儿飘过来时，整个村庄都被它们撒下的网罩住了。之后，当它们飘过去以后，它们又让村庄显现出来。在遥不可及的天边，在亿万蓝灰色的微尘中，有一块窗格玻璃亮光闪闪，或者有一座尖塔或一棵树木的模糊影子闪现出来。

粉红的窗帘和白色的百叶窗在风的吹拂下，一会儿进一会儿出，不停地和窗槛碰撞着，在从被风反复掀起的窗帘透过时，大片的阳光染上了某种棕褐色，而且有些张牙舞爪的样子。这里的橱窗被它照出了褐色，那里的椅子被照得通红。在它的映照下，窗户的影子在一只只绿绿的水罐的侧壁上摇曳生姿。

有那么一刹那，所有的东西都变得不清晰，影影绰绰地起伏着，就如同一只巨大的飞蛾掠过房间，那些大个的桌子椅子都因为它那扇动的翼翅而蒙上阴影。

"哦，"伯纳德说，"时间的水珠落在我心灵的屋檐上，凝结成水珠落下来，时间在我心灵的屋檐上凝结时，滴下它的水珠。上周，当我站着刮脸时，时间的水珠落下来。当时我正把剃刀拿在手里，站在那儿，我忽然间意识到我的动作完全是习惯所造就的（时间的水珠就是这样形成的），于是我便揶揄地祝贺我的双手竟然可以一直把这种习惯保持下去。刮吧，刮吧，刮吧，我说。不停地刮吧。时间的水珠落下来。在这一整天的工作中，在工间休息时，我便什么都不想，我问我自己：'我失去了什么东西？什么东西结束了？'接下来，'一切都好了'，我一边小声嘀咕着，'一切都好了'，一边如此宽慰自己。人们发现我脸上一片迷茫，说话也毫无章法。我时常一句话才说了一半就含含糊糊地结束了。而且在我把大衣上的纽扣扣好准备回家时，我还会非常惹眼地说一句：'我的青春不再了。'

"更让人感到纳闷的是，只要遇到紧急时刻，一些并不太适合出现的辞藻就会马上冲出来打圆场——这是在处罚那种总是以带着笔记本的古老文明习惯为仰仗的生活。这时时间水珠的持续滴落和我的青春消逝一点儿关系都没有。这种时间水珠的滴落代表着时间正慢慢向某个瞬间压缩。时间，如果是一片灿烂的牧场；时间，假如和正午的田野一样漫无边际，那么它还是一件悬而未决的事物。时间正慢慢向某个瞬间压缩。当一滴水珠带着沉重的物体从窗玻璃上落下来时，时间也在滴落。这些就是切实存在的循环，这些就是切实存在的事件。这时，就如同大气中的光辉全都消失了，我看清了那光秃秃的底蕴。那被习惯所掩盖的东西出现在我的眼前。我在床上赖了好几天。我去外面吃饭，嘴巴张得就像一条鳕鱼那样。我并不想为了把一句话说完整而劳心费力，我那往常总是迟疑的行为，现在也变得非常精准了。在这种情况下，当我从一个售票处经过时，我就径直进去买了一张去罗马的票，完全像一个机器人一样淡定。

"现在，我就在这些花园里的一张石凳上坐着，远远望着这座永恒的城市。那个五天前还在伦敦刮胡子的小人物，如今却看起来像一堆旧衣服。伦敦也一样不见了踪影。伦敦只有一些凋敝的工厂和很多煤气罐而已。可是我并没有融入眼前这番壮丽的景象中。我看到那些佩戴紫色饰带的神父和那些优雅的保姆；我看重的只是外表。我在这里坐着，就如同一个正在康复的病人，如同一个头脑简单、只会说一些单音节字眼的人。'太阳是热的，'我说，'风是凉的。'我觉得自己如同一只昆虫一样在地面上不停地打转，而且可以肯定地说，在这儿坐着，我觉得地面真的好硬，觉得它一直处在运行状态。我并不想离地而去。我强烈地感觉到，假如我可以延伸一下这种知觉，再延长六英寸，我就可以到达某种奇特的境地了。可是我只有一个极受限制的鼻子。我从来不希望把这种超然物外的精神状态延伸出去。我对它们毫无好感，甚至对它们极尽鄙视。我并不想成为一个一直呆坐在某一个地方的人。我只希望被套在一驾马车上，套在一架拉菜的马车上，从铺着鹅卵石的道路上咔嚓走过。

　　"实话实说，我既不是那种满足于孤身独处的人，也不是那种满足于与人无限相处的人。我不喜欢只有一个独处的房间，天空也是一样。我的生命，只有当它尽可能向更多人展开它的方方面面时，才会散发出勃勃生机。让他们失败，让我变得面目全非，就像燃烧的纸张一样从这世间消失吧。哦，莫法特太太，莫法特太太，我说，赶紧把它清理干净吧。我已经失去了太多东西。我已经因为活了太长时间而没有了一些渴望，我失去了一些朋友，有的是因为离世——像珀西瓦尔——有的则是因为没有力量从街道穿过去。我和从前那段时间的我不一样了，我不再那么富有才华。有一些东西已经不在我的视界以内。那些讳莫如深的哲学问题，我是不可能搞懂了。我旅行去过的最远的地方就是罗马。当我在晚上进入梦乡时，我时常会沉痛地想到我这辈子都不可能看到塔希提岛① 上的土著是如何在标灯的亮光下叉鱼的，或者一只狮子是如何在丛林中一跃而起，一个全身不着寸缕的男人是如何吃生肉的。我不可能去学习俄语，也不可能去看《吠陀经》②。我再也不会走路时和邮筒相撞了。（可是，因为那次撞击实在太猛烈了，我晚上做梦时，依然会看到星星的坠落。）可是当我静下心来思考时，真情变得越发清楚了。这么多年以来，我一直骄傲地低吟浅唱：'我的孩子们呀……我的夫人呀……我的房子呀……我的小狗呀。'只要我用弹簧钥匙把房门打开走进来，我都会先把这番过时的仪式完成一遍，让自己被那种温暖的气氛所包围。现在那层可爱的帷幕已经落下来了。我已经不需要任何财富了。（顺便说一下：比起一位英国公爵的女儿，一位意大利洗衣妇的肉体的纯洁度也不逊色。）

"可是让我好好思考一下。时间的水珠落下来了，时间抵达另一个阶段。一个阶段一个阶段相连续。这些时间的过程为什么要有一个终点？它们的终点又在哪里？要抵达什么样的终点？因为它们出现时总是披着严肃的法衣。遇到这种棘手的问题，一脸虔诚的人们总是会向那些佩挂紫带、脸上写满情欲的家伙求助，此刻，那些家伙正大踏步地经过我眼前。可是从我们自身来说，我们一点儿都不喜欢那些导师，甚至可以说是愤恨。只要有个人先开口说'看，这就是真理'，我立刻就会意识到，有一只沙色的猫儿正在偷吃他身后的鱼。我会说，看，你把这只猫搞忘了。因此在学校时，在那个幽暗的礼堂里，内维尔只要看到那个博士戴着十字架，他就非常生气。而我，虽然我当时总是烦恼于被一只猫，一只围在汉普顿夫人身边、时不时闻一闻花束的不停乱转的蜜蜂所困扰，可是我却快速捏造出一个故事，进而

---

① 在南太平洋。

② 印度历史最悠久的文献材料和文体形式。

完全消灭了那个十字架的威严锋芒。我曾经编过不少故事，写满了很多笔记本，准备运用到我找到的那个真正的故事里面，那个故事会用上这里的所有词句。可是直到现在为止，那个故事我都还没有找到，因此已经心生疑问：世界上真的有什么故事吗？

"此刻，站在这个露台上看下面拥挤的人群吧。看看那四处活跃的热闹劲儿吧。那个人正被他的骡子折腾得不知如何是好。五个忠诚善良的闲汉正在给他提供帮助。别的人匆忙经过他身边，对他视而不见。他们自己也需要操心很多复杂的事情。看看那辽阔的天空吧，一团团洁白的云彩正在上面翻涌。在脑海中尽情地描绘一下那起伏不定的平原、随处可见的沟渠，以及那蜿蜒的古罗马车道和城郊平原上的石冢，而那城郊平原以外，是大海，大海外面又是一些陆地，之后又是大海。我可以把这幅场景中的任何一个细节——像那辆骡车——轻而易举地描绘一番。可是为什么要对一个被自己的骡子折磨得如此疲惫的人进行描绘呢？此外，我还可以捏造一些有关那个正往台阶上走的姑娘的故事：'在那昏暗的拱门下，他们见面了……事情到此为止，他边把脸扭向那个关着一只中国鹦鹉的鸟笼，一边说。'或者更简要地说：'事情就这样画上了句号。'可是为什么要拼接我随意想出来的情节？为什么要把这个揉一揉，那个捏一捏，最后像那些举着托盘沿街叫卖的玩具贩子一样，捏出一些小人儿？在所有的所有中，为什么偏偏选中这个细节？

"我在这里正将我生命中的一层皮蜕掉，而他们只会说：'有整整十天的时间，伯纳德都在罗马。'我正独自一人漫无边际地走在这座露台上。可是当我溜达时，留心一下点和画是如何变成一条线的吧，当我往那些台阶上走去时，各种东西原本所具有的那张扬的、独立的品质又是如何丢失的。如今，那个红色的大花盆已经成了黄绿底色上的一道红通通的条纹。

"世界开始离我而去，就像火车开动时铁道两边的树篱，轮船行驶时海上的波涛。我自己也开始移动，慢慢卷进那多件事情叠加在一起的整体秩序中，而且好像无法规避，这棵树一定会朝这边移动，然后是那根电线杆，再往后是那段树篱的缺口处。当我被裹挟进去共同移动时，平常用得比较多的那些辞藻开始往外冒，而我也想要把我头脑中的活动天窗打开，让那些辞藻可以畅快呼吸，所以我径直走向那个后脑勺有点儿熟悉的人。我们曾经是同学。毋庸置疑，我们应该见一面。当然，我们还要共进午餐，我们要好好谈谈。可是等一等，稍等一会儿。

"我们不应该瞧不起这种想要逃避的短暂时光。它们太难得了。塔希提之行也许是可以实现的。靠着这个栏杆，我看到远处有一片汪洋。一片鱼鳍正在划动。这个纯粹的感官印象无关任何推理，它是忽然生发出来的，就像一个人也许会看到天边突然冒出一头海豚的鳍一样。因此，视觉印象通常会把一个简单的提示传递出去，告诉我们要及时把遮挡取消掉，引导人讲话。所以，在 F 栏里，我写下这样一句：'大海中的一片鱼鳍。'我这人擅长在意识的边缘记录一些语言，以备将来不时之需。现在我把这句话记下来了，等到某个冬日的黄昏把它派上用场。

"现在我要去吃午饭了，我要举起酒杯，我要从酒杯里的酒望过去，我要以更加超脱的目光观察四周，当一位美丽的女人走到餐馆里面，而且从餐桌之间走过来时，我要告诉自己：'看她在一片汪洋中要去哪里。'一句无关痛痒的话，可是于我而言却是一本正经的、暗蓝灰色的，带着世界崩塌和流水落地飞溅出去的声音。

"因此，伯纳德（你出现在我的脑海里，不管我干什么事业，你都是我形影不离的好伙伴），让我们共同把这新的一章掀开吧，让我们来看看这种崭新的经历，这种神奇又恐怖的经历——就像这颗正在凝结的新水珠——如何变成现实吧。那个人就叫拉朋特。"

"在这个酷热的午后，"苏珊说，"在这儿，这座花园里，当我和我的儿子一起走过这片田野时，我已经让我的最高愿望变成了现实。园门的铰链上生满了锈，他使劲推开它。童年时代的种种激情，珍妮亲吻路易斯时我在花园里流过的泪，在那间松香味弥漫的教室里，我曾经生过的气；在异国他乡，当那些骡子怡然自得地向我走来，一群头上插着康乃馨、身上围着披巾的意大利妇女在泉水边闲聊时，我所体会到的孤独，而今这些都变成了亲密、安全的体会。我已经度过了多年平静、成果显著的生活。我所见过的所有东西都被我收入囊中。我用种子培育了大树，我建造了池塘，让金鱼欢快地游在叶子宽阔的睡莲下。在草莓苗圃和莴苣苗圃上，我罩了网，我把白色的袋子套在了梨子和李子上面，以免它们被黄蜂叮坏。我亲眼看着我的那些曾经像嫩果一样被罩在摇床里的儿女，如今都已经从网眼中挣脱出来，站在我身边，个子比我还高，长长的影子落在草地上。

"我像自己种的树，在围栏的包围下，在这里扎根。我哼着：'我的儿子呀。'我哼着：'我的女儿呀。'即便是那个经营五金店的人，也从满是钉子、油漆和铁丝网的柜台后面抬起头来，四处张望，也无限敬仰这辆停在门口、车上装满捕蝶网兜、水果筐子和蜜蜂箱的旧货车。只要一到圣诞节，我们就把槲寄生树枝挂在闹钟上，把我们的黑草莓和蘑菇称一称，把我们的果酱罐数一数，而且年年都要倚靠着客厅里的百叶窗窗板，对每个人的身高进行测量。我还扎了白色的花环送给死者，还把银色的枝叶编在上面，一脸沉痛地系上我的名片，献给已经去世的牧羊人，并慰问已逝赶车人的遗孀。我还在奄奄一息的妇人们床边坐着，听她们讲述临死前的害怕，让她们把我的手牢牢抓住。我还时常到一些屋子里做客，那些屋子也只有我这种出身的人才能忍受，我从小就见过那些农家的庭院、粪堆和随处乱窜的母鸡，还有那个母亲带着正在成长的孩子居住的两间小屋，那些淌着水汽的窗子，我已经见怪不怪了，那些贫困处所的气息，我也已经闻得够多了。

"现在我拿着剪刀站在我的花丛里，我问我自己：那道阴影来自哪里？什么样的震动才会再次激发我那极难积攒的、蓬勃的生命力？可是有时候，我却很厌烦自然的乐趣，正在生长的水果，把船桨、猎枪、骷髅、获奖得到的书本和其他战利品弄得一整个屋子都是的孩子。我已经厌倦了这具身躯，我也厌倦我自己的精明、能干，还有那身为母亲保护自己的孩子，小心翼翼地把自己的孩子——不管什么时候都是她自己的孩子——聚集到一张餐桌旁边时那操心的劲头。

"那是在多雨的初春、金黄色的鲜花突然绽放的时候——那时候，当我在蓝色遮棚下面观察那里放着的肉块，用手按压装满茶叶、小葡萄干的沉甸甸的银色口袋时，我想到太阳是怎么升起的，燕子是怎么从草地上飞过的，想到我们还是孩童时伯纳德曾经说过的那些辞藻，还有摇曳在我们头顶上的那些层层叠叠的树叶，它们把湛蓝的天空刺破，把难以捉摸的光影洒落在山毛榉树那些像枯骨一样突出的树根上，当时我正在那些树根上面坐着抽泣。一只鸽子腾空而起。我一跃而起，赶紧去追赶那些越飞越高、从不同的树梢间翩然掠过的辞藻。于是，我一上午的好心情瞬间就消失了，就像一只碗打碎了一样。我一边放下面粉袋，一边想：以我的生活为中心，原来周边就如同是一棵围绕被禁锢的种子而生长的草儿啊。

"我用剪刀剪了一些蜀葵下来，我曾经去过埃尔维顿，走过腐烂的橡实，看到过那位正在写信的夫人和那些拿着大笤帚的园丁。我们上气不接下气地跑了回来，总担心被射死，之后像黄鼠狼一样被结结实实地钉在墙上。现在我时常对食物进行称量、保存。到了晚上，我会在一把扶手椅上坐下来，伸手把我正在缝的东西取过来。我时常听到我丈夫打呼噜的声音，当窗户上忽然被一辆经过的汽车的车灯照射时，我就抬头看一看，同时觉得我的生活的浪潮正以我这个扎根的人为中心起伏不断、四分五裂，而且当我拔出针，又扎进去，把线在白布间来回撕扯时，我会听到叫喊声，并且看到别人的生活如同草儿一样以桥墩为中心打转。

"有时候我会想起爱过我的珀西瓦尔，他在印度骑马时从马上摔了下来。有时我会想到罗达，我时常因为她那慌乱的叫喊声而在半夜惊醒。可是，大部分时候，我都很满足于和我的儿子们一起四处溜达。我剪掉蜀葵上凋谢的花瓣。虽然身体老早就开始变胖，头发变白，可是我的眼睛依然像珍珠一样明亮，因此我可以在我的田野上漫步。"

"现在，"珍妮说，"我正站在地铁车站里，像皮卡迪利南大街、皮卡迪利北大街、摄政街和干草市场这些吸引人的地方都聚集在这里。在伦敦市中心的街道底下，我站了一会儿。无数车轮驶过我的头顶上方，无数脚步踏过我的头顶上方。几条文明的大街在这里汇聚，又向四方延展开去。我正处于生活的中心。可是，看——我的身影在那面镜子里显现。好孤独，好落寞，好苍老啊！我已经一天天老去了，我已经跳出了这个行列。上万人乘着电梯快速下落。庞大的齿轮快速转动着，推动它们直直往下落。上万人离世。珀西瓦尔死了，我还在世。我还在活动。可是我如果现在打个信号，有谁会过来呢？

"我像一只孱弱的动物站在这里，我的两肋因为害怕而起伏不定，心脏跳得很快。然而我将无所畏惧。我会击落抽在我两肋的皮鞭。我并不是一只只会乱叫着躲到暗处去的小动物。只是由于刚刚我还没来得及像平时那样先做好准备，就忽然看到自己了，我才短暂地受到了惊吓。没错，我已经一天天老去了——要不了多长时间，我就会徒劳地把我的手举起来，我的披巾会毫无征兆地在我的身边落下来。我不会再听到黑夜里有叹息声突然传来，并觉得有人在黑暗中走向我。在黑暗的地道里，不会再有人影映照在车窗上。我要去仔细端详别人的脸，我会发现他们也在观察别人的脸。我承认，有那么一瞬间，那些挺直的身体和自动电梯一起慢慢坠落，就如同一支由死人组成的军队一样快速坠落。还有那些持续搅动的庞大机器丝毫不留情面地推着我们，推着我们所有人，一个劲冲向前面。这的确让我害怕，让我只想找到一个隐蔽的地方躲起来。

"可是现在我发誓，在镜子面前小小修饰了一番以后，我再也不畏惧什么了。想想那些红黄相间、准点发车停车的公共汽车吧。想想那些马力大，而且好看的，时而走得很慢时而又走得很快的小轿车，想想那些武装整齐、装扮一新、开车驶向前方的男男女女吧。这是胜利的队伍，这是得胜归来的军队，旌旗迎风飘扬，黄铜的老鹰徽章散发出夺目的光彩，每个人头上都戴着战争胜利所得来的桂冠。比起那些身上只裹着一块腰布的野蛮人，那些头发都湿透了、乳房下垂，而且还在喂奶的女人来说，他们的境况要好多了。这些开阔的通衢大道——皮卡迪利南大街、皮卡迪利北大街、摄政街和干草市场——就是从丛林穿过，向胜利延伸而去的铺沙之路。我把精致的漆皮鞋穿在脚上，把薄薄的轻纱头巾披上，把嘴唇涂成艳红色，把眉毛仔细描绘一下，也一起跟着军乐队向着胜利行进。

"看，哪怕他们在这地底下，仍然在神采奕奕地展示他们美丽的衣服。他们甚至不愿意让泥土生虫，变潮湿。这里有摆放在玻璃柜橱里的薄纱和绸缎，在灯光的照耀下，它们是那么闪耀，还有上面缝着若干精细花边的内衣。红色、绿色、紫色，他们被渲染上各种色彩。想想他们是如何一边组织、排除、铺平、上色，一边爆破岩石、打通隧道吧。电梯一会儿上一会儿下，列车一会儿走一会儿停，像海上的浪潮一样有规律可循。我所追随的就是这个。我天生就生活在这个世界上，我一直在它的旌旗下生活。他们都是那么气宇轩昂地敢于探险，既英勇又好奇，而且他们拥有超凡的魄力，会尽可能在半道上停下来，在墙上轻松涂上一句笑话。这时，我怎么能躲起来呢？所以，我要扑些粉在脸上，涂些口红在嘴唇上。我要把双眉描绘得更加精细。我要利落地叫一辆出租车，司机将会非常敏锐地领会到我的手势是什么意思。因为我依然可以让别人拥有渴望。我依然能察觉到街上的男人在向我行礼，就像那在微风的吹拂下变得红通通的庄稼在颔首一样。

"我要坐车回去。我要把大束大束彩色的、昂贵的、缤纷的鲜花插在花瓶里。我要在这里放一把椅子，在那里放一把椅子。我要提前把香烟、酒杯和几本封面醒目的新书摆好，以迎接伯纳德或者内维尔或路易斯的突然到访。可是，可能不是伯纳德、内维尔或路易斯，而是某个陌生人，某个我没有见过的人，某个我在楼梯间邂逅的人，而且当我们相遇时，我小声说了句：'来吧。'他今天下午就要来了，这人我并不了解。让那由死者组成的无声队伍降落下去吧。我要继续往前走。"

"现在我已经不需要一个房间了，"内维尔说，"也不需要四壁和炉火了。我已经一天天老去了，我非常平静地从珍妮的屋子走过，并且对着那个在门前的台阶上站着，看起来有些羞涩地整理领带的年轻人露出了笑容。让这个打扮一新的年轻人去按门铃吧，让他去和她见面。如果我想见她，我随时都可以去。如果不想见，我就走过去。过去那些腐蚀剂已经不会带给我疼痛感了——嫉妒、心计和烦恼全都消失了。我们的骄傲也消失了。年轻时，我们可以随便在什么地方坐，在通风大厅里的裸露的长凳上坐，任由那些门响个不停。我们曾经像孩子那样半裸着身子在船甲板上用橡皮管互相浇水嬉戏。现在我可以赌咒，我和这些干完一天活儿、拥挤着走出地铁车站的人并无二致，这样的人太多了。我已经得到了我的成果。我对一切都冷漠无比，就当什么也没有看见一样。

　　"不管怎样，我们不需要负责，我们不是法官。我们没有在别人的指使下，用拇指夹和镣铐对我们的同类进行非人的折磨，我们也没有被他人请到布道坛上去，在昏暗的礼拜天下午给他们传经布道。最适宜的是欣赏一下玫瑰花，或者读一读莎士比亚，就如同我时常在这里，在沙夫茨伯里大街①上读他的作品一样。看这个笨蛋，看那个赖皮，看克莉奥佩特拉②乘着一辆小汽车过来了，她正在她的御舟中满腹欲火呢。这儿也是一些被诅咒的人物，一些靠墙站在治安法庭上的、没鼻子的人。他们正在被执行火刑，哀叫不已。这倒称得上是诗，只要我们不去对它进行描绘。他们精准地扮演着他们的角色，而且几乎在开口之前，我就猜到了他们会说什么。因此，我就安静地等待着他们说出早就写好的对白。假如只是为了看戏，我可以沿着沙夫茨伯里大街一直走。

　　"之后，从大街上离开，走进一间屋子，那里有人在说话，有人

———————

　　① 伦敦的一条大街，街上有很多剧场。

　　② 埃及艳后，也是莎士比亚剧作《安东尼与克莉奥佩特拉》的女主角，这里指伦敦街头衣着华丽的女性。

则不屑于去说。他在说，她在说，还有些人反复说些陈词滥调，那些事情，只需要一句话就可以把所有麻烦都省略掉。争论、嘲笑、陈旧的埋怨——这一切都在空气中弥漫，让人喘不过气来。我拿了一本书，随意读了半页。他们还在继续说，那个身上穿着她母亲的衣服的孩子在跳舞。

　　"可是这时候，罗达抑或是路易斯，总的来说是一个饿着肚子、非常痛苦的灵魂，一直在旁边踱步。他们需要一个情节，是吗？他们需要一个借口吗？于他们而言，不能仅有这么一个普通的场面。安静地等着人们说些似乎事先都已经打好草稿的话，眼睁睁看着一句话精准地将一小块胶泥贴在提前设定好的地方，从而来对人物进行塑造，忽然发现在天空的映衬下现出一组群像的轮廓，所有这些都无法让人满足。可是，假如他们想要的是武力，我倒是在同一间屋里看到过死亡、谋杀和自杀。有个人走进来了，另一个人走出去了。有抽泣声从楼梯间传来。我听到过一个女人把一块白布放在膝盖上，把线扯断，把结打好，然后安静地缝补的声音。为什么一定要效仿路易斯，一定要去找一个借口，或者效仿罗达，飞到某个遥远的牧场，把桂树的叶丛拨开，去寻找石像呢？他们说一个人要迎风翱翔，深信那惊涛拍打着的对岸肯定是一片金色的天地，阳光直直地射进那些周边全是垂柳的池塘里。（在这儿，如今是十一月，在寒风的肆虐下，那个穷人的手都被吹裂了，正捧着一盒盒火柴在沿街叫卖。）他们说可以在那边找到完全的真理、美德，它在这儿跟跟跄跄、顺着死胡同随意走，在那边则是理想化地存在着。罗达把她的脖子伸得长长的，把她那双迷离的眼睛蒙住，飞过我们身边。如今已经富甲一方的路易斯，走到他那耸立在起伏的屋顶上的阁楼窗户前，一直凝望着罗达身影慢慢消失的地方。可是，他一定要到他的办公室去，和那些打字员坐在一起，为了我们的教养、新生，以及对那还没有诞生的世界进行改造，全力以赴地工作。

"可是现在，在这间我径直闯进来的屋子里，人们说的好像都是一些提前就写好的话。我走向书架。假如让我来做选择，我甘愿随意读上半页。我不需要讲话。可是我的耳朵并没有关闭。我非常专心。当然，一个人必须花点儿心思，才能对这部诗集进行阅读。书页时常是破旧的，上面还带有泥巴，被人撕过，和早就没有颜色的叶瓣紧紧相连，和马鞭草或天竺葵的碎片紧紧相连。你一定要有很多双眼睛，才能读这首诗，就如同夜半时分照耀在大西洋汹涌波涛上的明灯一样，有时可能只有一缕海草探出头来，有时海浪会忽然裂开一个大口子，一个怪物的肩膀出现在人们的视野里。你要将所有的厌烦和妒忌都抛到一边，而且完全不加以干涉。你一定要有耐心，而且非常细心，让那些细不可闻的声音，比如蜘蛛纤细的脚划过叶片的声音，比如水向某个不相干的排水管流入时所发出的汨汨声，都尽显无遗。不管什么事物，因为害怕而被排斥都是不可取的。把这一页（我在别人交谈时读的这一页）写出来的诗人已经退出了历史舞台。这上面没有任何符号。上面的诗行也和平常可见的那种长度不一样。很多行诗句完全都是胡说。你一定满心疑问，可是到最后却又抛去了谨慎，等那扇门一打开，就全盘接受了。有时候，你也会哭，也会冷漠地一挥利刃，铲除那些煤灰、树皮和各种僵硬的附加物。所以就这样（在他们交谈时）将你的网沉得愈深，之后谨慎地收回来，把他和她所说的话都拉出来，写成诗篇。

"他们的谈话我现在已经听过了。他们已经离开了。只有我一个人留了下来。我可以安心地看着这一直燃烧的炉火，就如同一座大厦、一座高炉，而现在有些既长且尖的木头看起来就和脚手架无异，或者和矿井、幸福之谷无异。它现在又成了身上披着白鳞片的蛇，猩红地盘在那里。在鹦鹉的啄食下，窗帘上的那个果子变得愈来愈大。吱嘎、吱嘎，火燃烧时发出吱嘎的声音，就如同虫子吱吱乱叫。噼噼，啪啪，当树枝弹出来让空气都开始震颤时，就有噼噼啪啪的爆裂声发出来，而这当口，就如同万弹齐发，一棵树应声而倒。这些就是伦敦夜间的声音。这时，那个我盼望已久的声音终于响起了。那个声音越发响了，离我越发近了，它犹豫了一会儿，最后停在我的门口。我叫道：'赶紧进来呀，在我身边坐下来。坐在这把椅子旁边。'熟悉的幻觉让我忘掉了一切，我叫道：'快过来，走近一点儿啊。'"

"从办公室回来以后，"路易斯说，"我就把大衣挂在这里，把手杖搁在那里——我喜欢幻想这样的手杖黎塞留也曾经用过。这样，我就让自己失去了权威。刚刚我在一张漆得发亮的桌子边靠着，在一位经理的右边坐着。我们对面的墙上挂着展现我们宏图伟业的地图。我们把船只派出去周游世界。我们的航线在地球上随处可见。我得到了极高的声望。当我进办公室时，所有年轻女士都向我致意。现在，我可以去我想去的任何地方吃饭，而且我可以非常肯定地预测，要不了多长时间，我就会在萨里郡拥有一幢房子、两部汽车、一座暖房和一些品种罕见的甜瓜。可是我依然回来，依然回到我的阁楼，把我的帽子放好，之后再次开始那个可笑的试验，那个可笑的试验早在我用拳头捶打过老师的仿橡木门以后就已经开始了。我把一册袖珍本的书翻开，开始读一首诗。一首就足矣。

西风啊……

"哦，西风，你和我的红木桌子、鞋罩完全不搭调，而且，唉，和我那个庸俗的情人，那个一直说着蹩脚英语的女演员也不搭调——

　　西风啊，你到底什么时候吹来……

　　"罗达，她看上去一副出神的样子，迷茫的双眼有着蜗牛肉似的颜色，不管什么时候来，是在星光璀璨的午夜时分来，还是在正午最为平常时刻来，西风啊，她都不会破坏你。她在窗前站立，双眼直勾勾地盯着穷人们房顶上的烟囱帽和打破了的窗子——

　　西风啊，你到底什么时候吹来……

　　"一直以来，我的责任、重担都要大过其他人。一座金字塔压在我的肩上。我曾经非常用心地去做一项庞大的工作。我曾经组织了一支粗鲁的、邪恶的队伍。我曾经在小饭馆里坐着，用我那带有明显澳大利亚口音的语调，尽力想让自己被那些小职员所接受，可是我却一直记得我那严谨的信仰，还有那些一定要解决的差异和无条理。我曾经在年少时憧憬过尼罗河，而且想要一直憧憬下去，可是我依然伸手敲了敲那扇仿橡木的房门。如果我可以像苏珊，或者像我所敬仰的珀西瓦尔，没有那种与生俱来的宿命感，那么我一定会更加快乐。

　　西风啊，你到底什么时候吹来，
　　让细雨落下来湿润地面？

　　"对于我来说，生活这件事情太恐怖了。我就如同一个庞大的乳兽，长着一张贪婪的嘴巴，而且还黏糊糊的，吸力十足。我曾经想从肉里直接取出那颗长在神经中枢里的结石。我对自然的乐趣知之甚少，我想我喜欢我的情人的原因在于，通过她那伦敦腔的口音，我会觉得很放松。可是她只会穿着内衣在地板上翻来滚去，而且我身后总会有一些嘲笑声，那些打杂的女工和商店里的小子总是对我那严肃的、高高在上的走路姿势极尽嘲讽。

> 西风啊，你到底什么时候吹来，
>
> 让细雨落下来湿润地面？

"我天生的宿命，这些年一直压在我肩上的金字塔，它到底代表着什么？真希望我可以把尼罗河和那些头上顶着水罐的女人牢牢记在心上，真希望我会一直有这样的感觉——那漫长的让麦浪扑腾的夏日，以及那漫长的让河水冰冻的严冬，和我的生命交织在一起。我并不是一个孤单的行者。我的生命也并不是像钻石表面的光泽一样稍纵即逝。我在地底下蜿蜒行进，如同一个看守提着灯穿梭在一间间牢房里。我天生的宿命就是我要牢记，努力编织，尽可能把我们悠远的历史和复杂的一天中的那诸多条线，各种各样的、粗的、细的、断的、没有断的线，全部编织成一条缆绳。总是要了解太多的事情，要倾听太多纷繁，要申斥太多虚假。这些屋顶都是破旧的、烟雾缭绕的，随处可见烟囱帽、不整齐的石板瓦、小心前行的猫和阁楼窗户。透过那些破玻璃和旧瓦片，我谨慎地朝外望，只看到可怕的、饥饿的面孔。

"让我们假设对于现在所有的一切，我都可以理解——在一页纸上写的一首诗，之后死去。我可以笃定地告诉你，这也值得去做。珀西瓦尔已经死了。罗达离我而去。而我却要沧桑地往下活，挂着镶金头的手杖，在人们敬仰的目光下，走在这座城市的人行道上。可能我会永远活着，可能永远都无法到达这种持续和永恒——

> 西风啊，你到底什么时候吹来，
> 让细雨落下来湿润地面？

"在绿叶的辉映下，珀西瓦尔正在绽放，他埋在泥土里，在夏日的阵风中，浑身的枝条都发出呼啸声。罗达，当别人都在交谈时，我曾经和她共享过安宁的时刻，当羊群一起安静地、秩序井然地回到富饶的牧场时，她就转身跑到了一边。现在，她如同荒漠里的热风一样不见踪影了。当城里的屋瓦被阳光晒得滚烫时，我会想起她；当枯萎的树叶扑簌簌往下掉时，我会想起她；当老人们带着尖头棍子刺向地上的碎纸片，就像我们之前刺她一样，我会想起她——

> 西风啊，你到底什么时候吹来，
> 让细雨落下来湿润地面？
> 上帝啊，希望我的爱人和我相拥，
> 让我可以重新回到床上睡觉！

"现在我回到我的书上，再次开始试验。"

"生活啊，我一直都对你心存忌惮啊！"罗达说，"人类啊，我一直对你们心存憎恨啊！你们是那么拥挤，你们是那么碍事，你们在牛津大街上的样子要多丑陋有多丑陋，你们在地铁里双目无神，面对面在那里坐着，看上去又是多么龌龊啊！如今，当我爬上这座高山——我可以在这座山的峰顶看到非洲，那些牛皮纸货袋和你们的面孔还一直印在我的脑海里。我曾经在你们的影响下把身体弄脏了。当你们在门口排队买票时，也会发出难闻的味道。所有的人都穿着颜色模糊的衣服，甚至从来都不插根蓝羽毛到帽子上。没有一个人敢鹤立鸡群。为了把这一天的日子混过去，你们是多么泯灭良心、欺诈奉承、滔滔不绝、卑躬屈膝啊！哦，你们曾经把我关押在一个地方、禁锢在一把椅子上、束缚了我整整一小时，而你们自己却坐在我对面！你们曾经用你们那肮脏的手，把我身上一个钟头到下一个钟头之间的那段清白的时间抢走，把它们变成污秽的一团，直接扔到废纸篓里。可是，我所过的生活就是这样的。

"可是我妥协了。我用手掩盖了冷笑和哈欠。我并没有朝街上跑去，我将一只酒瓶扔到阴沟里，以宣泄我的怒气。尽管我很激动，可是却依然装出无动于衷的样子。你们干什么，我就干什么。如果苏珊和珍妮像这样穿袜子，我也像她们一样穿袜子。生活实在是太恐怖了，因此我装了很多层遮光帘。从这里窥探生活，从那里窥探生活，管它是玫瑰花叶子还是葡萄藤叶子——我用我一时的冲动，用葡萄叶或玫瑰叶，掩盖住整个大街、牛津大街、皮卡迪利广场，还有那些学校期末结束时，在走廊里立着的箱子。我曾经悄无声息地过去看了看上面的标签，想象不同的名字和面孔。可能是哈罗加特，可能是爱丁堡，上面有着金边，因为在那里的人行道上，曾经站着一个我已忘记名字的姑娘。可是，那只是一个名字，我离开了路易斯。我畏惧拥抱。我曾经试着用毛毡、衣服掩盖那蓝莹莹的刀锋。我曾经希望白昼忽然变成晚上。我曾经想要看到食橱慢慢消失，床铺变得很软，或者想要在半空中悬浮着，却细细端详那拉长了的树木、面孔、沼泽地绿油油的边缘，还有两个正在痛苦地说再见的人的身影。我抛撒词句，就像大地上光秃秃的时候，那些播种的人在翻耕过的田野上撒上种子一样。我一直渴望黑夜长一点儿，再长一点儿，用更多梦境填充它。

"接下来在某个大厅里，我把音乐的树枝拨到一边，我们建造的那所房子映入我的眼帘，长方形的上面架着正方形。'那座房子里无所不有。'珀西瓦尔死后，在一辆公共汽车上，我倚靠在别人的肩膀上时说过这样的话，可是我还是去了格林尼治。我一边行走在堤岸上，一边希望我可以一直像响雷一样响彻世界各地，在那里没有蔬菜一类的东西，可是大理石圆柱却随处可见。我把我手上的花束扔到正朝外弥漫开去的浪潮里。我说道：'把我毁了吧，把我带到世界各地吧。'浪涛已经四分五裂，花束也已经凋谢。现在，我几乎没怎么想起过珀西瓦尔了。

"现在，我爬到西班牙的这座山峰上去，我要想象这匹骡子的脊背就是我的床，想象我正在上面躺着，奄奄一息。现在，我和那个深渊之间只隔着一张薄薄的床单。我身下的床垫上那些突起的地方都摸起来很软。我们踉跄着往上爬——踉跄着前行。我脚下的山路一直蜿蜒向前，一直朝山巅上一棵孤独的树延伸而去，树旁边有一个小水池。到了晚上，群山像鸟儿收起翅膀一样汇聚到一起时，我曾经对海水的美丽进行过研究。有时，我会摘一朵粉红的康乃馨，或者捡几束干草。我曾经独自一人躺在草地上，触摸着一块腐烂的骨头，心想：如果风掠过这片高地，可能只会留下一撮灰尘。

"骡子一直踉跄着往上爬。山脊像雾霭一样缓缓上升，可是，在山顶上我可以眺望非洲。如今，床在我的身下塌陷。我从床单上散布的黄色洞眼中往下漏。那个蹲在床脚边的善良女人长着一张白色马脸，示意我她要走了，然后就转身离开了。那么谁可以陪着我一同前往呢？只有花，牵牛花和那月光色的五月花。我将它们随意绑在一起，编成一个花冠。哦，我要把它献给谁呢？我们的脚这会儿已经从悬崖的边沿跨出去了。捕鲱鱼船队的灯光在我们下面闪个不停。悬崖不见踪影了。细浪潺潺，涟漪昏暗，若干浪波在我们脚下起伏。我摸不到任何东西，也看不到任何东西。我们会往下坠，在浪波上落下来。我的耳边会响起海水的轰鸣声，海水中的白色花瓣会变黑。它们会先在水中漂一会儿，然后沉到水中。只要我在海浪上翻个身，我就会沉下去。所有的一切都要恐怖地往下坠，我被淹没了。

"可是，那棵树上长着纵横交错的枝条，那是一座村舍屋顶上生硬的线条。那些像气泡一样涂着红色和黄色的东西，是人的脸。我把脚放在地面上，谨慎地迈了一步，然后把手按在一家西班牙客栈的坚硬的房门上。"

太阳正慢慢往西边落下去。像岩石一样僵硬的白昼四分五裂了，从那些裂片间倾泻出光亮。红光和金光就像一支支把黑暗当作翎羽的脱弦之箭，把海浪射穿了。一束束光线无尽地闪烁着，就如同来自陷落的岛屿上的信号，或像那来自一些厚脸皮、嬉笑着的孩子们投的标枪。可是在靠近海岸时，海浪就会变暗，而且在长久的轰鸣声中陷落，就如同一堵墙，一堵用灰色石头砌起来的、严严实实的墙突然倒了下去。

忽然刮起了风，树叶颤动着，而这阵儿骚动过后，树叶变得或灰或白，不复之前的浓褐色，就像树身摇摇晃晃，结果失去它那浑然一体的感觉。那只栖息在最高树枝上的老鹰眨着眼睛，一跃而起，向高空飞去。沼泽地里传来一只老鹰的鸣叫声，它徘徊着，迟疑着，之后向更远的地方飞去，继续孤单地叫着。风吹散了火车和烟囱冒出来的烟，后来和悬浮在大海的田野上空的轻盈的天幕相融合。

现在，谷物已经收割完成了。之前那片热气腾腾的庄稼，而今变得光秃秃的。一只猫头鹰离开榆树，缓缓地向天空飞去，似乎沿着一条从空中垂下的线，径直飞到一棵杉树顶端的树梢上。山坡上飘过缓缓移动的阴影，一会儿变大，一会儿变小。荒原最高处的那个池塘看上去很是冷清。

看不到毛茸茸的兽脸，也看不到飞溅水花的兽蹄，也看不到把鼻子伸到水里去润湿的兽。一只鸟儿在一根烟灰色的小树枝上栖息，满足地呷了一口冷水。那里只有怒吼着的风像鼓满的帆掠过草尖，没有车轮声，也没有啮草声。那里躺着一块骨头，经过风雨的摧残，变得像一根光溜溜的树枝，亮光闪闪。那些在春天暖阳的曝晒下变成红褐色，如今却被南风吹折了腰的树木，现在像生铁一样漆黑无比、全身光秃秃的。

这个地方太偏了，以致永远也无法看到发亮的屋顶或闪光的窗子。那些易损的镣铐和那些像蜗牛壳一样的障碍物，已经被那凝重的昏暗的大地给吞没了。现在，这里只有透明的云影、雨水的冲刷、一束闪耀的阳光，或是一阵狂风骤雨。远方的群山上有一些孤单的树木，就像作为装饰的方尖塔一样。

桌子、椅子在已经没有那么灼热的夕阳的映照下，散发出柔和的光辉，还有点点褐色和黄色的菱形光斑。桌椅的周围在阴影的笼罩下，显得越来越沉重了，就如同那偏斜了的色彩向一边聚集。刀、叉和酒杯都在这里摆放着，可是它们似乎被拉长了、拉宽了，看上去很是奇怪。周边镶着金框的镜子映照出静止的景物，似乎它所映照的事物会永久存在。

这时，海滩上的阴影也开始向周围弥漫，黑暗越发凝重了。那只漆黑的靴子俨然成了一汪暗蓝色的水池。结实的岩礁开始面目模糊。那条旧船周边的海水已经变得黑漆漆的，就如同贻贝把那里占满了一样。浪花变成了青黑色，把像珍珠一样的发光的白影留在那被薄雾笼罩的沙滩上。

"汉普顿宫，"伯纳德说，"汉普顿宫，我们就是约定在这里团聚的。看，汉普顿宫里那些好看的烟囱，还有方形的雉堞。当我说'汉普顿宫'时，我所用的语调表明我已经迈入了中年。如果换作十年或十五年以前，我肯定会一脸不相信地说：'汉普顿宫吗？'——那儿会是什么样呢？那儿有湖，有迷宫吗？要不就是说话时会用预测的口气：我会在这里遇到什么事情呢？我会和谁相遇呢？而现在，汉普顿宫——汉普顿宫——这几个字就像打鼓一样，在我费力地清除了许多电话信息卡片和明信片才整理出来的这块空间中响起，发出震耳欲聋的声音。于是，眼前出现一幕幕图画——夏天的午后，小船儿、提着裙裾的老妇人、冬日里的一壶茶水、三月里的几朵水仙——所有这些都在水面上显现，之后又都在每个场景的深处隐藏。

"这会儿，他们——苏珊、路易斯、罗达、珍妮和内维尔，都已经站在了我们约定聚会的那家小旅馆门前。他们一起到了。在我和他们会合以后，立刻就会想出其他的计划。现在，应该阻止一些徒劳无益的事情，设计太多的场景，并做出解释。这种约束是我最不愿意经历的。在和他们只相距五十码时，我觉得我的生活秩序改变了。他们那个圈子的吸引力对我起了作用。我向他们走去，可是他们没有看到我。现在，罗达看到我了，可是因为担心重逢带来的悸动，她假装没有看到我。现在，内维尔转过脸来。突然之间，我一边把手举得高高的，一边向内维尔致意，同时高声说道：'在莎士比亚的十四行诗集中，我也曾经把花瓣夹在里面。'之后，我就感慨万分，说不下去了。在汹涌起伏的波浪上，我的小船几经颠簸。重逢时的这种激动没有任何药物可以医治。

"一样的道理，将那些凹凸不平的边缘弥合在一起也是一件让人觉得很难受的事情。只有等到我们慢悠悠地走进小旅馆，把大衣和帽子脱下来以后，会面才会慢慢带给人愉悦的感觉。现在，我们在这间空寂的餐室里坐下来，餐室下面是一个公园，一片绿油油的地方，那里依然接受着夕阳的照耀，真是太匪夷所思了，以致一条灿烂的光带横亘在那些树林间。"

"现在，我们以这张狭长的桌子为中心，围着它坐下来，"内维尔说，"现在，在仍残留着最初的激动时，我们的心情如何呢？现在，让我们像老朋友难得团聚时那样，真诚地把我们相聚时的心情讲出来吧。是难过。门不会开；他也不可能来了。而我们的心情都非常沉痛。因为我们都已经是中年人，每个人都身负重任。让我们先抛开各自的重担吧。我们要彼此打听一下对方的生活。你，伯纳德；你，苏珊；你，珍妮；还有罗达和路易斯？那些名单在各扇门上都可以看到。当我们把这些小面包掰开，开始吃鱼和沙拉时，我在最里面的口袋里摸到了证书——我不管去哪儿，都把它们带在身上，以便证明我比别人高明。我通过了考试。我最里面的口袋里装着可以对此进行证明的文件。可是苏珊，看到你那倒映出胡萝卜和麦田的眼睛，我由衷地感到疑惑、紧张。这些在我最里面的口袋里装着的文件——这些可以对我通过考试进行证明的宣告——只是发出微弱的声响，就如同在开阔的田野里，为了把白嘴鸦吓退，一个人拍巴掌的声音。现在，这种声音（我拍巴掌的声音和它的回响）在苏珊的瞪视下，也已经偃旗息鼓了，只有风从翻耕过的土地上掠过的声音和一只鸟鸣唱的声音在我耳边响起——那可能是一只过于兴奋的云雀在歌唱。那个侍者有没有听到我的声音，或者那些总是悄悄在一起的情侣，他们有时四处晃悠，有时藏起来看那些还不够昏暗，还不能把他们躺卧的身体掩盖住的树荫，他们有没有听到我的声音？没有，拍巴掌的声音毫无作用。

"那么，既然我不能把我的文件拿出来，我就只能高声念出我的证书，以便让你们相信我是真的通过考试了，还剩下什么呢？只剩下苏珊那双像珍珠一样闪闪发光的绿眼睛的犀利目光所揭示出来的东西。每次我们相聚，还没有完全平息刚见面的尴尬，就会有某个人卷进来。于是，有人就很想压抑自己的个性，不让它显现出来。现在于我而言，这个人就是苏珊。我要和苏珊好好谈谈，让她注意到我。请听我说，苏珊。

"吃早饭时，只要有人进来，包括我绣在窗帘上的那个果子都会变大，以致遭到鹦鹉的啄食。你甚至可以用大拇指和食指夹着摘下它。稀薄的去脂牛奶会在一大早变成乳白色、蓝色，或者玫瑰色。那时候，你的丈夫——那个拍打着他的高筒靴，用鞭子教训那个不生牛犊的母牛的男人——正嘀咕着什么。你不发一言。你也不看。你的眼睛被习惯盖住了。在那时，你们之间的关系是幽暗的、无聊的。在那时，我的关系则是柔和的、绚烂的。尽管从表面上来看，我们都很柔和，可是骨子里却像盘起的蛇那样可怖。设想一下我们正在读《泰晤士报》吧，设想一下我们正在彼此探讨吧。那是一种体验。设想一下现在正值冬季。漫天飞雪飘下来，屋顶上全是积雪，我们都被封在一个红色的洞穴里。水管也被冻破了。我们把一个黄色的铁皮澡盆摆放在屋子中间。我们慌乱地寻找盆子。看那儿——书橱上面的水管又破了。看着这场灾祸，我们嬉笑着，叫嚣着。让平稳的生活消失吧。让我们失去一切吧。要不然就设想一下现在正值夏季？我们可以漫无目的地来到一个湖边，去看中国白鹅迈着扁平的脚掌一摇一晃地向水边走去，或者去看一座形同骷髅架子的城市教堂，教堂前面的绿草生机盎然，正迎风摇曳。（我是在随意聊天，我总是说些很浅显的东西。）每种景象都是一幅阿拉伯式的图案，是灵感爆发时描绘出来以便说明人们亲密相处时的美好的。大雪、冻破的水管、铁皮澡盆、中国白鹅——这些都是高悬于空中的标志，当我对过去的生活进行回忆时，借由它们，我就可以认清每一种爱所具有的特点，认清它们是怎样的互不相同。

"同时，由于我想消除你的不太友善的情绪，你那双绿眼睛一直看着我，你那破旧的衣服、粗糙的双手，和所有其他的可以对你那母性光辉予以说明的象征，都紧紧粘在你的身上，就像帽贝粘在岩石上一样。可是说实话，我一点儿都没有要伤害你的意思，我只是想把在你身上丢失的自信找回来。已经不可能改变现实了。我们的命运已经无从改变了。之前，当我们和珀西瓦尔共同聚在伦敦的一家饭店时，所有事情都是未知数，我们有可能做任何事情。而如今我们已经做出了选择，有时候好像是别人帮我们做出了选择——就如同是一副钳子把我们夹得紧紧的一样，我也选择了。生活的烙印并没有留在我的外表上，而是留在心里，在纯洁、单纯和未经保护的神经上。各种头脑、面庞和事物的烙印把我折磨得痛苦不堪、毫无价值。那些烙印实在是太难捉摸，以致尽管丰富多彩、无缝不钻、真实存在，可是却没法形容。于你而言，我只是'内维尔'而已，我生活的狭隘性以及它难以跨越的边界线你都看清楚了。可是于我个人来说，我却是无限辽阔的，是一张大网，一张每根神经都不知不觉陷进去的大网。几乎无法分清我这张网以及它所包围的东西。我看到它把鲸鱼抓起来了——庞大的海中怪兽和一片苍茫的白色、静止不动的糊状物。一本书在我眼前铺展开来，我看到了核心，看到了底层的含义——我一直看到那深不可测之处。我知道，什么样的爱会炽烈跳动，妒忌的绿色火焰会如何绵延四处，爱和爱会如何交错，爱会产生什么样的死疙瘩，爱又会冷漠地拉开它们。我曾经被缠绕其中，也曾经被冷漠地撕扯开。

"可是，也有一些光荣的事情发生过，像当我们期盼着有人推开门，而珀西瓦尔真的进来时；当我们在一家酒馆坚硬的长条凳上突然毫无约束地坐下来时。"

"曾经有过山毛榉树林，"苏珊说，"有过埃尔维顿，还有钟表上发光的指针在树丛中闪耀。鸽群飞离树叶丛。我的头顶上徘徊着迷离的光。它们在我的印象中已经很模糊了。可是,看,内维尔,为了维护自尊,我曾经让你颜面扫地,看我这只放在桌子上的手吧。看看我指关节和手心上这些或深或浅的健康肤色吧。我的身体就如同久经使用的工具,已经被使用得很旧了。可是刀刃仍然锐利,只不过中间磨损得比较厉害。(我们就如同在田野上斯杀的野兽一样,如同相互用角碰撞的牝鹿一样,时常在一块斯杀。)你那毫无血色又清瘦的肌肉,我一眼就可以看穿,甚至包括那苹果或是一串果子,都肯定覆盖着一层薄膜,就如同上面有一层玻璃罩。和一个人——只是一个人,可是却一直处在动态中的一个人——紧挨着躺在一张椅子里,你可以看到的只是一寸深的肌肉、里面的神经、筋脉、或快或慢流动的血液,是不可能看到所有的。挺立在花园里的房子你看不到,田野里的一匹马你看不到,延伸的一座城市你也看不到,因为你的腰佝偻着,就像一个大费周章要把针线活看清的老太婆一样。可是我却看到了那庞大、坚实的生活,就像那一排排房屋一样,看到了它们的雉堞墙和高塔、工厂和煤气塔、一幢历史悠久的古老的住宅。这些东西始终保持着牢固、突出的特征,在我的脑海里久久不能消失。我既不是脾气非常好的人,也不是阿谀奉承之人。我身在你们中间,用我的坚硬来对你们的柔弱进行打磨,用我的眼睛里所迸射出的绿色光芒,来把你们那些吞吞吐吐的言辞遏制住。

"我们现在已经用鹿角交过锋了,这是必需的前提,是来自老朋友的致意。"

"树林里的那道金光已经看不见了,"罗达说,"它们后面绵延着一片绿草地,向外拓展,就如同梦中所见的刀锋,或荒无人烟的渐渐远去的岛屿。现在,沿着大街开过来的汽车的灯光开始闪烁。情侣们可以在暗影里躲起来了，遮掩他们的那些树干开始膨胀，变得模糊起来。"

"过去并不是这样的情况，"伯纳德说，"曾经，我们可以完全跟随自己的心意，而不会从众。现在，我们需要做出多少努力，才能把这么一个缺口打开，让我们团结在一起，在汉普顿宫相聚啊？从年初到年尾，生活过得太快了！我们每个人都被各种事情所裹挟，那些事务太平常了，以致压根没有给我们投下任何阴影。我们从来不对比，也几乎没有想起过你或我，而就在这种敷衍的过程中，我们才尽可能化解了矛盾，把堵塞在那条已经很久的河道出口处的杂草冲破了。为了赶上从滑铁卢站开来的火车，我们必须像鱼一样从水面跃出去。可是即便我们跳得再高，最终还是要回到那溪流里。如今的我再也不会坐船到南海诸岛去了，罗马已经是我最远的旅行目的地了。我有儿子也有女儿。我也不知道为什么，自己竟会抵达现在这个处境。

"可是，只是我的肉体被结结实实地固定下来——这个在这儿你们叫他伯纳德的年纪已经不小的男人——我甘愿相信这样的情况。比起年轻的时候，现在的我思考能力更强了，那时我总是劲头十足地寻根究底，就如同一个小孩摸索一只彩票袋子一样。'看，这是什么？还有这个？这称得上是一件令人满意的礼物吗？只有这些吗？'如此等等。如今，我已经知道什么东西装在那些小包里面，因此也就不是很在意了。我把我的思绪抛撒到空气里，就像一个人把种子一把把地撒出去，让种子在紫红的落日下落下来，在泛着光泽的裸露的耕地上落下来。

"一系列辞藻。一系列问题多多的辞藻。可是辞藻又能派上什么用场呢？它们什么东西也没有给我留下，这样我才可以放在这张桌面上，放在苏珊这只手的旁边；或者从我的口袋里拿出来，和内维尔的那些证书放在一起。不管是在法律，还是医学和财务领域，我都不是什么权威人士。我浑身都被湿漉漉的辞藻包裹，我全身闪闪发光，有磷光闪烁。当我说'我开始燃烧，我全身上下都闪烁着光彩'时，你们所有人都感觉到了。当我在运动场边的榆树底下坐下来，说出一系列美丽的辞藻时，那些小家伙往往会产生这句话说得非常好的感觉。于是，他们也开始口若悬河，他们还把我那些美丽的辞藻带走了呢。可是，我深陷于孤单中，越发沧桑了。我之所以会走向毁灭，原因就在于此。

"我游荡在一家又一家的屋子里，就如同中世纪的化缘修士摩挲着念珠，讲述着民谣故事，四处哄骗妇人和姑娘。我是个四处售卖东西的生意人，讲述民谣故事就是我赚取食宿费的手段。我是一个极易满足的客人，我时常被安排在最好的房间，睡觉的床很大，还有四根柱子，可是有时候，我又会在谷仓里的干草堆上睡。我不介意跳蚤，我也不排斥绫罗绸缎。我是个很大度的人。我不是什么道德说教家。我充分地感受过生命的短促和各种诱惑，因此不会去限制别人。可是，我也并不是像你们所想象的那样完全不挑剔，就如同你们从我流利讲述的言辞中可以得出的结论一样。从本质上来说，我是蕴藏了一些鄙视和严厉的锋芒的。只是我擅长妥协。我总是捏造各种各样的故事。我可以从一切事情中找到有意思的东西。一家农舍门前坐着一个女孩，她在等人，等什么人呢？她是已经被人诱惑了还是没有被人诱惑？那个校长看到地毯上有个洞。他总是愁眉苦脸的。他的妻子边将着她那依然浓密的头发，一边陷入了思考——等等，等等。不停地挥手，在街口迟疑，有个人朝阴沟里扔了一根烟头——这些都是故事。可是到底哪个故事才是真实的呢？我也不知道。所以，我就像把衣服挂在食柜里等着有人来穿一样，我也悬挂起我的辞藻。尽管一直处在等待的状态、猜想的状态，频繁地记录着，我却压根不留恋生活。也许我会像一只蜜蜂一样被人拂下一朵葵花。我那长久累积起来的哲学，将会如同水银泻地一样转瞬消失，再也找不到。可是冒进又严肃的路易斯，却在他的阁楼办公室中，很好地总结了那些需要弄清楚的事情。"

　　"你的嘲笑、你的无视，以及你的美，打断了我正千辛万苦想要编到一起的线。"路易斯说，"很多年以前，当珍妮在花园里亲吻我时，这条线被打断过。当我们还在上学时，那些喜欢吹牛皮的小子总是对我的澳大利亚口音极尽嘲讽，这条线也被打断过。'意义就在于此。'我说。之后揪心地疼痛——是受到了虚荣心的刺激。'听，'我说，'听那只在若干只脚践踏下高歌的夜莺；它在征服者和移民者脚下歌唱呢。请相信吧——'接下来就突然被打断了。我总是在瓦砾堆中选择路线前行。在各种光线的照射下，普通的东西都被照得奇奇怪怪。黄昏来临，我们相聚在一起，这里有酒，有摇摆不定的树影，有身穿法兰绒制服、带着坐垫的年轻人从河边上来。可是于我而言，这样一个重温旧时的美好的时刻，却因为人们所做出的龌龊事、各种虐待而没了颜色。我的看法太不正常了，哪怕我们都坐在这里，我也不可能因为一层紫红的颜色而抹杀我的理智不断对我们所做出的指责。我问我自己，哪里有解决办法，哪里有沟通的纽带？我要如何做，才能组合起这些摇晃的、让人眼花缭乱的幻影，并把所有一切都串联成一条线呢？因此，我在静静思考，而你们则不怀好意地看着我噘起的嘴、凹陷的面颊以及紧锁的眉头。

　　"可是，我希望你们也要关注到我的手杖和坎肩。我已经有了一张牢固的红木写字台，就在一间处处是地图的房子里摆着。因为我们的轮船的船舱上的设备极尽奢华，由此给我们引来了不少羡慕的目光。我们设计了室内游泳池和健身房。如今我总是把白色坎肩穿在身上，而且但凡要对一个约会加以确认，我都要先找个小本子看看。

"我表现得很是狡诈、嘲讽，就是想借此让你们忽略掉我的颤抖、柔弱，以及我那单纯的心灵。因为我一直都是最天真的、最喜欢一惊一乍的，我总是对那些让人感觉不舒服或荒诞的事情表示理解，并予以同情——无论是鼻子上的一块污迹，还是一颗散掉的纽扣。对于所有屈辱，我都痛苦不堪。可是我一样也会很冷酷，心硬如铁。我真的不明白，你们为什么会觉得活在世上是一件很幸运的事情。当一把水壶里的水沸腾时，当轻风把珍妮那脏兮兮的围巾吹起来，让它像蜘蛛网一样摇摆不定时，你们那些可有可无的激动、那些像孩子一样的兴奋，对我来说简直就是一些扔在怒气冲冲的公牛眼睛上的丝带。我要大声指责你们。可是在心里，我却对你们充满依恋。我愿意和你们一起去感受死亡的炙烤。可是我更愿意一个人待着。我一心沉醉在金色和紫色的华服中，可是我更喜欢掠过烟囱看向四周，更喜欢看那些猫在凹凸不平的烟囱管上蹭它那长着癞疮的肚皮的样子，喜欢看那些碎掉的窗户，听那来自教堂尖塔的粗哑的钟声。"

"我所能看到的只有摆在我面前的东西，"珍妮说，"这块围巾，这些酒渍，这只杯子，这个芥末瓶儿，这朵花儿。我喜欢可以真实触摸到或者可以真实品尝到的东西。我喜欢雨化成雪，变成怡人的事物。而且因为心直口快，并且比你们更有胆量，所以我绝对不会让我的美貌变得俗不可耐，以免让我的形象被毁。我大口吞下这些东西。这些有血有肉、实实在在的东西。我的想象力来自肉体。它的幻影也不如路易斯的那么精致、洁白。那些瘦成皮包骨头的猫和凹凸不平的烟囱帽，我也不喜欢。我很讨厌你那屋顶上劣质的美景。我喜欢身穿制服的人们、假发和长袍、圆顶礼帽和美丽的开领网球衫，还有款式各异的女士服装（我总是很关心不同的服饰）。我总是和他们一起四处乱转，出入于各种房间、厅堂，到这儿，到那儿。不管他们去哪儿，我都跟着去。这个人举着一匹马的蹄子端详。那个人总是不停地开合装有他个人收藏品的抽屉。我从来没有感到过孤独。我身边总是围着一群人。以前我母亲肯定对鼓声眷恋不已，而我父亲则沉浸在对大海的向往中。我就如同一只一直尾随在军乐队后面的小狗，偶尔停下来去闻闻一株树干，嗅嗅一堆黄色的垃圾，之后猛地冲过去追赶一只杂种野狗，然后又把一条前腿抬起来，一心一意地闻着来自肉铺里的肉香。因为我交际广泛，所以我曾经到过很多奇怪的地方。那么多男人从墙根向我走过来。我只需要举一下手就可以了。他们会飞也似的向约定的地点冲去——可能是阳台上的一把椅子，也可能是街角上的一家商店。你们生活中的那些烦恼，我早就一夜一夜地解决了，有时，坐下来吃饭时，只需要在桌子下面碰一碰手指就可以了——我的身体变得像流动的液体，只需要碰一下手指头，就会立刻化成一滴水珠，而且体积愈变愈大，晃悠着、闪烁着，从兴奋中坠落下来。

"当你们坐下来学习时，我却在一面镜子前面坐着。我就这样坐在我那神圣的卧室的镜子前，端详着我的鼻子和面颊，端详着我那因为嘴张得太大而把牙龈都露出来的嘴唇。我认真打量着，仔细端详着。我慢慢挑选，黄色还是白色，色调清新的还是暗淡的，线条弯一些还是直一些，到底哪一种更适合我。我一会儿欢呼雀跃，一会儿又严肃正经。有时候一身银白，就像冰柱一样棱角分明；有时候又全身金黄，像蜡烛的火焰一样在风中摇曳。我曾经快步向前跑，就像我尽全力挥出去的一条鞭子。那边角落里的那个人的衬衫的前胸从之前的白色，变成了紫红色，我们被浓烟和烈火包围着。在一场大火过后——可是坐在壁炉前的地毯上，我们几乎不会大声说话，我们就像对蚌壳一样，低声把自己的秘密说出来，以免隔墙有耳。可是有一次我听到那个厨子动了一下，还有一次我们误以为闹钟的响声是那儿有一个足球呢——我们化成了灰，一点儿遗骸、一块没有烧尽的骨头或一绺头发都没有留下来，以便用项链下面的金属小盒保存起来，就如同你们的亲人死后留下来的模样。现在我的头发已经白了，非常沧桑，可是在大中午的时候，在这样一个大白天，我却坐在镜子前仔细审视我的脸，仔细地观察我的鼻子、我的脸颊，以及我那因为张得太大而把牙龈露出来的嘴唇。可是，我完全不害怕。"

"从车站到这儿，路灯柱子随处可见。"罗达说，"还有树，可是树叶子并没有遮挡住路。那些叶子应该可以挡住我，可是我并没有躲到它们下面。我是直接走到这儿来见你们的，而没有像我往常那样，为了远离感情的激动而故意绕一圈。可是，这只是因为我已经让我的身体学会耍心机了。而在内心深处，我依然没有学会。对于你们，我是既害怕，记恨，爱，羡慕，同时又瞧不起，可是我压根没有和你们快乐地见过面。一路上，我没有躲到树荫里，也没有躲到邮筒背后，而是直接从车站走过来了。哪怕还离着很远的距离，从你们的大衣和雨伞上，我就发现你们是如何依靠不断的偶尔会面来生活下去的。你们每个人都重任在肩，有气势，有权势，有名望，有爱情，有儿女，有社交圈，而我却什么都没有，甚至都没有面孔。

"在这儿这间餐厅里，有鹿角和无脚平底的酒杯，有盐瓶子，桌布上染上了黄色的污渍。'喂，侍者！'伯纳德说。'面包！'苏珊说。侍者应声把面包端来了。可我却觉得酒杯的杯壁和一座大山无异，而且进入我眼帘的只有一部分鹿角，以及那个水壶壁上闪烁的光芒，似乎黑暗中裂开了一条缝，可怕极了。你们讲话的声音就如同森林中的树木发出的清脆的断裂声。包括你们的脸和那上面的凹凸也是如此。

等到了半夜，倚靠着广场边的栏杆站在那里，想想就是一幅美好的画面！你们身后是洁白的浪花，天边是渔民们收网撒网的身影。原始森林树梢上的叶子在微风的轻拂下轻轻摇曳着。（可是我们现在正在汉普顿宫里坐着。）丛林的安静被鹦鹉的啼叫声打破了。（这里电车已经启动。）燕子飞行在午夜的湖面上。（我们正在交谈。）当我们在这里相聚时，我努力想去感受的环境就是这样的。因此，对于准七点半的时候这汉普顿宫的折磨，我一定要忍受。

"可是，既然我需要这些小圆面包和一瓶瓶酒，而你们那凹凸不平的脸也看上去格外好看，还有这块桌布和上面斑驳的黄渍，这一切都不会让理解力的范围持续扩大，以致最后（就像我在梦里看到的，当我的床在晚上漂浮起来时，我从大地的边缘下落）可以对整个世界加以领会，那么我就只能好好研究一下个人的离奇行为了。我一定要在你们反复要求我讲述你们的孩子、你们的诗篇、你们的冻疮，或者随便讲讲你们正在做的事情，或者正在忍受的折磨的时候，开始分析。可是，我是不会被骗的。虽然你们从各方面引诱我，虽然你们反复打探，我依然会从这层薄薄的床单中穿过，堕入那炽烈的深渊。而你们会对我视而不见，你们会让我坠落，这甚至会比古代的行刑者还要残忍一百倍，而且在我落下去以后，你们还会把我撕碎。可是有些时候，脑壁会变薄，会渗透进去很多想法。这时我就会想象：我们可以吹出一个大泡泡，让太阳可以在里面东升西落，我们也可以把蓝色的白昼和漆黑的午夜偷来，马上离开这里。"

"寂静正在滴落，"伯纳德说，"持续不断地往下落。它在头脑的屋檐上慢慢凝结，之后落到下面的池子里。一直都是一个人，一个人，一个人，——听着寂静滴落，并尽可能地驱逐它们滴落的声音。历经沧海桑田，我，这个被孤独摧毁的人，怡然自得地怀揣着中年的骄傲，任由寂静慢慢滴落。

"可是现在，我的脸被滴落的寂静打得凹凸不平，我的鼻子被慢慢淡化，就如同一个不停遭到雨水浇灌的雪人一样。当寂静持续滴落，我被完全瓦解，变得特点全无，几乎跟别人一样，难以分辨彼此。可是不要紧。这有什么要紧的呢？我们吃得很好。鱼、小牛排、酒，原本高傲的牙齿早就被磨钝了。烦躁的心早就平静下来。即便是我们当中最爱慕虚荣的人，可能是路易斯，也早把别人的想法置之度外了。内维尔也没有苦恼了。让别人去升华吧——他心里就是这样想的。苏珊安静地听着孩子们熟睡的鼻息声。'睡吧，睡吧。'她小声说。罗达的那些船早就被她摆渡到岸边去了。现在她已经不关心它们到底怎么样了，是沉没了还是安全下锚。这样的说法我们随时都愿意接受，也就是这世界可能对任何人来说都是公平的。这会儿我在想，地球只是偶然逃离太阳的一块卵石，而且在宇宙的所有深渊中生命都不存在。"

"在这片寂静中，"苏珊说，"似乎没有树叶会坠落，或者没有鸟儿会飞翔。"

"似乎已经诞生过奇迹了，"珍妮说，"生活就在此刻停下来。"

"所以，"罗达说，"我们再也没有什么可活的了。"

"可是，听，"路易斯说，"这世界正从无边无际的宇宙的各种深渊里穿越。它在轰隆隆地响；被照亮的一小片历史已经消失了，连同我们的那些国王和王后。我们已经不存在了，我们的文明，尼罗河，还有所有的生活。我们每个人的过往也都消失了，我们在时间的深渊和无边无际的黑暗中烟消云散了。"

"寂静在滴落，寂静在滴落，"伯纳德说，"可是你们现在听：滴答，滴答，呜呜，呜呜，世界在呼唤我们，叫我们回去呢！刚刚，当我们凌驾于生活之上时，有那么一瞬间，我听到了怒气冲冲的黑暗之风。可是之后又响起嘀嗒，嘀嗒（这是钟声）的声音，然后是呜呜，呜呜（这是汽车声）的声音。我们到了岸边，上岸了。我们，一行六人，正围着这张桌子坐下来。我是被我的鼻子的回忆唤醒的。我起身，'战斗！'我叫道，'战斗！'同时想到我鼻子的形状，并用这只汤勺使劲敲打着这张桌子。"

"让我们和这种无边无际的混乱作战吧，"内维尔说，"和这种难以言说的愚蠢唱反调吧。当一个士兵在一棵树的掩护下，和一个女护士调情时，他是最值得羡慕的人。可是有时候，假如一颗闪闪发光的星星在澄澈的天空出现，就会让我觉得世界无限美好，而我们这些蛆却用我们的情欲捣毁着树木。"

"可是，路易斯，"罗达说，"寂静只持续了很短的时间。他们已经开始在盘子旁边摆上餐巾，并用手抚平。'谁来了？'珍妮问。于是内维尔叹息了一声，想起珀西瓦尔不可能再来了。珍妮把她的小镜子掏出来，像个艺术家一样审视自己的脸，扑了点儿粉在鼻子下面，然后稍稍思考了一下，在嘴唇上不深不浅地抹了点儿口红。苏珊看到这样的打扮，在露出轻视的目光的同时也心生畏惧，她把她大衣最上面的那颗纽扣扣上，之后又解开了。她正打算去做什么呢？去做某件事情，可是这件事情肯定非常特别。"

"他们都在自顾自地说话，"路易斯说，"'现在时机刚刚好。我还有着充足的体力呢。'他们都如此这般说。'在无限宇宙的黑影的衬托下，这张脸肯定显得有棱有角。'他们没有继续这个话题。'现在时机刚刚好。'他们重复说着这句话。'花园就要关门了。'和他们一起走，罗达也汇入他们的洪流，可能我们应该稍微放慢一点儿脚步。"

"好像有什么秘密要共谋的同伙一样。"罗达说。

"这倒是没错，"伯纳德说，"而且就在我们沿着这条林荫路往前走时，我想到一件真实的事情，说有一位国王骑马的时候被这里的一个鼹鼠丘绊了一跤。可是，在一个广阔的宇宙中持续旋转的深渊面前摆上一个头戴金色茶壶的小人像，未免太奇怪了。一个人极易重新相信各种人物，可是却很难再次相信他头上所戴的东西。我们英国过去的历史——不过是一英寸长的光辉而已。那时人们在自己头上戴个茶壶，声称'我是国王'。不，我是在我们共同前行时，想要再次感知到时间，可是因为眼前这无边无际的黑暗，我已经无法理解了，一副不知所措的样子。这座宫殿看起来没什么分量，就如同一朵暂时停留在天空中的云彩。一个接一个地让国王登基，把冠冕戴到他的头上——这只是你们想象出来的恶俗的玩笑。而我们，这共同前行的六个人，就凭我们自身所拥有的那种被我们叫作头脑和情感的纷乱的闪光，可以和什么相对抗呢？我们该如何对抗这股潮流呢？到底有什么东西才是永恒的呢？我们的生命也一样在沿着这条昏暗的林荫路，经历过一段迷茫的时期以后，慢慢消逝。有一次内维尔塞了一首诗到我手上，我曾经在一种忽然而至的对永恒的信仰下，说过这样的话：'只要是莎士比亚可以看懂的东西，我也没问题。'可是如今我已经没有那样的信念了。"

"真是荒谬至极，"内维尔说，"当我们活动时，时间再次回来了。这源于一条欢蹦乱跳的狗。机器在运转。那座大门也因为时光的流逝而越发有魅力。如今，比起那条狗，长达三个世纪的时间和快速消失的一瞬间相比，好像也没有多长。威廉国王戴着假发骑着马，而那些宫女把用鲸骨撑开的绣花长裙穿在身上，从草地上经过。当我们一起走着的时候，我开始对欧洲的命运是极其重要的深信不疑，而且虽然听上去好像有些荒诞，可是这一切的确是由那次布伦海姆战役[1]来决定的。没错，当我们一起从这座大门穿过时，我要高声宣布，现在时机刚刚好，我现在是乔治国王的忠实臣民。"

"我们沿着这条林荫路继续往前走，"路易斯说，"我小心翼翼地靠着珍妮，伯纳德和内维尔挽着手，我握着苏珊的一只手，我们以小孩子自称，希望当我们进入梦乡时，上帝可以保佑我们平安顺遂，这实在让人禁不住要掉眼泪。太美好了，在一起唱唱歌，为了把黑暗的恐惧赶走而用力击掌，还有柯里小姐在一边演奏小风琴！"

"那个大铁门已经关上了，"珍妮说，"时间的利齿已经没有再吞食了，我们已经用口红、用粉，用像轻纱一样的手帕，战胜了宇宙的无底的深渊。"

"我要抓住，牢牢地抓住，"苏珊说，"我要把这只手牢牢地抓住，无论这只手是谁的，不管用什么方式都行，不管是谁的手都没有关系。"

"我们被一种安宁的心情、一种忘我的心情所笼罩，"罗达说，"我们在这种暂时的轻松感觉中沉醉（这种平静心情很少有），我们心灵的墙壁也同时变得透明。雷恩[2]建造的宫殿是个长方形，就如同一首面对大厅里枯燥的听众表演的四重奏。长方形上面还架着一个正方形。我们说：'我们就住在这里。'现在，我们已经可以看到那座建筑了，几乎没有什么东西留在外面。"

"那朵花，"伯纳德说，"我们当时和珀西瓦尔一块吃饭时，饭店的桌子上的花瓶里插着一朵康乃馨，如今已经变成一朵有六枚花瓣的花，它里面涵盖六种生活。"

---

① 村庄名，位于德国。

② 英国建筑师。

"在那些水松的掩映下，"路易斯说，"可以清楚地看到一片神秘的光亮。"

"它是历经了不少磨难才最终造出来的。"珍妮说。

"婚姻、死亡、旅行、友谊，"伯纳德说，"城市和乡村、儿女和其他种种，这片黑暗被剥离出一个多面体，那朵花具有多副面容。让我们暂停一会儿，欣赏一下我们造出来的东西吧。让它在水松树的映衬下闪耀出夺目的光辉吧。那是一种生活。就在那儿。它已经不复存在了，熄灭了。"

"现在他们渐渐地消失不见了，"路易斯说，"苏珊和伯纳德。内维尔和珍妮也是。我和你，罗达，在这座大理石坟墓旁边待了片刻。我们究竟会听到什么样的歌声呢，既然这几对已经对坟墓进行过搜寻。如今，珍妮把她那戴着手套的手指伸出来，假装欣赏那些睡莲。而苏珊，她一直爱着伯纳德，这会儿正在向他倾诉：'我那被摧毁了的人生，我那废弃掉了的人生。'还有内维尔，他把珍妮那抹着樱桃色指甲油的小手握在手里，正站在月光下的湖边大声叫道：'爱情啊，爱情啊！'而珍妮模仿着鸟叫声答道：'爱情吗？爱情吗？'我们究竟听到了一些什么歌呀？"

"他们沿着湖边走去，慢慢不见了踪影，"罗达说，"他们鬼鬼祟祟地从草地穿过消失了，可是又看上去很有信心，似乎他们曾经请求我们放过他们的古老特权———定不要去打扰。心灵的潮水汹涌澎湃，他们必须舍下我们。他们的身体被黑暗所淹没。我们究竟听到了什么样的歌儿啊——猫头鹰的，夜莺的，还是雷恩的呢？轮船发出轰隆隆的声音，在海上前行，电车轨道上闪烁着光，树木的身躯摇摇摆摆。伦敦上空有刺眼的光幕。这儿有一位正默默往回走的老妇人，还有个男人，一个回家很晚的钓鱼人，正拿着钓竿走下山坡。我们没有错过任何声音，任何活动。"

"一只小鸟儿飞向巢里，"路易斯说，"夜睁大了她的眼睛，在睡觉之前先急匆匆环视了一圈那些灌木丛。他们给我们带来了这些复杂的信息，而且不光是他们，还有很多死者，那些曾经活跃在这一带、被不同皇帝统治的男男女女，我们要如何做，才能将他们传来的信息统统归纳在一起呢？"

"黑夜里被掺杂了一种沉甸甸的东西，"罗达说，"它因此被压垮了。每棵树都和一片阴影相连，看上去格外粗大，可是那阴影并不是树背后的树影。我们听到轰隆隆的鼓声从一座正处在斋戒期的城市的屋顶上空传来，那里的土耳其人正饿着肚子，脾气古怪。我们听到他们正像牡鹿长鸣一样地尖叫道：'开门，开门。'请听那些呼啸而过的电车，听那些在电车轨道上一闪而过的发光物。我们听到山毛榉和白桦树把它们的树枝举起来，就像新娘身上的丝绸睡衣滑落在地，之后走到门前说：'开门吧，开门吧！'"

"一切都是那么朝气蓬勃，"路易斯说，"所以今晚，不管在哪里，死亡的气息都会离我远去。也许你会觉得，那个男人脸上的傻劲，那个女人脸上的衰老，太强大了，完全可以和符咒相对抗，把死亡召唤过来。可是，今晚死亡在哪里？所有恶俗的语言和行为，琐碎的事情，各种各样的事物，都像玻璃一样进裂，和边缘泛红的碧绿浪潮相融合，在浪潮的席卷下，若干鱼儿向海滩涌来，在我们脚下消散开来。"

"假如我们可以一起登山，假如我们可以站在高处远眺，"罗达说，"假如我们可以凌空而立——可是你，只需要一点儿表扬的掌声，你就会心跳加速，而我只相信孤独和无法避免的死亡，对于人们嘴上的是非和造谣我厌恶至极，所以我们只好各走各的路。"

　　"永远各走各的路，"路易斯说，"我们放弃了在羊齿草丛中、在湖边、在坟墓旁的相拥，就像担心被人发现秘密的同谋者那样恋爱、恋爱、恋爱。可是如今，你看，当我们站在这里时，地平线上有一股细浪迸裂开来。渔网慢慢收上来了。它升到水面上，水面被欢快的银色小鱼搅乱了。它们跳动着，拍打着，被抛在了海岸上。生活的捕获物被它全部扔到了草地上。有几个人影走向我们。他们是男人还是女人？他们依然穿着那身像流动的潮水一样不太清晰的外衣，他们在水里浸泡时就是穿着这身外衣。"

　　"现在，"罗达说，"当他们从那棵树走过去时，他们又变成正常的模样了。他们只是几个男人和女人而已。他们一脱下浪花的外衣，惊讶和害怕的感觉就有了变化。对他们重新有了同情心，因为他们在月光下出现，就像一支大军的残兵败将，就像我们的影子，每晚（在这儿或在希腊）走到战场上，又在每晚带着满身创伤和残破的脸回来。现在他们身上又有了光照，看得清他们的脸了。他们变成了苏珊和伯纳德、珍妮和内维尔，我们所熟悉的人。这件事情太让人望而生畏了，太让人不知所措了，太让人惭愧了。我周身涌起一阵熟悉的害怕和憎恶感，我觉得我被他们扔到我们身上的那些钩子抓得紧紧的，被带到某个地方去，同时而来的还有这些问候、致意、指头的点点戳戳和眼睛的密切观察。可是他们只能讲话，而他们张口说的那些话，那种熟悉的语调，那种总是和你的希望相反的内容，和那种总是反复从黑暗中回想起往事的手势，都让我无比沮丧。"

　　"似乎活跃着某种东西，"路易斯说，"当他们顺着林荫路走过来时，又出现了幻象。又开始滔滔不绝，口若悬河了。我是如何想你的——你是如何想我的？你是一个什么样的人？我又是一个什么样的人？——这些又重新在我身上激起一种局促不安的情绪，脉搏跳得飞快，眼睛也像鹰眼一样，又出现了那种假如没有它，生活就会失去色彩的疯狂理想。他们来到我们身边。南方的太阳照耀着这座坟墓，我们起身投向那残暴的海浪的怀抱。当我们欢迎他们——苏珊和伯纳德、内维尔和珍妮回来时，希望上帝帮助我们把自己的角色扮演好。"

"因为我们的出现，好像有什么东西被破坏掉了。"伯纳德说，"可能是一个世界。"

"可是我们快要无法呼吸了，"内维尔说，"我们太累了。我们正被一种疲惫至极的状态所包围，我们此刻只想再次回到我们当初离开的母亲的体内。此外，一切都是枯燥的、无趣的。在眼前的光线的衬托下，珍妮的黄色围巾彰显出像飞蛾一样的颜色，苏珊的两眼也失去了活力。我们几乎融入了那条河水中。现在我们当中仅有的一个引人注目的东西就是一截烟蒂。我们的心情被掺杂进了昏暗的颜色，只觉得应该把你们扔下，摆脱一切，遵从内心的渴望去独自把某些苦水挤出来，某些同时也有点儿甘甜的毒汁。可是现在，我们已经完全没有力气了。"

"在我们经历过燃烧的激情以后，"珍妮说，"没有任何东西可以放进项链上的小铁盒里去了。"

"我依然哈欠连天，"苏珊说，"我就如同一只初出茅庐的鸟，一心想要得到某种已经错失的东西。"

"走开之前，让我们再待一会儿吧，"伯纳德说，"让我们在如此安静的环境下，单独到河边的斜坡上走走吧。快到上床睡觉的时间了。人们都已经回家了。现在，静静地看着河对岸那些小店主卧室里的灯光逐渐熄灭，真的太美好了。那儿有一盏——那边儿又有一盏。你们觉得他们今天生意怎么样？刚好可以支付房租，付电灯费，买食

物和孩子们穿的衣服。不过也只是勉强够。这些小店主卧室里的灯光
带给我们深刻的领悟：生活终究还是可以过下去的。到周六了，也许
身上正好有几个钱，可以买几张电影票。熄灯以前，他们可能会去小
公园里，去看看那只在木板窝里躺着的大兔子。

　　"这只兔子是他们打算星期天享用的午餐。之后他们把灯关掉，
就睡觉了。对于数以千计的人来说，睡觉只是代表着安宁、美好和
做一些虚无缥缈的梦。'我已经把信，'那个卖蔬菜的人想，'寄给了
《星期日报》。如果在这场足球赛中，我可以因此得到五百镑赌注呢？
那我们就把那只兔子宰了。生活真是太美好了。我已经把信寄出去了。
我们将把那只兔子宰了。'接下来，他就进入了梦乡。

　　"生活还在持续，听，那边传来好像是车皮正碰撞到旁轨上的声
音。那是我们生活中不同事件的适当连接。碰撞，碰撞，碰撞。一
定，一定，一定。一定要走，一定要睡，一定要醒来，一定要起
来——这些严谨又宽泛的字词，我们总是假装谩骂它们，同时又总是
牢牢记住它们，离它们而去，我们就只有死路一条。对于这种像车皮
在旁轨上碰撞、连接的声音，我们是多么崇拜啊！

　　"现在，我听到有合唱声从河的下游传来，那是那些喜欢说大话
的小伙子的歌声，他们坐着轮船出去玩了一整天以后，现在正坐着一
辆游览车回来。他们依然高歌着，就如同他们之前时常做的那样，唱
着歌儿，在冬天的晚上从院子里穿过，或者在夏天打开屋子里的窗
户，喝得醉醺醺的，胡乱砸着家具，头戴有条纹的小圆帽，当大马车
从拐角处经过时，整齐划一地转过头来，而那时我则非常期待可以和
他们在一起。

　　"在这歌声的陪伴下，在这旋转的河水和这隐隐约约的微风的呢
喃下，有什么东西正离我们远去呢？我们身上许多小小的部分正在慢

慢消失。好啦！现在，某种非常重要的东西诞生了。我再也无法坚持了。我要睡着了。可是我们一定得走，一定要去赶火车，一定要走着回到车站———一定，一定，一定。我们只是几具紧挨在一起、摇摇晃晃移动着的躯体。我只是凭借脚上的酸痛和两条腿的疲惫而存在着。我们似乎已经走了很久了。可是具体去了哪些地方，我想不起来了。我就如同一根木头，沿着一条瀑布平稳前行。我不是一名法官，我不需要把我的看法讲出来。在这种昏暗的环境下，所有的房子和树都没有差别。那是一个邮筒吗？那是一个妇女在赶路吗？车站到了，假如火车把我一分为二，我也会在那一边再次合为一体，成为不可分割的整体。可是，让人难以置信的是，哪怕在此刻，哪怕在熟睡中，我依然把我到滑铁卢站去的那半张回程票牢牢抓在手里。"

现在，太阳已经沉下去了。海和天浑然一体，根本无法分清彼此。洁白的扇形水头被迸裂的海浪推得远远的，轰隆作响的岩穴深处也因此泛着白光，之后海浪又叹息着离开处处是卵石的海滩。

　　树木的枝杈晃动着，稀稀拉拉的树叶随风飘落。之后，它们就怡然自得地在地上躺下来，只等着灭亡的那一天。花园里反射出那曾经闪烁着红光的破旧器皿上的灰黑色光影。花茎间的通道因为那灰暗的阴影而变得黑漆漆的。画眉鸟不再鸣叫，蛆虫也回到它那逼仄的洞穴里。风时不时会把一根发白的空心稻草吹出破旧的鸟巢，之后掉落在散发着烂苹果颜色的幽暗的草丛里。工具房墙面上的光影已然不见了，一只钉子上挂着一条孤单的蝰蛇皮。房间里，各种色彩就像溢出了各自的边框，相互糅合。现在，那些精妙的笔触好像开始膨胀了，看上去极其不均衡。那些碗橱和椅子的褐色身影也都被一大片迷蒙的昏暗所包裹。从天花板到地板，仿佛整个儿地悬垂着一大块摇曳不定的幽暗的帷幕。镜子变得昏暗，就如同那被垂下来的爬藤遮住光线的洞穴的洞口。

　　绵延的群山失去了稳定的实体感。闪烁的光线在那些已经遁入黑暗，朦胧的道路间洒下一些像楔子一样的影子，可是在那像翼翅一样收拢的群山交接的地方，却是黑漆漆的一片，而且除了一只鸟儿在寻找栖身之所时所发出的一两声鸣叫，那里沉寂无比。在悬崖峭壁的边缘，那从森林穿过的风的低语声，那源于大海上那安宁的凹谷里的水流声也开始回响。

就像黑暗的浪潮在空中翻涌，黑暗持续延展开去，房屋、群山、树林都被淹没了，就像澎湃的潮水在一艘沉船周围肆虐。街道遭到黑暗的洗涤，一些孤单的人影在它持续的如涡流般的侵吞下，最终被淹没了。黑暗遮掩了在浓密的榆树树荫下紧紧相拥的一对人影。处处是杂草的林间小道也被黑暗的潮水淹没了，那连绵起伏的赛马场的草皮也被淹没了，那孤单的荆棘树和附在树脚下空荡荡的蜗牛壳也被淹没了。黑暗爬到山坡上，飘拂在倾斜的高地上，直到和连绵的群山之巅汇聚到一起。在那些峰巅上，岩石常年被积雪覆盖，哪怕下面的山谷里已经有激流在奔腾，金灿灿的葡萄树叶随处可见，姑娘们坐在阳台上用扇子搭着凉棚远远望着山上的积雪，那些积雪依然如故。而所有这一切都被吞没在黑暗的潮水中。

"现在我们来概括一下吧，"伯纳德说，"现在来跟你说说我的生活都有什么样的意义吧。既然我们彼此是陌生人（虽然我想，我曾经在印度的船上和你见过面），我们的交谈可以自由自在。我总是会有这样一种感觉，似乎有什么东西停留了一会儿，有结构，有分量，有深度，是一个完整的个体。从现在来看，这个似乎就是我的生活。假如有可能，我会将它全部交给你。我会像一个人摘一串葡萄一样摘下它。我会说：'拿去吧，这就是我的生活。'

"可是很遗憾，你却看不到我可以看到的东西（这是个圆球，里面布满了人影）。你看到我在桌子对面坐着，是一个身体有点儿发福、有一定年纪的人，鬓角已经发白。你看到我把餐巾铺开。你看到我给自己倒了一杯酒，而且你也看到我身后的门一直是开着的，往来如织——世上有太多的故事——有和童年相关的故事，也有和学校、爱情、婚姻、死亡等相关的故事，可是却没有哪个故事是真实存在的。可是我们总像孩子一样，彼此讲着故事，而且为了对它们进行修饰，我们捏造出这些荒诞、绚烂、美丽的辞藻。那些故事，那些总是平稳流传下来的辞藻，我是深恶痛绝的。而且，那些在半张信纸片上勾勒出来的干净整洁的生活设计，我压根不相信。我对某种简单的语言充满渴求，就如同恋人们常用的那种，不连贯的字句、模糊的字词，就像人行道上拖沓的脚步声。我开始找寻一种设计，更加符合那种确凿无疑地不时出现的屈辱和得意的时刻。在一个暴风雨的日子，在一道田沟里躺下来，雨下过以后，天空布满了乌云，有碎裂的云块，也有层次分明的云片。这时，就是那种紊乱、那种高远、那种安宁和激烈让我心生愉悦。大片的云彩总是变化万千的，事物的运动也是如此，一种凶险的东西突然生起，看上去是那么急促。一时昂首挺立，一时延展开去，一时又忽然飘走，踪影全无，而我躺在田沟里，一时间竟把什么都忘记了。那时，对于我来说，根本没有什么故事、设计，对我来说，连一丝影子也没有了。

"可是现在，在我们进餐时，让我们先跳过这些场景吧，就像孩子们把几页图画书翻过去，而保姆在一边告诉他们'这是一头牛，那是一条船'那样。让我们把这几页翻过去，不过为了让你感兴趣，我会在空白的地方加一点儿说明。

"一开始有一间育儿室，窗户面向花园，花园那边是大海。我看到一件闪闪发光的东西——可以肯定的是，那是一个碗橱上的铜把手。之后，我看到康斯坦布尔太太把海绵举得高高的，用力挤压着，于是从左右两面，沿着脊背向下，充满了一种如利箭射过般的快感。

自那以后，在我们这一生，只要我们还活着，每当我们和一把椅子、一张桌子或一个女人相撞时，我们都会被感觉的箭矢射穿——每当我们漫步在花园里，或者饮这种酒时，也是这样。没错，有时候，当我从一所窗户上亮着灯的村舍经过时，看到刚刚出生的一个婴儿，我竟然想请求他们不要在那个新生儿的身体上挤海绵。之后是那所花园和那片浓密的葡萄藤叶子，在绿荫深处闪烁个不停的鲜花，在大黄叶子底下一只受困于蛆虫的老鼠，在育儿室的天花板上一只嗡嗡飞的苍蝇，还有一盘盘面包和黄油。这一切都是在一个刹那间发生的，可是却让人一辈子都难以忘怀。一张张脸隐隐约约出现在我们眼前，奔驰着从墙角拐过去。'喂，'有个人说，'这个是珍妮，那个是内维尔，那个是身穿灰色法兰绒制服、系着蛇形皮带的路易斯，那个是罗达。'她有一个水盆，她喜欢把白色的花瓣放在上面航行。正痛哭流涕的那个是苏珊，那天我和内维尔正在工具房里待着，我马上就察觉到我的态度没有那么冷漠了，可是内维尔却依旧如此。'所以，'我说过，'我就是我，不是内维尔。'这真是个伟大的发现。苏珊哭了，我走在她后面。她的手帕沾满泪水，她因为伤心而哭得全身颤抖，我感觉很不好。'这可真是让人难以接受。'当我和她一起肩并肩坐在生硬的树根上时，我说道。就在那一刻，我头一次感觉到世上有仇敌的存在，它们一直在变化，可是不可能消失，那就是我们一直在与之斗争的各种势力。无法想象让自己处在被支配的地位。'那是你走的路，入世，'有人会说，'我要走的是这条路。'于是，我叫道：'让我们去探险吧。'之后就起身和苏珊一起从山坡跑下去，之后那个身穿大靴子走在院子里的小马夫就出现在我们眼前。再接着往下，从浓密的树叶看过去，我们看到那些园丁正在打扫草地。那位夫人正坐着写字。我吃惊极了，一下子愣在那儿了，心想：'我不能去打扰他们，即便只是让那些笤帚有一刹那的停顿。他们扫，就任由他们去扫吧。也不能影响到那个正在安静写字的女人。'说来也怪，一个人竟然不能阻止园丁扫地，也不能影响到一个女人安静写字，所以在我的一生中，他们就一直在那里。这就如同一个人醒来发现自己位于巨石阵中，四周被一圈巨大的石头，被那些仇敌，被他们的存在，包围了。之后从树林里飞出来一只斑鸠。而我，因为正在谈恋爱，就编了一系列辞藻———首对斑鸠进行描绘的诗——仅有一句，因为我的头脑只是灵光一现，即那种忽然可以让人看明白所有一切的明亮。之后是更多的面包和黄油，是更多绕着育儿室的天花板飞来飞去的苍蝇，闪烁在天花板上的光斑，那些乳白色的光斑摇曳着，同时，在壁炉架的一角还有一些像手指一样的光影，形成一些碧蓝的小水池。只要我们坐下来喝茶，这些景象就会出现在我们眼前。

　　"可是，我们彼此都不相同。蜂蜡——那种敷在脊背上的处女蜂蜡，当它融化时，会变成各种各样的斑块。那个穿着靴子的小伙子和厨房里的女仆在醋栗树丛中做爱的呻吟；那些在大风的吹拂下翩翩起舞的绳子上的衣服；那个在阴沟里躺着的死人；那棵在月光下展现出清晰的轮廓的苹果树；那只全身长满蛆的老鼠；那些滴落在蓝色小水池的光影——受到像这一类事情的影响，我们的白色蜂蜡都会带来不一样的影响。路易斯对人类情欲的本性厌恶至极；罗达对我们的冷漠无情痛恨不已；苏珊没办法与他人相处；内维尔一心想要建立秩序；珍妮对爱情充满渴望；等等。当我们彼此分离时，我们所有人都很难受。

　　"可是我却离这些极端的事情远远的，因此比起我的很多朋友，我要活得久一些，只是略微有点儿发福，头发斑白，可以说是历经沧桑，因为让我愉悦的是生活的全景，而不是某个女人对某个男人说了什么，哪怕我就是那个男人。生活的全景不是站在屋顶俯瞰到的，而是从三层楼的窗口看到的。因此我不可能在学校里受到别人的吓唬。他们也不可能弄出些事情为难我。还有那个博士踉跄着走进小教堂，就如同他是迎风走在一艘战船上，他拿着麦克风发布命令，考虑到有一定地位的人都会矫揉造作——因此我不会像内维尔那样对他充满憎恨之情，也不会像路易斯那样对他心生崇敬。当我们一起在小教堂里坐着时，我就做笔记。那里有圆柱、阴影、黄铜祭品，有用祈祷书遮挡着打闹或交换邮票的男孩子，有生了锈的抽水机的声音。那个博士不停地讲着永恒，告诉我们要做一个顶天立地的人，而珀西瓦尔则摩挲着他的大腿。为了捏造故事，我做了形形色色的笔记。在笔记本空白的地方，我画了不同的人物像，从而显得更加与众不同。我看到的几个人的样子如下。

"那天，在小教堂里，珀西瓦尔直勾勾地盯着前方看。此外，他还习惯于用手拍打后脖颈。他不管做出什么动作，都和别人不一样。我们其他人也尝试着用手拍打后脖颈，可是都学不像。他身上有一种不可侵犯的神圣的美。因为他还处在不成熟阶段，所以总是毫无异议地阅读各种专门用来对我们进行指导的书，而且养成一种极其不寻常的沉稳的心理素质（那个从拉丁语来的词儿'equanimity'就不自觉地冒出来了），让他不至于做出一些尴尬的事情。在这种心理素质的作用下，露西淡黄色的辫子和粉红色的脸蛋被他理解成女性美的最高典范。就是因为如此循规蹈矩，他后来有了非常高雅的趣味。当然也会有一些音乐，有一些狂放的快乐之歌。还可以从窗户听到一两支从某种陌生的生活而来的狩猎之歌——一群回荡在群山中，之后慢慢消失的声音。有什么让人惊讶的事情，预料以外的事情，我们根本解释不了、只觉得很荒谬的事情呢——当我正在想他时，就突然冒出这个想法。小型观测设备发生断裂。那些圆柱倒了，博士也不见踪影了，我突然感到很兴奋。玻西瓦尔在和人赛马时摔死了，而当我今晚沿着沙夫茨伯里林荫路走来时，那些从地铁口涌出来的各种各样无关紧要的人，还有那许多卑微的印度人，那些在饥饿和病痛中死去的人，那些上当受骗的妇女，那些被欺凌的狗和痛哭的孩子们——这一切，我都觉得像亲人离世了一样。他原本应该秉公办案的，原本应该去充当弱者的保护伞的。等到了四十岁左右时，他原本是可以去撼动那些权势者的地位的。我从来没有想过世界上有什么样的催眠曲，可以把他哄睡着。

"可是，还是让我继续挖掘吧，还是让我用勺子在这些被我们叫作'我们朋友的个性特征录'的形象笔记本中进行挖掘吧，把另一个掏出来。这是路易斯。他在那里坐着，专注地盯着那个说教者看。他所有的心思好像全都凝聚在他的眉头上，他的嘴唇抿得紧紧的，他的双眼出神，可是会忽然间迸出嘲讽的神色。此外，他经历过冻疮的折磨，那是因为血液循环不良所导致的。他时常郁郁寡欢，他一个朋友都没有。有时候，在不被他人所接纳时，他会偶尔发自内心地告诉别人，海浪是如何拍打他家乡的海岸的。年轻人漠然的眼睛一直盯着他那浮肿的关节看。没错，可是我们也敏感地意识到，他是多么言辞犀利，多么灵活多变，多么严肃有加。每当我们躺在榆树荫下假装观看板球比赛时，我们是多么想要他称赞我们啊，虽然这样的机会少得可怜。就像珀西瓦尔因为优越而得到人们的敬仰，路易斯却因为优越而被人所痛恨。他是个敏感、僵化的人，走路的时候喜欢把脚抬得高高的，样子如同一架起重机，当时有人传说他曾经赤手空拳把一扇房门砸烂了。可是，他的那座山峰也确实太光秃了，只能看到石头了，因此不会有什么难以理解的迷雾。他身上没有那种让人想靠近的亲切感。他的态度总是疏离，总是一副讳莫如深的样子，就像一个擅长有意表现出严肃的样子，来让人对其敬而远之的学者。我那些华美的辞藻（像如何对月亮进行描绘）从来没有得到过他的赞赏。此外，他却非常嫉妒我对仆役们的应付自如。那是可以和他推崇秩序并驾齐驱的。正因为如此，他后来才登上了成功的宝座。尽管如此，他也生活得并不开心。可是，看——躺在我的手掌心上的他，已经两眼翻白了。有关人到底是怎么回事，忽然就变得索然无味。我要把他重新放到那个水池里面，让他在那里得到荣耀。

"接下来是内维尔——他正仰卧在那里，专心致志地看着夏日的天空。他就如同一缕飞絮，在我们中间飘荡，在操场上有阳光的地方晃悠，从来不用心聆听，也不表现出疏离的样子。就是因为受他的影响，我才只是漫不经心地到处看，而从来没有认真研读过那些拉丁文的经典著作。同时受他的影响，我还染上了各种僵化的思想习惯，这些习惯让我们只能片面地看问题——像十字架，我们竟然觉得它们代表着罪恶。他觉得在这些问题上我们不太明确的态度，是非常严重的背叛行为。那个我描述的喜欢说大话的博士，正坐在煤气炉旁边晃动着他的裤子背带，内维尔觉得他只是宗教法庭的一个工具。因此，内维尔不再像平时那样懒散，而是满心热情地开始研究卡图卢斯、贺拉斯、卢克莱修。没错，他依然懒散地在那里躺着，可是他却开始关注那些板球队员，同时又用他那敏捷的舌头、迅捷的大脑，对那些罗马经典文句中的所有奥秘进行研究，而且他还要找上一个人，并且总是可以找到人陪着他。

"此外，那些教师的夫人也会拖着长长的裙裾，煞是威风地走过来，这时我们会快速地行触帽礼。还有那漫无边际的沉闷，也会把一切包围住，一直保持着原样。那一片灰暗的汪洋大水永远不会被任何东西的鳍划破。永远不会发生任何事情，进而把那太过于沉重的厌倦清除掉。一个学期一个学期地过去了。我们长大了，我们和之前不一样了，因为我们都是动物，这是毫无疑问的。我们不可能任何时候都是清醒的，我们自发地呼吸、吃饭、睡觉。我们不只单独存在着，还作为混沌的一团存在。只要一下，就可以发动起一大马车的小伙子，出去打板球、踢足球。就如同一支大部队要去攻打欧洲。我们在公园里，在公共餐厅里聚会，坚决反对任何想独自存在的背叛者（像内维尔、路易斯、罗达）。而且我早就习惯了，只要听到一两支比较清楚的歌曲，像路易斯唱的，或内维尔唱的，我就会不由自主地在那合唱的声音中沉醉，那声音吟唱着那些几乎没有歌词也没有内涵的歌儿，穿过庭院在晚上传过来。现在，当人们坐着大小汽车去戏院时，我们仍然会听到那歌声。（听，那些小汽车快速从这家饭店驶过；在河的下游，时不时会有汽笛声响起，那是一艘轮船正准备起航。）假如火车上有个旅行商贩请我吸一撮鼻烟，我是不会拒绝的。我喜欢人们那种丰富饱满、简陋无形、亲切温和的，虽然不那么特别优雅却亲切甚至有点儿粗鲁的相貌。我喜欢待在俱乐部里，和酒馆里的人们交谈，喜欢那些全身上下只穿着内裤的矿工的谈话——那些矿工真诚，直来直去，每天只沉迷在吃饭、恋爱、钱和马马虎虎可以过下去的日子中。我喜欢那些心中没有什么大抱负，以及其他像这样的具有远大志向的人的谈话，喜欢那种只一味追求事情最后的结果，而毫不做作，等等。我喜欢所有这一切。因此我愿意成为他们中的一员，而内维尔却会生气，至于路易斯一定会转身离开，这点我完全不否认。

"于是，我身上那件涂蜡的坎肩糊成了一团，大块大块地化了，这里也有，那里也有。现在，从这层透明的东西看过去，可以清楚地看到那些美好的、还没有人类足迹的牧场，一眼看上去，它们是那么洁白、闪耀，还有那些水边肥沃的低草地，处处开满了玫瑰花和藏红花，同时还有岩石和蛇，那种带花斑的毒蛇，有把人绊倒的东西。有人从床上跳起来，把窗子打开，那些鸟儿该是如何仓皇逃窜的啊！那种翅膀突然的拍击，那种惊慌失措的鸣叫、清脆的啾啁，以及上下翻飞，你是知道的。一片吵闹声，而且每颗水珠都在闪动，整个园子似乎变成了一幅凌乱的镶嵌画，还在相互交融中，这时窗户附近一只鸟儿开始歌唱。那些歌声传入我的耳畔。我看着那些幻影，看到了琼们、多萝西们、米丽安们。当我走过林荫路，在桥头驻足看着河水时，我又忘了她们的名字。接下来，一两个比较清晰的形象在她们中间出现，那些鸟儿正在窗前自我感觉良好地鸣唱着，它们在石头上把蜗牛磕碎，把尖嘴刺进那软和的、黏腻的东西里面。冷漠、贪婪、不留情面。珍妮、苏珊、罗达，她们要么是在东部海岸接受的教育，要么是在南部海岸接受的教育。她们留起了长发，表现出一副胆小的样子，妙龄少女们都是这样。

"第一个害羞地侧着身子靠近大门来吃糖的是珍妮。她非常敏捷地从你手里一把抢过糖，可是她的两只耳朵却紧紧贴在后面，似乎她会咬人一样。罗达比较任性——没有人可以抓住她。她又胆小又愚蠢。苏珊是最早变得像个真正的妇人、完全女性化的人。把那些火热的泪水滴到我脸上的人正是她，那滋味带给人既恐怖又美好的感觉。这两种特点都有，又都没有。她天生受到诗人的敬仰，因为诗人总是对安全有执念。有个人正坐着缝东西，这个人说：'我不仅是爱，也是恨。'这个人的生活很一般，可是却拥有某种气质，既尊贵又不做作，写诗的人所追求的那种极其纯粹的完美风格就是这样的。她父亲穿着一件宽大的晨衣，趿着破旧的拖鞋，慢悠悠地从一个个房间穿过，之后沿着铺石板的走廊走去。在安静的晚上，从一英里外传来一道像水墙一样的瀑布落下来的轰隆隆的声音。那条老朽狗几乎已经没办法跳到她坐的椅子上面了。当她持续转动缝纫机的轮子时，那些愚蠢的仆人正高声说笑着。

　　"有关这种事，甚至在苏珊一边痛苦地拧着她的小手帕一边叫'我不仅是爱，也是恨'，而我则处在极度痛苦之中的时候，也说过。'一个卑贱的仆人，'我给出了这样的评价，'在上面的阁楼里高声说笑。'而这种戏剧性的插曲正好说明，当我们在生活时，其实并没有全身心投入进去。每当我被痛苦包围时，总会有那么一个喜欢发表意见的家伙在那里指手画脚，这家伙总是小声嘀咕着，就如同那个夏日的早上在那间外面的庄稼长势喜人的屋子里，他小声告诉我：'那棵垂柳就在河边的草地上生长。园丁们拿着大笤帚在打扫卫生，那位太太正坐在那儿写信。'我就在他的引领下来到了一个超出了我们自己当时的处境的境界，来到了一个具有标志性的，而且因此可能是永恒的境界，假如在我们吃喝睡觉，既满足生理需求又满足精神需求的生活中，某种永恒境界真的存在的话。

　　"河边垂柳依依，我和内维尔、拉朋特、贝克、罗姆赛、休斯、珀西瓦尔，还有珍妮，一块在平整的草地上坐着。从那些春天带着丝丝绿意、秋天带着点点橘黄的小细叶身上，我看到了小船、房屋；我看到了忙个不停的老年妇女。我在草地上插上无数根闪耀的火柴，来象征认知（可能是哲学，可能是科学，可能是我自己）过程中的这个或那个阶段，在这个过程中，我那肆意活动的感官末梢，正在对各种模糊的知觉进行捕捉，片刻之后再让它们经过理智的反刍：和谐的钟声；一个骑着自行车的姑娘，当她骑车时，似乎掀起了后面遮掩着的一片模糊、吵闹的生活的帷幕的一角，那是一种正激荡在我的这些朋友和这棵柳树所形成的圈子外面的生活。

　　"我们持续不断的变化只是被这棵树挡住了。因为我一直处在变化的过程中，我这会儿是哈姆雷特，过一会儿又变成了雪莱，之后又变成了陀思妥耶夫斯基某部小说的主人公，我已经不记得他的名字了，而且匪夷所思的是，在某个学期里，我一直都是拿破仑，可是主要还是拜伦。有段时间，我在连续几个星期的时间内扮演的都是拜伦，大踏步进入房间，一边扔掉手套和大衣，一边把眉头拧得紧紧的。我时常走到书架前，再喝一口那神奇的特效药。于是，我就任由我那排山倒海的辞藻在某个很不合宜的对象身上倾泻，可能是某个现在已经进入婚姻的姑娘，某个现在已经不在世的姑娘。在每一本书里，每一个临窗的座位上，都胡乱塞着一张张写给某个使我变成拜伦的女子的信，这些信都只写了一半。因为很难用别人的文体来写完一封信。我曾经一脸激动地冲到她的家里去，尽管连信物都交换了，可是却没有和她结婚，无疑是因为要达到那样的感情热度，时机还不成熟。

　　"这儿又得来点音乐了，不是那种让人心潮澎湃的狩猎之歌，珀西瓦尔的音乐，而是一种嘶哑的、源于内心的、痛苦的，同时又是悠扬的，像云雀那样响亮的歌声，以把这些枯燥、愚蠢的描写顶替掉——这些描写太刻意，太过于理性化了！这样是不能对那种短暂的初恋时刻进行描绘的。白昼被一层紫红色的薄雾所笼罩。看看在她来的前后，这间屋子有什么不一样吧。看外面那些单纯的人是如何赶路的吧。他们看不到也听不到，可是他们仍然一个劲地赶路。在这样一种喜悦又压抑的氛围里活动，一个人该会多么密切地关注自己的一言一行啊——即便只是拿起一张报纸，也会敏感地意识到手上粘上了某种黏糊糊的东西。之后，一种全身被掏空的感觉出现——拉长，编成如同蜘蛛网一样的东西，在一棵荆棘上缠绕。之后是一阵剧烈的漫不经心，忽然没光了，接下来，又恢复了那种巨大的毫无牵挂的喜悦感，绿莹莹的光泽好像一直在一些田野上闪耀，在黎明时分的亮光中，好像显现出一幅幅纯净的景色——比如，汉普斯特德那边的碧绿色，每个人脸上都神采奕奕，似乎大伙都在某种秘密的喜悦下谋划着什么，之后那种事情已经画上圆满句号的神秘感觉出现，而接下来是只有她忘记了回信，只有她失约才会出现的那种让人烦躁的感觉——那种让人痛苦得全身颤抖的感觉出现。一连串让人坐立不安的多疑、害怕出现——可是，假如一个人所需的并不是什么连续性的词句，而是一声叫喊、一个呻吟，那么用尽苦心编造出的这些连续性的词句就变得毫无意义了。多年后看到一位只是正在饭店里把斗篷脱下来的中年妇女。

　　"可是还是回头吧。让我们重新设想人生是一种像球体的固态物质，我们可以在手里肆意地把玩它。让我们设想我们可以捏造一个普通而合理的故事，这样当快速讲完一件事情以后——比如说爱情，我们就可以连贯地接着讲另外一件事情了。我说过那里有一棵柳树。它那垂下来的枝条，它那斑驳的树皮，都让人觉得它似乎不在我们想象的范围以内，可是同时又没办法对我们的想象力加以遏制，仍然被我们想象力所改变。可是哪怕是这样，它仍然安静地展示着自己，而且具有一种坚定的特点，那正是我们的生活所没有的。而它所做出的评价，它所提供的标准，就刚好在于此。当我们总是处在变化中时，也正因为如此，它才会以一种尺度的形式表现出来。内维尔——比如说——和我一起在草地上坐着。可是我会问，如果顺着他的目光的方向，从那些柳树枝凝视河上的一条小船，凝视一个正在吃香蕉的年轻人，是不是所有事情都会像这一切一样变得清楚呢？这幅场景被刻画得如此热烈，而且充满鲜活的想象力，因此有那么一瞬间，我似乎也可以看到它了，那小船，那香蕉，那年轻人。可是之后它就不见了。

"罗达恍恍惚惚地走了过来。假如她穿的是一件飘逸的长袍，一定可以骗过任何一个学者，假如她把两只穿拖鞋的脚挡住了，那么一定可以骗过一头正在翻滚着压平草地的驴子。在她那双充满想象力、担惊受怕的灰眼睛深处，隐约可以看到多么让人害怕，而且像火花一样迸裂的东西！哪怕是像我们这样残忍的人，也不至于那么坏。我们至少有恻隐之心，或者像我这样，不可能随便和一个陌生人交谈——因此我们应该中止这个话题，不谈了。就像她所看到的，那棵柳树在一片灰暗的荒漠边缘生长，那里没有鸟儿的鸣唱声。当她凝视那些树叶时，它们会凋零；当她经过它们旁边时，它们会难过地摇摆。那些电车和公共汽车越过一块块岩石，嘶哑着声音飞快地行驶在大街上。可能在阳光的照耀下，有一根石柱在她的荒漠中的一个小池塘边耸立，时常会有野兽偷偷到那里去喝水。

"接下来是珍妮。她的火花在那棵树的上方闪烁。她看上去就如同一朵不太伸展的罂粟花，极其痴狂，渴望痛饮干燥的尘埃。风风火火、刚烈顽强，一直以来都很理性，她信心十足地走来了。于是诸多小水焰出现，在干燥土地的裂缝上面密布。她让那些柳树翩翩起舞，虽然只是在想象中。因为只要不是真实存在于那儿的东西她都看不见。那是一棵树，那边是河，这时是下午，我们正在这里，我把我的哔叽呢套装穿在身上，她一身都是绿色。既没有过去，也没有未来，只有时间光环中的这一刻，以及我们的躯体，还有那一定会到来的高潮，那意乱神迷的状态。

"而路易斯，当他小心翼翼地（我一点儿都没有夸张）铺开一件雨衣，躺在草地上时，别人就无法忽视他的存在。这真是让人感慨不已。我还是明智的，知道敬仰他的正直诚实，知道对他用那双瘦弱的、由于生冻疮的缘故而包着一层破布的手去摸索一颗钻石的真实性表示尊重。我在脚边草地上的坑里埋了很多用过的火柴。他笑了，尖酸地指责我太懒散了，我被他那污秽的、令人同情的想象力所吸引。他故事中的人物总是戴着圆顶礼帽，交谈的事宜也是用十英镑把钢琴卖掉。在他描述的场景中，电车总是嘎吱嘎吱响着，工厂里的烟囱里总是冒着浓烟。他时常在一些破旧的街道或小镇上出现，一到圣诞节，那里的女人就会喝得醉醺醺的，一丝不挂地躺在床罩上。他所说的话就如同来自一座制弹塔的铅，落到水里又往外喷。他只找到唯一的字眼来形容月亮。后来，他站起来走了，我们所有人也这样做。可是我待了一会儿，看了眼那棵树，而且就在我望着秋天里那茂盛的黄色树枝时，某种沉淀物形成了，我形成了，落下一滴东西，我坠落下来了——即，我逃离了某种已经完结的经验。

"我起身离开了——我，我，我，不是拜伦、雪莱、陀思妥耶夫斯基，而是我，伯纳德。我甚至反复说了两遍我的名字。我摇晃着手杖，走了，走到一家商店里面，买了——我并不是说我对音乐有兴趣——一幅贝多芬画像，周边还镶着银色画框。我这样做，并不代表着我对音乐有兴趣，而是因为当时整个的人生，它的大师们、冒险者们，都以很多美好人物的形象在我身后出现，而那个继承者就是我，那个延续者就是我，那个被荒谬地指定为可以继续他们的事业的人就是我。因此，我的双眼盈满泪水，说我是因为自豪才这样，还不如说我是因为谦逊才这样，我一边摇晃着手杖，一边顺着大街往前走。我耳边响起翅膀振动的呼呼声、鸟儿悦耳的啼叫声。有人走了进去，进入了那间房屋，那间枯燥的、刚硬的、有人住过的房屋，它的所有过去、各种常用物品、堆积如山的垃圾，以及各种珍贵物品都摆放在那个桌子上。我去走访了那个家庭裁缝，他还记得我的叔叔。很多人都想起来了，可是他们的面目却不太清晰，不像几张最基本的面孔（内维尔、路易斯、珍妮、苏珊、罗达）那么鲜明，抑或说他们的面目特点是千变万化的，以致他们好像都没有什么真正的面目。于是，我在惭愧的同时又对其充满鄙视，就是在这种赤裸的兴奋和多疑相互缠绕的奇怪的心情中承受着；这种毫无秩序的感觉，这种复杂的、动乱的、突然从各个方向涌来的生活的打击。而在珍妮极其安逸、明艳动人地坐在描金椅子上的那个晚上，总是接不上话，而且制造出一些让人恨不得钻到地缝去的尴尬，一些像干枯的沙漠里的每一粒卵石都那么显眼的尴尬，而之后又说了一些不合时宜的话，感觉就如同一根通条一样过分真诚，你宁愿换成一堆圆滑的便士，可是又完全做不到——哦，在这样的晚会，这一切都太令人失望了，太让人无地自容了！

　　"接下来，有一位夫人示意让你过去，你在她的带领下，来到一间秘密的斗室，这样你就有机会和她亲密共处。称呼不再是姓氏，而成了教名，之后又成了昵称。有关印度、爱尔兰或摩洛哥到底该怎么办，一把年纪的绅士们盛装打扮，在枝形吊灯的映照下回答这些问题。你会大吃一惊，原来自己竟然明白了这么多事情。户外那些几乎一样的队伍正在大声歌唱，在屋里的我们却隐秘而坦诚，确实让人觉得，就是在这儿，在这间小小的屋子里，我们完全可以把这一天当作一个星期当中的任何一天。像星期五或星期六。不堪一击的心灵外面包裹着一层外壳，像珍珠一样闪闪发光，即便是激情的利啄也对它束手无策。比起大部分人，这层外壳很早就在我身上形成了。要不了多长时间，当别人把水果吃完时，我就可以削我的梨了。当四周一片寂静时，我就可以淡定地讲话了。也是在这期间，尽善尽美有了一种吸引力。你会觉得，只要在右脚脚趾上拴一根绳子，来让自己早点儿起床，就可以把西班牙语学会了。在自己约会手册的那些小格子里，你填上八点钟吃早餐，一点半赴午餐会，等等。你把你的那些衣服全都堆到床上。

"可是，这种太过于严谨、太过于军事化的过程，根本就是不对的，这是一种贪图方便的行为，一种谎言。甚至当我们把白色坎肩披在身上，在约定时间非常礼貌地到达时，这种行动的下面也有一些东西暗潮汹涌，一股由残破不堪的梦境、摇篮曲、大街上的叫喊、不完整的语句和种种场景———一些榆树、一些柳树、正在清扫的园丁、正在写信的女士——合成的潜能总是在涌动，哪怕我们正扶着一位太太去参加宴会，这股潜能也会持续性出现。当你那么严谨地摆放桌布上的刀叉时，会有无数张面孔冲你扮鬼脸。你用勺子可以捞起来任何东西，没有什么东西可以称之为一件大事。可是这股潜流，却一直隐蔽存在着。当我在这股潜流中沉醉时，我就会停留在两句不同的妙语间，专注地观察一个可能插有一枝红花的花瓶，同时沉浸在某个道理、某个忽然的新发现中。或者，当我正走在斯特兰德大街上时，我会突然冒出一句：'我想要的词句就是这个。'此时仿佛突然出现了一种漂亮的，就像传说一样的鸟儿、鱼，或者边缘火红的云朵，彻底地圈住了某个一直萦绕在我脑海里的想法，之后，我就继续急匆匆往前走，再次兴致盎然地欣赏摆在商店橱窗里的领带和其他的东西。

"那生活的沉淀物、那生活的圆球——就如同我所说的那样，摸上去绝不是坚硬的、冰凉的，而是外面覆盖着很多层薄薄的气膜。假如我挤压它们，它们立刻就会爆裂开来。不管我从这口大锅里提炼出什么完整的语句，全都只是一连串的六条小鱼，虽然我捉住了它们，可是却有更多别的鱼在跳跃个不停，导致这口大锅里的东西一直在扑腾，而且纷纷溜走了。我眼前再次浮现出一张张面孔，这些面孔，那些面孔——他们漂亮的长相紧紧地和我的气泡壁相贴合——内维尔、苏珊、路易斯、珍妮、罗达，以及其他更多的人。想要他们有秩序地排整齐太难了，很难单独分离出其中某一个部分，或者展现出整体的效果——这就又如同在谈论音乐。这是多么动人的一曲交响乐啊，里面有和谐音，也有不和谐音，有高音部，也有复杂、低沉、悠缓的低音部！每个人都有自己的乐器，像小提琴、长笛、小号、鼓或者随便什么其他的乐器，演奏着自己的曲调。内维尔的曲调是：'让我们来谈谈哈姆雷特吧。'路易斯的，是科学技术。珍妮的，是爱情。之后，突然受到一阵激烈的情绪的带动，和一个温和的男人到了坎伯兰郡，之后一整个星期就待在那里的一家小客栈，雨水沿着窗户玻璃一直往下流，而且顿顿饭吃的都是羊肉。虽然如此，在没有被记录下来的激情旋涡中，这个星期依然是一块坚不可摧的里程碑。就是在那时，我们玩多米诺骨牌，我们因为羊肉太老起了争端。那时，我们曾经在荒野上散步。后来，一个小女孩在门口交给我一封用蓝色信纸写的信，我因此知道那个曾经让我变成拜伦的姑娘马上要和一位乡绅成亲了。一个穿着带护腿高筒靴的男人，一个总是拿着鞭子的男人，一个时常在饭桌上大谈特谈阉牛问题的男人——我带着讥讽的语气大叫着，同时又看着天上快速移动的云块，觉得自己真是太失败了，觉得自己想要自由，想要逃离，又想要受到约束，想要了结，想要继续前行，想要成为路易斯那样的人，想要保持自我，之后我就把雨衣穿上一个人出去了，在永恒的群山下面觉得自己脾气太糟糕了，完全不值得尊敬，之后回到住的地方，对羊肉抱怨连连，把行李收拾好，并准备再次回到那旋涡之中，回到那痛苦的折磨中。

"可是，生活还是有令人高兴的一面的，是可以容忍的。星期一、星期二、星期三纷至沓来。精神上的年轮增加了，个性愈加坚定，年龄的增长稀释了痛苦。一开一合，一合一开，越发嘈杂，越发坚定，青春的急促和癫狂都被发动了，运转着，以致整个生命好像都在持续收缩扩张着，就如同一座钟的主发条。生活的流水消逝得太快了，很快就从一月到了十二月。事物的激流裹挟着我们，那些事物太习以为常了，什么痕迹都没有留下。我们持续不断地漂啊，漂啊……

"可是，考虑到一个人一定要有所跳跃（为了把这个故事讲给你听），那么就在这里，在这个问题上跳跃一下，于是现在就跳到了一个特别普通的话题上——像拨火棍和火钳，那是在那位让我变成拜伦的姑娘嫁人之后的一段时间，我借助一个我愿意称她为琼斯小姐第三的眼光所看到的东西。她是这样一位姑娘，只要她渴望和你一块吃饭，她就把某套衣服穿在身上，戴上某种样子的玫瑰，而且当你刮胡子时，她一定会让你想到：'小心点儿，小心点儿，这件事可不能胡来。'于是你就会问：'她会如何对待小孩子们？'你会发现，她在使用她的那把雨伞时，看上去并不太灵活，可是，当一只鼹鼠被夹子夹住时，她却变得很聪明，而且最后一点，她不会让早餐吃的面包（我一边刮脸，一边想象婚后生活中那持续不断的早餐）总是那么平平无奇——如果吃早餐时和这位姑娘相对而坐，看到面包上停着一只蜻蜓，你完全不用惊讶。此外，她激起了我想要平步青云的欲望，而且她也会让我特别想要去看看我之前一直很不喜欢的新生婴儿的面孔。于是头脑中脉搏的那种细碎有力的搏动——突突，突突——便表现出一种极其严肃的节奏。我在牛津大街上漫步，我们是继承者，是延续者，我说着这个，头脑里不由得浮现出我那几个儿女的形象，哪怕这种心情非常浮夸，你得跳到一辆公共汽车上面，或者买一份报纸来遮掩。在你火热的激情中，它也依然是一个奇怪的因素，你在这样的心情下把鞋带系好，在这样的心情下，你给那些正在从事各种事业的老朋友写信。路易斯，那个栖居在阁楼里的人，罗达，那个总是全身是水的泉水仙女，和我之前认为的都不一样了，都代表着那些我觉得非常明显的事情（比如，我们总要结婚，总要过家庭生活）完全不同的另一面。为此，我爱过他们，也对他们心生同情，而且也对他们那种不一样的命运表示嫉妒。

　　"从前有个人给我写传记，不过他早就离世了，可是假如他还活着，沿着他之前那种谄媚的感情对我的足迹进行追踪的话，他一定会这样写道：'就在这期间，伯纳德结婚了，买房子了……他的朋友们发现他越来越热爱家庭生活……因为儿女们的降生，他最大的愿望变成了增加收入。'这就是传记式的文体，这种文体也的确连接起了那些散落的素材，那些参差不齐的素材。不管怎样，假如你在写信时，开头都是'亲爱的先生'，结尾都是'您的忠实的某某'，那么你就不能挑剔这种传记式的文体了，你不能轻视这些像罗马大道一样从我们杂乱的生活穿过去的碎句，因为在它们的要求下，我们不得不像文明人那样，迈着悠缓有力的步子走路，尽管与此同时你也许会小声嘀咕着什么废话——'听呀，听呀，狗正在吠叫呢'；'走开，走开，死亡'；'我可不相信世上有什么真诚的婚姻'；等等。'在事业上他小有成绩……他从一个叔叔那里得到了一小笔遗产'——那个传记作者会如此往下写，而且一个人的装扮一直都是长裤、背带，你也得把这些事儿拿出来说说，尽管它会诱惑你像去采摘黑莓一样无功而返，诱惑你用这些词句去做一些打水漂的游戏，可是不管怎样你都得把这些事儿拿出来说说。

　　"我是想说，我已经成了这样一种人：就像一个人在田野上走出了一条小路一样，我在生活中也不是了无踪迹的。我长筒靴子的左侧已经有了轻微的磨损。只要我一进去，房间里就会慌乱一片。'伯纳德来了！'不同的人会用不同的口气说出这句话，有太多的房间——所以伯纳德也有很多。有可爱却孱弱的，有强壮却高傲的，有满腹才华却冷漠无情的，有素养极高却特别讨人厌的——我深信；有同情心泛滥却态度漠然的，有不修边幅却——当走到另一间屋子里时——做作、精明、太过于注重衣着的。于我而言，我到底是个什么样的人却又与此完全不一样，根本不是刚才所说的这些样子。在吃早餐的时候，我特别愿意安安稳稳地坐在面包跟前，和我妻子面对面，因为她现在已经是我的妻子了，而不是从前那个一想到要和我见面就会戴着某种玫瑰花的姑娘了，因此她总让我觉得自己正身处于天堂，就如同雨蛙在一片舒适的绿叶下蹲伏着肯定会产生的那种感觉。'请给我……'我会说。'牛奶……'她会这样回答，或者说：'玛丽就要来了……'——对于那些继承了所有时代的所有战利品的人来说，这只是一些再简单不过的交谈，而对于那些当时正天天在生活的巅峰中生活的人来说，却又完全不是这样，因为那时每天吃早饭的时候，你会觉得生活很美好，很单纯。肌肉、神经、肠子、血管，所有这些组成我们生命的线圈和发条，这架机器不知疲倦地运转，还有舌头的灵活运动，都在发挥着很好的作用。一开一合，吃东西，喝东西，有时候还要讲讲话——整个机器设备就如同一只闹钟的主发条，时而伸展开去，时而收缩回来。吐司和黄油，咖啡和熏肉，《泰晤士报》和信件——突然，电话铃急骤地响起，我淡定地起身，走向电话机。我把黑色的话筒拿起来。我发现我的脑子镇定地调节着自己，准备听听电话那头会说些什么——可能是（人总是会产生类似的想象）要你去接受大英帝国国王的邀请呢，我发现自己极其镇定，我发现我那注意力的原子快速扩展开去，包裹住干扰物，吸收电话里的信息，让它们自己和新的环境相适应，以致我还没有把电话挂断，它们就已经创造出一个更加多样化、更加纷繁复杂的世界，我就是召唤到这个世界上扮演我的角色，而且可以非常肯定地说，我一定会把我的角色扮演好。我把帽子戴好，大踏步来到一个拥挤的世界，那些人的头上也戴着帽子，当我们在火车上、地铁上你挨着我我挨着你时，我们就以既友好又敌视的目光相互致意，之后打起精神来，怀揣着诸多手段和计谋去实现我们共同的目的——生存。

"生活是愉悦的、美好的。仅仅是生活的进程就很让人满意。就比如一个身体健康的人，他喜欢吃饭和睡觉。他喜欢呼吸新鲜空气，喜欢悠闲地走过斯特兰德大街。或者比如说在乡村，一只公鸡正在打鸣，有一匹马驹正疾驰在一片牧场上。总有一些事情等着我们去完成。周一、周二、周三、周四，纷至沓来。每一天的生活都是一样，给新沙滩带来一层寒潮，或者慢慢退潮而没有丝毫寒气留下来。就这样，生命的年轮一天天增加，个性一天天笃定。之前的举动总是急匆匆的、偷偷摸摸的，就像向空中撒了一把谷子，任由来自各个方面的风吹散它们，现在已经变得有条不紊了，而且抛撒得目标精准——最起码看上去是这样。

"天哪，太好了，天啊，太美好了！当火车经过郊区，当那些卧室的窗户上的灯光映入我的眼帘时，我一定会说，那些小店主的生活可真是好。当我站在窗前，看着那些提着提包、朝城里蜂拥而来的工人时，我就说，多么像一群蚂蚁一样充满生机和活力啊！当我看到一些人身穿白色的球裤，追着一个足球拼命奔跑时，我就说，那四肢是多么灵便、结实啊！现在，时常因为一些小事情生气——可能要怪吃了那些肉——但让我们婚后那安宁的生活泛起一丝涟漪，这一点倒也有趣，因为我们快要有孩子了，给生活带来一些波动的同时，也会让我们的生活多一些快乐。我在吃饭时打瞌睡；我说话不讲道理，似乎我是一个非常有钱的人，可以随便把五个先令扔掉一样；或者我好像是一个技艺高超的在高空作业的工人，故意绊倒脚凳。直到要去楼上休息时，我们才停止了争吵，之后站在窗户跟前，望着那湛蓝清澈的天空，'赞美上帝，'我说道，'我们不需要在诗里面糅合散文。简简单单的话语就已然足矣。'眼前的景色辽阔而澄澈，看起来了无阻碍，让我们的生活无限延展，从所有那些挤挤挨挨的屋顶和烟囱越过，一直向遥远的天边延伸而去。

"直到陷入那突然而至的死亡——珀西瓦尔的死。'幸福在哪边？'我问我自己（那时我们的孩子已经来到了这个世上），'痛苦在哪边？'这是我从楼梯上走下来，想着那属于我的身体的两半边的同时，做出的一个完全的身体性的描述。与此同时，我还留意到了房间里的情况：窗帘随风飘扬；厨子哼着小曲；从半开的橱门里，衣橱里的衣服露了出来。'再给他（我自己）一点儿缓冲时间吧。'我从楼梯上走下来时这样说道，'现在，他就要在这间客厅里忍受折磨了，根本逃避不了。'可是光用语言是难以把痛苦表达出来的。要大叫，地动天摇，印花布床罩变得毫无颜色，对时间和空间也没有了那么强烈的感觉，感觉移动的东西完全凝滞了，声音时远时近，皮肉似乎已经裂开了，某种重要的东西显露出来，可是依然离得很远，还只能独自把它保留下来。因此我走到外面。我看到了第一个他无缘再看到的黎明——那些麻雀就如同被一个孩子拴在线上的玩具。漠然地看着周边的事物，却仍可以发现它们身上的美——这也太匪夷所思了。然后有一种轻松感，矫揉造作和弄虚作假全都消失了，出现一种光亮透明，让你在走路时，可以一下子隐身，而其他事物却都依然非常清晰——
这也太匪夷所思了。'现在还会发现其他什么呢？'我说道，而且为
了牢牢抓住它，我假装没有看到阅报栏，继续往前走，之后看着那些
画像。圣母像和圆柱、拱门和橙子树都平静无比，可是人世间的悲欢
离合它们已经了然于心，它们就悬在那里，而我专心致志地看着它
们。'在这儿，'我说，'我们不受任何影响地待在一起。'而且这种无
拘无束，就如同一种胜利，激荡着我的内心，以致我现在偶尔也会去
那里，把这种喜悦和珀西瓦尔再次唤回来。可是这种情况不会持续太
长时间。让你痛苦的是你头脑里那只一直恐怖地活跃着的眼睛——他
是如何摔下去的，他变成了什么样儿，人们把他抬到哪里去了，那些
人围着腰布，拉着绳子，那些绷带和那些泥巴。之后一个恐怖的猛然
涌上来的回忆出现了，不仅猝不及防，又没法逃避——那就是我没有
和他一起去汉普顿宫。这只利爪的抓扯，这颗利齿的撕咬，一直让我
寝食难安，我竟然没有去。虽然他着急地申明这不要紧，为什么要
打断，为什么要把我们之间那长久惺惺相惜的时刻破坏掉呢？——可
是，我还是一脸沮丧地说，我竟然没有去，而且就这样，被这些折磨
人的魔鬼赶出了神圣的殿堂，我去了珍妮那里，因为她有一间房子，
里面摆着几张小桌子，上面胡乱摆放着很多小装饰品。我在那儿痛苦
地忏悔——我竟然没有到汉普顿宫去。而她，由于回忆起其他一些在
我看来完全无关紧要，可是却让人备受摧残的事情，就开始跟我解
释，只要碰到一些我们无法参与的事情时，生活便会变得多么昏暗。
此外，没过多长时间，一个侍女送了一张便条过来，然后就在珍妮去
写回信，而我则非常想要知道她在写些什么，以及写给谁时，我似乎
看到了第一片落在他坟墓上的树叶。我看到我们勇敢地从眼下这个时
刻跨过去，把它永远地抛在我们身后。之后我们相互挨着坐在沙发

上，自然而然地想到别人早就说过的话：'到了五月，这棵百合花会开得更加鲜艳。'我们曾经用一朵百合花比喻珀西瓦尔——而这个珀西瓦尔，我一直希望他的头发乱糟糟的，站在各种权威的对立面，和我相伴一生，百合花已经淹没了他。

"于是，眼下这一刻便不再真诚了；于是，这种真诚变成某种标志，而且压根忍受不了它。与其让这些百合花散发出蜜汁，不如用各种辞藻覆盖他，亵渎神明地嘲讽一番、谈论一番还好些呢，我叫嚷道。所以，我便忽然不作声了，而珍妮，这个心中不关心未来，只是一心扑在眼前的珍妮，用鞭子轻轻碰了一下身体，她扑了些粉在脸上（我就爱她这一点），之后站在门口的台阶上和我说再见，同时还用一只手把头发按着，以免被风吹乱了，我之所以敬重她，就是因为这个姿势，似乎它更加坚定了我们的决心——绝不让百合花再生长下去。

"我一脸失望地观察着大街上那些无聊的虚幻景象：它的一座座门廊；它那一扇扇挂着窗帘的窗户；买东西的妇女浅褐色的衣服，贪婪小气、一脸自得的傲慢；系着羊毛大围巾出来透气的老头子；行人从马路穿过时的小心翼翼；人人都决定要活下去，而他们其实都是些傻瓜，我说，屋顶上随时都有可能飞下来一块瓦片，随时都有汽车可能会突然出事儿，因为如果一个喝得醉醺醺的人手里握着一根棍棒晃悠着前行，毫无道理可言——就是这样。我就如同一个得到许可走到后台去的人，一个有机会窥探到舞台效果产生的奥秘的人。可是无论如何，我依然回到了自己那个温馨的家里，在客厅，女仆提醒我要穿着袜子小心翼翼地上楼。孩子正在睡觉。我向我自己的房间走去。

"难道就没有一把利剑或其他什么东西，可以把这些墙壁、这个藏身的地方、这种繁衍下一代、躲在窗帘后面过日子，以及一直被图书和画册所包围的生活摧毁吗？倒不如像路易斯那样，为了追求理想化境界而煞费苦心；或者像罗达那样扔下我们，从我们的头顶越过去，向荒漠飞去；或者经过千挑万选，最后只选择了一个像内维尔的人；或者还不如做一个像苏珊那样的人，对太阳的炎热或霜打过的草地，爱恨交加；或者做一个像珍妮那样的人，真诚得像个动物一样。这些都会让他们受益无穷。因此，我就挨个去拜访了我的这些朋友，摸索着试图把他们那紧锁着的小匣子打开。我把我的忧伤捧在手心——不，不是我的忧伤，而是我们这人生的晦涩的答案——挨个走到他们跟前，让他们好好检视一下。有的人去找牧师，有的人以诗歌为仰仗，而我则以我的朋友，我自己的心为仰仗，在各种辞藻和不完整的篇章中，寻找某种完整的东西——于我而言，月亮和树木中的美还不够；于我而言，一个人和另一个人的接触就是一切，可是我觉得即便是这个也难以捉摸，因为我太不完美了，太屡弱了，太孤单了。我就这样在那里坐着。

　　"这个故事的结局就是这样的吗？一声叹息？海浪的最后一次起伏？一条细流向一道阴沟流去，慢慢消失了？让我赶紧把这张桌子摸一摸吧——就这样——以此让我重新体会到当下的感觉。一个被塞得全是调味品瓶子的餐具柜，满满一篮子的圆面包，一盘香蕉——这些场景都让人看了很舒适。可是，假如压根就不存在什么故事，那开头或结尾又怎么可能存在呢？当我们想要对生活进行描述时，它可能压根就不想让我们这样对待它。深夜辗转反侧时，竟然不能稍微克制一下自己，这太奇怪了。于是，分类也就显得没多大意义了。浪潮的推动力会慢慢在一条干枯的河沟里消失，真是太匪夷所思了。深夜一个人坐着，就会觉得我们好像已经被掏空了，我们的这一点儿水只够把那些海冬青的穗子淹住，我们甚至都没办法够到那些远一点儿的卵石，打湿它们。一切都画上了句号，我们走到了尽头。只能期许着——我一整个晚上都在期许——我们全身再爆发出一点儿精神，我们起身，甩开那白色浪花的鬃毛，我们迈着沉重的步伐走上岸，我们一点儿都不想受到约束。这就是说，我的胡子刮过了，我的脸洗过了，没有把我的妻子吵醒，一个人吃过早餐，然后把帽子戴上，到外面讨生活去了。星期一结束以后，星期二如约而至。

"可是仍然存在某种疑惑，某种质疑。当我把一道房门打开时，我会惊讶地发现人们都忙个不停。当我端来一杯茶时，我时常会迟疑，别人是要牛奶呢，还是要糖呢？可是现在，当星光经过了长久的穿行以后，终于落在我手上时——我可以得到的只是稍微颤抖一下——只是这样而已，我的想象力已经全然消失了。可是依然存在某种不解的心情。我的头脑中飞过一个阴影，就如同晚上在一所房子里，飞蛾飞过桌椅间。比如，当那年夏天，我到林肯郡①去看望苏珊，而她从花园穿过，用一个怀孕女人特有的蹒跚姿态向我走来时，我就想：'事情一直以来就是这样发展的，可是原因是什么呢？'我们坐在花园里，农场的马车驶过来，一边前进一边往下掉着干草，周围是乡间常有的那种白嘴鸦和鸽子的鸣叫声，水果都被网罩着，花匠正在翻土。花丛里的紫色通道间是飞来飞去的蜜蜂的身影，有的蜜蜂一直蹲守在向日葵那闪耀的花盘上。风卷着细小的树枝从草地掠过。这一切都太有节奏了，而又隐隐约约，就像在一层雾里面罩着，可是我却觉得太可恨了，它就像一张网，把你的四肢牢牢固定住。她，这个曾经把珀西瓦尔拒之门外的人，竟然让自己忍受这个，这种裹得不

---

① 英格兰郡名。

透气的生活。

"我一边坐在河岸上等火车，一边思考我们是如何妥协，屈服于自然的愚蠢安排的。我眼前出现郁郁葱葱的树林。因为某种气味或某个声音对神经的轻微触动，眼前再次浮现出那个很久以前的幻象——正在扫地的园丁，正在写字的太太。我再次看到埃弗顿山毛榉树下的那几个身影：扫地的园丁，在桌子前坐着写字的太太。可是，现在我在童年的直觉中融合了成年的作为——厌烦和听之任之；对我们天生无法逃避的事情的领会；死亡；对各种局限性的了解；生活是如何比一个人曾经想象的还要残酷。那时，当我还是一个孩子时，就已经清楚地知道世上存在敌人了，我一直被反抗的需求激励着。我曾经起身叫道：'让我们去冒险吧！'于是，便不再害怕这种状态了。

"那么，现在到底有些什么状态消失了？麻木迟钝和听之任之。又可以去探索什么呢？那些树叶和林子里没有隐藏任何东西。假如飞过来一只鸟，我就不会再去作诗了——我只会把我以前看过的东西再拿出来看。所以，假如我有一根手杖，可以用它来指出人生曲线的各种挫折，那么这就是人生的低谷。在这儿，它徒劳无功地在潮水无法抵达的泥淖里徘徊——就在这儿，在这个我靠着树篱坐的地方，我把帽檐拉得低低的，而那群绵羊一个个露出呆头呆脑的蠢相，迈着它们那并不灵活的、细长的四条腿麻木地向这边走过来。可是，假如你将一把钝的刀片在磨石上磨足够的时间，就会有一些东西迸发出来——一道刺眼的火光，反之，假如是用一些平常可见的，既没有理性又毫无目的的东西去磨，就只会有一种仇视、鄙视的怒火迸发出来。我把我的头脑、我的生命，这疲惫的、没有生气的老朽货拿起来，用力砸向这些漂浮在油乎乎水面上的乱糟糟的枯树叶、令人憎恶的破船碎片、残骸朽骨。我跳起来大叫道：'奋斗，奋斗！'我不厌其烦地喊着。这代表着奋力和抗争，代表着没有尽头的战争，代表着不断的损坏和修复——这就是不管是否会胜利，每天都在重复的战斗，这就是用尽全力的追寻。让胡乱摆放的树木变得秩序井然，让稠密的树叶变得稀疏，渗下缕缕光线。我用一个忽然冒出来的辞藻一下子网罗住了它们。我用字眼让它再次清晰起来。

"火车开过来了。火车缓缓地进站，停在月台边。我赶上了这班火车。因此，黄昏时分就回到了伦敦。太好了，这平静的气氛和烟草味；一些老太婆挎着篮子爬到三等车厢；吸烟斗的声音；在一些小站上，亲友们在辞行，之后伦敦的灯光就会出现在我的眼前了——没有了少年时期的癫狂，也没有破烂的紫色旗织，可是不管怎样依然是伦敦的灯光；亮眼的电灯光在大楼办公室里闪烁；沿着寂寥的人行道，街灯依次排列；街头市场上灯光热闹地闪耀。在我暂时赶走仇敌的这段时间，这一切都带给我非常愉悦的享受。

"与此同时，对于那种热闹的人生场面，我也是青睐有加的，比如剧院。在这种地方，一头全身是土色、粗鲁的田野上的动物会高高站起来，拼命和那些绿色的树林、原野，以及那些一边咀嚼一边齐齐往前走的绵羊战斗着。而且，毫无疑问，灰色的长街上的那些窗户也都亮灯了，一条条地毯在人行道上横卧，有布置整洁的房间，有炉火、食物、美酒和闲谈。两手空无一物的男人，以及耳朵上戴着宝塔式珍珠耳坠的女人，往来如梭。我看到在世俗的摧残下，一些老人的面容上刻上了衰老的皱纹和嘲讽的神色。人们都喜欢美貌，因此即便是对于年事已高的人，它也像新生之物一样，而年轻人又是那么沉迷在快乐中，以致让你真的觉得一定存在着欢乐，似乎把草地修剪整齐就是因为这个。大海上泛起涟漪，沙沙响的树林里雀跃着毛羽鲜亮的小鸟，这一切都是为了年轻人，为了对生活满怀希望的年轻人。你可以在那里遇到珍妮和哈尔、汤姆和贝蒂，在那里，我们互相嬉笑着，相互倾诉着自己的秘密，而且每次在门口道别时，一定会把再次相聚的日期约好。在另外一家屋里，则取决于不同的情况，比如一年中的不同季节。生活是美好的、愉悦的。周一、周二、周三如约而至。

"没错，可是每隔一段时间就会有些许不同。这可能会通过某个晚上房间里的某件东西的样子表现出来，像椅子的布置。在屋角里的一张沙发上陷下去，观察、聆听，这好像是极其美好的事情。这时，正好有两个站在窗户背面的身影来到一棵枝叶茂盛的柳树前面。你的心情会受到触动，觉得：'世上真的有一些人，尽管打扮得很美丽，可是却没有什么特点。'接下来，当波纹一圈圈荡漾开来时，出现了一阵冷场，之后那个你原本应该和她交流的姑娘会告诉自己：'他老了。'可是她说得不对。这里并不是指年纪老了，而是说时间一分一秒地流逝了，现在依然如此。时间再次改变了事物的秩序。我们从葡萄藤架起来的拱门下面钻出来，进入一个更加开阔的天地。如今，事物的真实秩序——我们一直都这样设想——显得清晰明白。因此没过多久，我们在一间客厅里调整了我们的生活，让自己和正在严肃地走过天空的白昼保持同步。

"正因为如此，我既没有把我的漆皮鞋穿上，也没有找一条比较体面的领带，而是去找内维尔了。我去寻找我的老朋友，他老早就认识我了，那时我还是拜伦，是梅瑞狄斯笔下的一个年轻人，而且又是陀思妥耶夫斯基的一部书里的那个我已经把他名字忘了的主人公。我找到他时，他正一个人在阅读。一张收拾得非常干净的桌子、一个整整齐齐拉开的窗帘、一把他正用来裁开一部法文书的裁纸刀——我就想，从来没有人在我们第一次见面以后，神态或衣着会有所改变。自从我们在这里和他见过一面以后，他就一直在这把椅子上坐着，一直穿着这样的衣服。在这儿不受约束；在这儿有亲密关系；在炉火的映照下，窗帘上的一只圆苹果忽然掉了下来。我们坐在那里交谈，沿着那里的林荫路往前走，那条林荫树延伸在树下，延伸在那些郁郁葱葱的树下，那些树的枝头上果实累累，我们时常一起沿着这条林荫路往前走，导致有些树周边的草皮、某些戏剧和诗歌周边的草皮、某些我们极其钟爱的事物周边的草皮，都变得光秃秃的了。这些草皮之所以会消失，都要归咎于我们错乱的脚步的不断践踏。每当我需要等待的时候，我就看看书；每当我无法入睡时，我就从书架上取本书下来看。持续地增长、不间断地补充，一大堆不知道来源的东西累积在我的头脑里。我时而取一大块下来，可能是莎士比亚，可能是某个名叫佩克的老妇人，我时常一边躺在床上抽烟，一边喃喃自语道：'那是莎士比亚，那是佩克。'——一种认识他们的确定感和知识带来的激动心情油然而生，虽然这种激动是难以言表的，却是令人欣慰的。因此，我们欣赏着我们的佩克，我们的莎士比亚，对照着各自拥有的版本，让对方的见地更好地阐述佩克或莎士比亚，之后大家就都不作声了，只是偶尔说几句简单的话，就好像安静的大海上时而有一片鱼鳍浮出来，之后，这片鱼鳍、这个观点又落入水中，同时激荡起一阵满足的波纹。

"没错，可是你忽然听到了时钟的声响。我们这些一直在这个世界中沉醉的人，意识到还存在另一个世界。这件事让人很难过。我们的时间观念被内维尔改变了。他原本是按照意识中那不受约束的时间来思考的，思维可以快速从莎士比亚延伸到我们自己身上，可是现在他把炉火拨得旺旺的，变成以另一个代表某个特殊人物快要到来的时钟为参考了。他那开阔的思想半径变小了。他变得非常谨慎。我可以感觉到，他正在聆听大街上的声音。我注意到他抚摸一张靠垫时的样子。他从亿万人类和所有过往的年代中，选择了一个人，一个特殊的时刻。有个声音从大厅里传来。他正在说的话如同一股燃烧的火焰，随风颤动。我发现，他正在用力分辨某种脚步声和其他脚步声的不同，他正在期许着某种特别的识别标志，而且敏锐地看了一眼门上的把手。（从这里可以看出，他的感觉非常灵敏，他一直被另一个人所感染。）像这种专注的热情会对其他热情起到排斥作用，就如同异物会遭到一种安宁而活跃的液体的排斥一样。我开始发现我那混浊的天性被各种沉淀物、疑虑、记录在本子上的各种辞藻和札记填满了。窗帘上的一条条褶痕变得平静、轮廓清晰，桌子上的镇纸板变得坚硬，窗帘上的丝线闪烁着，所有的东西都变得非常清晰，展现出一副与我毫无关系的样子。于是，我起身从他身边离开了。

"天哪，当我从那个房间离开时，那些从未有过的痛苦的利爪，是如何用力抓住我的呀！还有那种对某个远在天边的人的思念。思念谁？一开始我也不知道，后来便想到了珀西瓦尔。我已经有太长时间没有想到他了。现在，要和他一起开怀大笑，要和他一起嘲讽内维尔——我所希望的就是这样，和他一起手牵手大笑着离开。可是，他不在这里。他的位子一直没有人坐。

"让人纳闷的是，死去的人会突然在街角，或在梦里跳出来，在我们面前出现。

"在寒冷的狂风的吹拂下，我从整个伦敦穿过，去拜访其他的朋友，罗达和路易斯，因为那天晚上我特别想要伙伴、安宁和交际。我一边往楼梯上爬，一边推测他们之间的关系。只有他们两人时，他们究竟说了些什么？我想象着她笨拙地摆弄茶水壶的样子。她从铺着石板瓦的屋顶越过去，发呆地看着远方——这个泉水仙女的身上一直都湿淋淋的，因为充满幻想和梦境，她总是一副慌乱的样子。她时常把窗帘拉开，呆呆地看着黑夜。'滚开吧！'她常说，'月光下的荒野一直都是看不清楚的。'我按了按门铃，我等待着。可能路易斯正在给猫倒牛奶呢。路易斯，当他把两个瘦削的手掌合到一起时，就像在汹涌的水面，船坞的两半艰难地合到一起一样。对那些埃及人、印度人，以及那些身穿粗衣、戴着宝石、颧骨凸起的人说过的名言，他都了然于心。我敲了敲门，等待着，没有人过来开门。我又步履沉重地从石头楼梯走下去。我们这些朋友——太疏离了，太沉默了，太缺乏交往了，太不了解了。而对于我的朋友们来说，我同样也是模糊的，什么都不知道，就如同一个影子，只是偶尔可以看到，大部分时候是看不到的。人生真的就如同一场梦。我们的热情，那只在少数几个人眼中闪烁过的难以捉摸的磷火，不久就会熄灭，而且终将烟消云散。我想到了我的朋友们，我想到了苏珊，她买了田地。在她的暖房里，黄瓜和西红柿正一天天成熟。去年冬天没有挨过霜冻的葡萄树，如今又焕发了新颜。她跟跄着和她的儿子们一起从她的牧场穿过。她查看着那块土地，现在由一些套着绑腿的男人看管，她用她的拐杖指点着房顶、树篱和一些年久失修的围墙。她身后跟着一群鸽子，正吃着从她手指缝里漏出来的谷粒。'可是，我不会再那么早起了。'她说。之后想了珍妮——毋庸置疑，她一定正在招待某个刚认识的年轻人。他们那习惯性的交谈已经到了非常重要的时刻，房间里的光线会变得昏暗，座椅都重新装饰过。由于她依然在当下享乐，从来没有任何幻想，就像水晶石一样坚硬、澄澈，她袒胸露乳地战斗着。她一点儿都不畏惧枪的威力。当她额头上有了一绺白头发时，她也只是随意地把它混在其他头发中。如此一来，当人们来埋葬她时，一切都会秩序井然。人们将会发现一些卷起来的丝带。可是无论如何，门依然会打开。谁来啦？她边问边起身相迎，她非常镇定，就如同在那些春天的晚上，当伦敦那些高楼大厦里令人敬仰的市民正按部就班地上床睡觉时，那些楼房下面的树荫也差点儿遮掩不住她的情爱，而且电车尖锐的声音和她愉悦的叫喊声相混合，当所有本能的快感得到了满足，她安静地躺下来时，那些摇摆的树叶还得把她的疲态遮掩住。我们这些朋友，平常的交往太少了，太缺乏了解了——这是事实，可是虽然这样，只要我遇到一个不太熟悉的人，或者当我在这儿，在这张桌子旁边千方百计想要逃离我所谓的'我的生活'——它并不是我时常回忆的那种生活，我却同时是很多人，我根本不知道我到底是谁——珍妮、苏珊、内维尔、罗达，或者路易斯，我也不知道如何区分开我的生活和他们的。

　　"在那个初秋的晚上，当我们再次在汉普顿宫相聚，一起吃饭时，我就有过这样的想法。一开始，我们都觉得很别扭，因为在吃饭前，每个人都对自己的境况进行了说明，而其他每个朝聚会地点走来的人，身穿这样或那样的衣服，拄着或没拄手杖，好像都和他所说的情况截然不同。我发现珍妮看了眼苏珊那双质朴的手，之后藏起了自己的手。我一边看着内维尔，他是那么严肃、干净，同时觉得我自己那被各种辞藻弄得一团糟的生活太不尽如人意了。不久他就开始自夸，因为他惭愧于自己一直是一个人，一个人住在一间房子里，以及他所取得的成就。路易斯和罗达，这两个密谋者，在饭桌上监视着一切的侦察者，却觉得：'无论如何，伯纳德可以让侍者给我们端来面包——我们是做不来这个的。'有那么一瞬间，我们似乎看到我们中间出现了那个完美之人的身影，我们从来没有做到像他那样成功，可是同时又一直记得他。我们看到了我们原本可以做到的一切，看到了我们已经错过的一切，有那么一瞬间，我们竟然对他人的应得表示妒忌，就如同小孩子在切开唯一一块蛋糕以后，总是觉得自己手上拿的那块是小的。

"虽然如此，我们依然喝了一些酒，在酒精的作用下，我们暂时不仇视对方，也不相互比较了。而且，当饭到中途，我们都发现那位于我们身体以外，和我们完全不搭调的巨大黑影正以我们为中心扩散至四周。风声、车轮声，都变成了时间的狂啸，于是，我们也快速冲向前——冲去哪里？我们又是谁？我们似乎突然间消失了，就如同灰烬中残留的几点火星一样消失了，只剩下狂啸的黑暗。我们从时间、历史中跳脱出来，消失了。于我而言，这种情况只持续了一秒钟而已。我天生好斗的习性打断了它。我用汤勺敲打着桌子。假如我可以用罗盘来对事物进行测量的话，我肯定会那样做的，可是既然我只有词语这仅有的一个测量仪器，那么我就创造出一些词语——我已经不记得这一次我到底说了些什么。我们六个人一起围坐在汉普顿宫的一张餐桌旁。我们起身，走向林荫路。在虚无的暮色中，仿佛一阵阵来自某个小巷的笑声的回音，愉悦的情绪重新回归了我和我的身体。我在大门口的一棵雪松前面看到一片绚烂的光辉，内维尔、珍妮、罗达、路易斯、苏珊，还有我自己，我们的生活，我们的秉性。威廉国王似乎依然是一个虚幻的君主，而他的王冠也只是一些浮华的金箔片。而我们——站在这砖墙前面，这些树枝前面的六个人，不知是多少亿万人中微不足道的六个，在历史的长河驻足的这一刻，正焕发着喜悦的光芒。当下就是一切，只要拥有当下就够了。接下来，内维尔、珍妮、苏珊和我，就像海浪拍过来，碎裂、消失——之后一片树叶、一只小鸟儿、一个玩铁环的小孩儿、一只欢快的狗出现了，在被太阳炙烤了一天过后，树林里的热气就像白色的条纹一样，在起伏的海面上摇曳。我们四散开来，在漆黑的树丛里消失，只留下罗达和路易斯继续在那个墓地旁边的平台上站着。

"当我们从那一阵又甜美又深切的沉浸中浮到水面上时，看到那两个共谋者依然在那里站着，我们觉得有些惭愧。他们一直保持着的东西在我们身上找不到了。他们被我们打扰了。可是我们已经很累了，而且不管是好事还是坏事，不管是成功还是失败，我们的行为都被昏暗的纱幕掩盖住了。当我们在斜坡上短暂停留时，光线变得愈发弱了。汽船正载着它的游客上岸，快乐的欢呼声、歌唱的声音从远处传来，似乎人们正在挥舞着帽子，加入最后的大合唱。从水面上传来合唱的声音，我觉得我心头又涌现出那种已经主导了我一生的熟悉的感觉，任由别人那高声唱着同一首歌曲的吵闹声抛掷我，任由那几乎一点儿意义都没有的快乐、兴奋、期望的吵闹声抛掷我。可是，现在不可以。不！我还没办法让自己恢复镇定，我还没办法把我自己认清，我必须让刚刚使我变得沉醉、嫉妒、谨慎的那些事情，以及很多其他的事情，都再次沉到水里去。我还没办法让自己恢复，忘记那些永无止境的虚度光阴、肆意胡闹，情不自禁地随大潮安静地往前冲，从那些拱桥冲过去，围着一些树丛或一个小鸟打转，从海鸟栖息在木桩上的地方冲过去，从那波涛起伏的水面冲过去，最后变成海上的浪潮——我还没办法让自己从那样的放荡中恢复，我们就那样各奔前程了。

"那么，就这样和苏珊、珍妮、内维尔、罗达、路易斯斯混在一起，随大流，算是一种死吗？一种元素的新结合？对未来事情的某种隐喻？已经匆匆做好笔记，书已经合上，因为我是一个上课时间不固定的学生。不管怎样，我都没有在规定的时间内做过作业。之后，当我在交通高峰时间段走在舰队街时，我又想到了那个时刻，我要继续。'难道我，'我问我自己，'非要在桌布上敲打我的汤勺吗？难道我表示认同不可以吗？'公共汽车堵塞住了，一辆接一辆地开来，之后都忽然停下来，就像在一串石头链条上又加了一节石头进去，人们往来如织。

"这些人各种各样，三五成群，提着公文包，灵敏地闪躲着，进进出出，就像一条被水填满的河，走过街上。他们就像一列火车从一条隧道穿过去一样，熙熙攘攘的。我抓住机会从大街穿过去，钻到一条昏暗的小巷里面，来到一家理发店。我仰卧在椅背上，把一块布罩在身上。前面有面大镜子，里面显现出我自己被裹住的身子和从旁边经过的行人。很多人走走停停，看看，之后又百无聊赖地继续往前走。理发师开始活动他的剪子，我觉得在那个冰凉铁器的颤动下，我一点儿抵抗能力都没有。我们就是这样被理掉了头发，，我说道。我们就是这样挨个躺在潮湿的草地、枯萎的或葱翠的枝叶上面。我们再也不用顶着风雪让自己暴露在光秃秃的树篱上了，再也不需要在狂风呼啸时背负着沉重的压力昂首挺立了。或者在昏沉沉的中午，当小鸟小心翼翼地在树枝上移动，而树叶子因为湿气变白时，依然静静地待在那里。我们已经把头发剪好了，我们已经倒下去了。我们已经成为那个毫无知觉的冷漠的宇宙的一个组成部分。这个冷漠的宇宙，当我们忙个不停时，它却在睡觉；当我们睡觉时，它却在燃烧个不停。我们已经舍弃了我们的身份和地位，现在慵懒地躺在这里，衰败消亡，并且很快被人遗忘。就在这时，我发现理发师的眼角有了不一样的情绪，似乎被街上的什么事情吸引了。

"理发师到底是被什么事情吸引了呢？理发师到底在街上看到了什么？就这样，我再次活过来了。（因为我并不是神秘主义者，总是会受到某些东西的吸引——好奇、嫉妒、敬仰、对理发师的兴趣以及这一类的事情，都会让我回归现实。）就在他从我的外套上刷掉那些头发渣时，我挖空心思要把他这个人摸清楚。之后，我就挥动着我的手杖，来到斯特兰德大街上。我想到罗达的样子，用她来和自己对比，她总是那么鬼鬼祟祟的，总是露出害怕的眼神，总是在追寻荒漠里的某根圆柱，而且为了寻找它，她已经不能回来了，她已经把她自己害死了。'等一等，'我说道，同时在幻想中伸手把她的手臂挽住（我们和朋友交往就是这样的），'等等，让这些公共汽车先走。这样横穿马路太危险了。这些人都是你的兄弟。'在开导她时，事实上我也在开导我自己。因为这不可能是一个单独的生命，而且我也并不总是知道我的性别，是伯纳德，还是内维尔、路易斯、苏珊、珍妮，或者罗达——一个生命和另一个生命的互相交融太令人难以置信了。

"刚理过头发，脖子后面有点儿痒，我就这样挥动着手杖一路经过那些在圣保罗大教堂附近的街上兜售来自德国的廉价玩具的小贩旁边——圣保罗大教堂，这个张开翅膀正在孵化的母鸡，在高峰时间，在它的遮掩下，公共汽车和来往如织的男男女女就这样穿梭着。我想象着路易斯会如何把他那整洁的套装穿在身上，握着手杖，迈着他那生硬的，甚至有点儿超脱的步伐，从这些台阶走上去。由于他的澳大利亚口音（'我父亲，是布里斯班的银行家'），我想，比起我这种一直听这些老套的催眠曲的人，他来到这里时一定会怀着更加崇敬的心情。

"只要我一进来，就会一下注意到那些已经旧了的玫瑰花饰，那些亮晶晶的黄铜玩意儿，单调的嗡嗡的诵唱，其中有一个男孩如泣如诉的声音在那座穹顶周围徘徊，恍如一只失群胡乱飞的鸽子。我也会感受到死者那种安宁的气息——似乎战士们正躺在他们历史悠久的旌旗下面歇息。接下来，我会瞧不起那种装饰奢华的旋涡形纹饰的墓碑。我会嘲讽那些号角、凯歌和盾形徽章，讥讽那种大张旗鼓、一而再再而三宣讲的所谓完全肯定的复活或永生。那时，我那恍然又充满探究的眼神，让我看起来像一个敬畏心特别强的孩子，像一个跟跄着去领取抚恤金的老人，或者就像那些女店员，天知道她们那瘦弱的身体里正在担心什么，在交通拥堵期间，她们会用什么样的膜拜仪式来宽慰自己。我犹豫、张望、疑惑，有时候甚至想偷偷倚靠其他什么人祈祷的火箭，朝穹顶冲去，朝远方飞去，向那些祈祷之箭飞往的任何一个地方飞去。可是，我马上就发现自己变弱了，就如同那些落单的哀怨的鸽子，扑腾着翅膀直直往下，带着惊讶、好奇的心情在某个奇形怪状的雕像上、某个破旧的管口或可笑的墓碑上落下来。之后，我又端详起那些揣着导游手册慢慢欣赏风景的观光客来，同时，那个男孩的声音在教堂的穹顶下面徘徊，管风琴也不时肆意地奏出一些笨拙的欢快音调。那么，我自问，路易斯怎么能够庇护我们所有人呢？他如何能用他的红墨水、极细的笔尖，一下子圈住我们，让我们交融成一个整体呢？那些哀怨的歌声逐渐消失在穹顶下面。

　　"我就这样再次回到大街上，一边摇晃着手杖，一边看着文具店橱窗里的铁丝公文夹，观察着一筐筐来自海外殖民地的水果，小声哼着'皮利考克坐在皮利考克小山上'，或者'听，听，狗在吠叫'，或者'这世界又要开启一个新的伟大时代了'，或者'走开，走开，死亡'——混合了随波逐流的诗和胡言乱语。你永远都有事情做。星期二就跟在星期一后面，星期三跟在星期二后面，然后是星期四。天天都会激荡起一样的波澜。生命就如同树一样，会有年轮日复一日地生长。就如同一棵树，叶子总会掉下来。

　　"因为有一天，当我弯腰在一道通向田野的门上倚靠时，忽然韵律中断了：韵脚和吟唱，乱说一通和诗歌。我的意识忽然停顿了一下。从稠密的树叶看过去，我看到了习惯。靠在大门上的我，后悔着那么多无序的事情，那么多失意和分离，因为你甚至没办法经过伦敦去探访一位朋友，生活竟然有那么多约束；你甚至也没办法乘船去印度，去看一个赤身裸体的人是如何在深蓝的海水里拿鱼叉刺鱼的。我说过，没有完美的生活，就如同一句没有说完的话。虽然我能从在火车上遇到的任何一个推销员手里吸一吸鼻烟，但我却无法保持世世代代人类的感觉的连续性——对带着红色水罐走向尼罗河畔的女人，对在征服者和移民们当中歌唱的夜莺的了解。我说过，那是一项庞大的事业，我不可能不停地攀爬这个阶梯。我告诉自己，就如同一个人会对一个同行者———起去北极——讲话一样。

"过去，我提到过那个在多次探险经历中一直陪伴在我左右的自我，那个在所有人都已经上床休息的时候，依然在炉火前端坐、用拨火棍捅着炉灰的忠诚的人；那个一直以来都充满神秘感，总是突然自尊心大增，在一座山毛榉树林中坐着，在河边的一棵柳树旁坐着，在汉普顿宫的阳台栏杆上俯身倚靠的人；那个总可以临危不乱，用汤勺敲打桌面，说出'我反对'的人。

"现在，当我弯腰在这道门上靠着，看着眼前那绚烂的田野，这个自我却无动于衷。他没有反驳我。他也不愿意开口说话。他的拳头还没有紧握。我等待着，倾听着。什么也没有来临，什么也没有。于是我开始痛哭，忽然之间相信自己已经被彻底抛弃了。现在什么也没有了。这辽阔的大海没有遭到任何一片鱼鳍的搅动。生活已经摧毁了我。当我讲话时，不仅没有附和声，也没有驳斥声。这是真正的死亡，比朋友的死亡、青春的死亡更加真实。那个在理发店里被包裹成一团的，只占据了一小块空间的躯体就是我。

"眼前的景色在我眼里已经没有了生机。就如同太阳下山时所产生的日食，顿时让原本绿意十足的大地失去了生机，看上去既不堪一击又不真实。而且，在一条处处是尘土的曲折的大路上，我还看到了我们形成的那个小团体，看到他们如何三五成群而来，如何在一起吃饭，如何在不同的房子里相聚的场景。我还看到我自己那忙个不停的样子——一会儿在这个人身边，一会儿又快速跑到那个人身边，做着各种各样的事情，听候使唤，出门远行，回到家中，不是成为这个团体的一员，就是成为那个团体的一员，在这儿和某个人亲吻，在那里又躲得远远的，时常因为某种特别的目标而一直盯着这些事情不放，鼻子紧紧贴着地面，就如同一条正在追逐猎物的狗。偶尔也会抬起头，或是偶尔惊讶、绝望地叫一声，之后又再次追踪起猎物来。多么凌乱的一堆事情啊！这里有出生，那里有死亡；有丰富多彩美好的事情，也有劳心劳力郁闷的事情。我自己就这样一直处在劳碌的状态中。如今，这一切都已经画上了句号。我再也没有心思去大快朵颐了。再也没有毒刺可以向别人刺去了。再也没有锋利的牙齿和抓攫的双手，也不想再去触碰那些梨子、那些葡萄和来自果园的围墙上的阳光了。

"那些树林统统没有踪影了，大地被蒙上了一层阴影。这冬天一般的景色安静无比。没有公鸡的啼叫声，也没有炊烟袅袅，没有火车经过。一个失去自我的人，我这样说。一个在门上倚靠的笨重的身体。一个失去生命的人。怀着漠然的绝望，怀着统统熄灭的幻想，我远远望着那团在空中翻飞的尘土。我的一生，我的朋友们的一生，还有那些一直在传说中存在的人，像拿着扫帚的男人、正在写字的女人、河边的柳树——这些也都是飞尘所形成的云雾和幻影，那飞尘持续变化着，像云雾一样此消彼长，显示出金黄或鲜红的色彩，没有了最高顶点，不是在这边飘荡，就是在那边飘荡，行踪不定。而我，怀揣着笔记本，编着辞藻，也只是把一些梦幻记录下来了，还有阴影。我一直专心地记录着阴影。我说过，假如自我消失了，分量和形象都消失了，那么我要怎样在一个毫无分量的世界上继续生活呢？

"我沉重的心情压开了我正斜靠着的这道门，而且还推动着我这个年事已高、一头白发的人，从这个毫无生机的、荒芜的田野走过。再也没有回应，再也没有幻象，也听不到什么驳斥了，只有毫无遮蔽地持续前行，在死气沉沉的大地上不会留下任何痕迹。甚至，如果有一只绵羊在咀嚼青草的同时，还慢慢往前挪动，或者有一只鸟儿，或者有一个人正用铁铲挖地也好，只要有一丛荆棘拦住了我的去路，或者有一条土沟，被水浸泡过的树叶把里面填得满满当当的，害得我差一点儿就掉下去也好——可是都没有，只有一条让人感伤的小径在平地上延展，一直向同一片更加寒冷、枯燥、了无生机的景色延伸而去。

"那么在日食以后，光明是如何再次回到世界上来的呢？它在让人惊讶的同时，也很脆弱。只是多条迷蒙的光带。它就如同一个玻璃笼子一样在空中悬挂着。它是一个只要碰到小罐子就断裂的圆箍。那里面有火花迸现。接下来是一片暗褐色的光彩。然后有一团雾气出现，似乎大地正进行有史以来第一次呼吸，然后是第二次、第三次。接下来，有人在压抑的气氛中提着一盏绿灯走过来了。之后一团像白色幽灵一样的烟雾四散开去。树林开始摇晃，蓝色和绿色的光影显现出来，那一片片田野也慢慢被红色、金色和棕色所浸染。突然，有一条河被一片蓝光浸透。大地如同海绵吸收水分一样把色彩吸收过来。它变得沉甸甸的、圆鼓鼓的，在空中悬挂，在我们脚下持续旋转和安顿。

"于是，我又看到了这片风景，我又看到了那些田野上的色彩斑斓、光泽澎湃，只是现在有一点不同。我看到了，可是别人却没有看到。我自由地行走，可是我的到来却没有受到任何人的欢迎。那件旧的斗篷，那曾经的回应，都已经离开了我，还有那只卷起来可以反射声音的手。一切迷蒙得像一个幻影，不管我走到哪里都了无痕迹，只是有所感知而已，我一个人在一个新世界漫游，从一些崭新的花朵掠过，只能说一些小孩子使用的单音节的词语。我曾经编织过很多美丽的辞藻，如今却已不在辞藻的庇护下。我结交的人始终都是和自己有着相同志趣的人，如今我身边却一个人都没有。一直以来，都有人和我共享那清扫干净了炉灰的火炉，或者那有金色的搭环装饰的食橱，而如今我却变得形单影只。

"可是，要如何描绘那失去自我后看到的世界呢？一个辞藻都找不到。蓝色、红色——包括这些在内，也时常让人疑惑不解，甚至这些也躲藏在迷雾中，而不是明亮的。该如何用清晰的字眼来对事物进行新一轮描绘呢？——除了它正在一步步枯萎，除了它正在经历一次缓慢的变化，即便在一次简短的散步过程中，也会变得平平常常——而且总是这样的景象。当你往前走，每片树叶的形象都一样时，那种迷茫的感觉就会再次出现。当你带着一系列虚幻的辞藻注意观看时，就会再次出现美好的感觉。你呼吸着真实的东西的味道，火车正从下面的山谷的田野中驶过，喷出的煤烟就像垂下来的耳朵。

"可是有那么一瞬间，我在那片高高盘踞在大海的浪潮和树林的呼啸声之上的草地上坐着，那所房子，那座花园，还有那迸裂的海浪进入我的眼帘。那位正在翻看画册的老保姆已经停下来了，还说：'看吧，真相就是如此。'

"今天晚上，当我沿着沙夫茨伯里大街走来时，我心里就是这样想的。我脑子里正浮现出那本画册当中的一页图画。当我在人们挂外套的地方与你相遇时，我告诉自己：'不管我遇到的是谁都一样，生命这件微小的事情已经画上了句号。我不知道这个生命到底是谁，我也不关心这个，反正我们在一块用餐。'所以，我把我的外套挂好，拍拍你的肩膀，说：'请和我一起坐在这里吧。'

"现在已经吃完饭了，我们周围处处都是果皮和面包屑。我已经试着掰下这一串给你。可是我不明白的是，这里面到底有没有什么真实存在的东西。我也不知道我们到底在哪里。这片天空下面到底是哪一座城市？我们现在所在的城市到底是巴黎、伦敦，还是某个老鹰飞翔的高山下一座座粉红色房子掩映在柏树树荫下的南方城市？如今，我可是完全拿不定主意了。

"现在我的记性变差了，我开始对这些桌子的稳定性、这个时空的真实性表示怀疑，而且我还用我的指关节用力敲着那些很明显非常坚固的东西的边缘，说：'你是坚硬的吗？'我曾经看到过那么多形形色色的事物，曾经编织过那么多形形色色的词句。我曾经在吃喝中迷失，在揉擦我的眼皮中迷失，在那层薄薄的、把灵魂包在其中的外壳中迷失，当一个人年轻时，这层外壳总是把你封闭得严严实实的，——这就是年轻人的那种狂热，他们呱嗒、呱嗒的无情的嘴巴。而现在我要问：'我是谁？'我在谈论的始终都是伯纳德、内维尔、珍妮、苏珊、罗达和路易斯。我是他们的融合吗？或者，我只是其中一个，而且与众不同？我不知道。我们共同在这里坐着。只是如今珀西瓦尔已经不在这个世上了，罗达也已经不在了，我们被迫分离，我们已不在这里聚集了。可是我却找不到任何一个可以分开我们的阻碍。我和他们之间是零距离。每当我和人交流时，我会觉得'我和你是一体的'。这种受到我们如此重视的互相之间的不同，这种我们那么痴迷热爱的自己的个性，都已经不存在了。没错，自从年事已高的康斯坦布尔太太把她的海绵举起来，把热水淋到我身上，让我全身情欲爆发的那一刻开始，我就一直是伤春悲秋、观察敏锐的。当珀西瓦尔从马上摔下致死时，我的额头上就留下了打击的印迹。珍妮给路易斯的亲吻在我的后颈上留下了印迹。我的眼眶里被苏珊的泪水填满。我远远地看到罗达曾经看到的那根颤动的圆柱，并且感觉到她跳起来飞翔时所带动的旋风。

"因此，当我在这里，在这张桌子旁边，想用双手来对我一生的故事加以打造，使之呈现在你面前时是一个完整的整体，我就必须对那些早已在历史长河中隐没、在这个或那个人的一生中出现并成为其组成部分的各种事物加以回忆，还有那些梦幻，那些围绕着我的各种事物，以及那些居民，那些熟识的说话断断续续的幽灵，它们不分白天黑夜地出没，它们在睡觉时翻来覆去，它们时常惊慌失措地叫喊，当我想要离开时，它们会无形地抓住我——它们是你也许会成为的那些人的幻影，是没有出生的那些自我。此外，还有那个老流氓，那个粗鲁的人，那个全身是毛的男人，他用手指摆弄着那一系列的内脏，而且还大口大口地吃下去，连声打饱嗝。他瓮声瓮气地说话，非常真诚——没错，他就在这里。他就在我的体内盘踞着。今天晚上，他一直在满足自己的口腹之欲，鹌鹑、色拉和杂碎。现在，他正举着一杯甜美的陈年白兰地。他全身上下都长着斑纹，哼哼呜呜。当我喝一口白兰地时，他就会让我的脊梁骨都透着一股暖意。没错，他在吃饭前洗过手，可是它们依然是毛茸茸的。他把裤子和坎肩都扣得很严实，可是里面所包裹的器官却没有什么不同。假如我让他等很久才吃饭，他就会变得胆小。他会不停地朝我示意，而且带着他那种接近于傻瓜的、口水都要流出来的神气指着他想要的东西。实事求是地告诉你吧，有时候我真是太难管住他了。这个家伙，这个全身上下都是毛的家伙，这个类人猿似的家伙，在我的一生中，他已经把他那部分作用发挥出来了。因为他，绿色的东西才泛出更加碧绿的光泽，他曾经在每片树叶的后面举起冒着红色火焰和刺鼻浓烟的火炬。他甚至让那荒芜的花园都变得绚烂起来。他曾经在幽暗的小街巷里不停地挥舞着他的火炬，那里的姑娘们也因此忽然变得明媚起来，让人留恋不已。哦，他曾经把他的火炬举得高高的，肆意挥舞着，他曾经让我忍不住跟着起舞！

　　"可是这一切已经消失了。就在今天晚上的这一时刻，我的身体正慢慢耸起，就如同一座严肃的神庙，那里的地板上铺着地毯，人声鼎沸，祭坛上燃烧着香烟；可是在上边，在这儿，在我的头脑里，却只有阵阵动听的音乐和诱人的馨香涌现出来。同时，那只落单的鸽子一直在哀叫，那些旗子在坟墓上飘扬，那些敞开的窗户外，树木在午夜微风的吹拂下摇动着身体。当我以一种超脱的心情俯瞰周围时，哪怕是那些零散的面包片都看上去很美。梨子的皮卷曲成好看的螺旋形——又薄又好看，就如同一种海鸟的蛋壳一样。包括那些直直的、并排放在一起的餐叉都显得极其整洁、秩序井然。我们没吃完的面包角在一个金黄的盘子里放着，熠熠生辉，看上去很坚实。我甚至可以对我的手生起一股敬仰之情，上面的指骨像扇子一样铺开，上面处处是神秘的青筋，而且这手看上去是那么灵活、坚韧、能屈能伸，而且还很敏感，真是让人惊讶至极。

　　"无限度地包容、认可各种事物，兴奋于内心的充盈，可是又清醒、克制——我的人生看上去就是这样的，因为欲望已经不再用力驱使它，好奇心已不让它变得五彩斑斓。现在，这人生就变得极其深刻、安宁、不受任何影响，因为他已经死了，这个过去我用'伯纳德'称呼的人，这个总是怀揣着笔记本写札记，记录风花雪月的语词，各种人的个性；人们如何观望、转身，扔掉烟蒂；在 B 栏里，记下"蝴蝶的粉末"；在 D 栏里，记下死亡的各种称呼方式。可是如今，打开这道门吧，这道通过铰链持续开关的玻璃门。给一位妇女开门，给一位留着小胡子、穿着晚礼服的年轻人开门，让他进来坐。他们会不会告诉我什么事情呢？不！那些事情我都知道了。假如她忽然起身并且走开，'亲爱的，'我会说，'你让我不需要再照顾你了。'那崩溃的浪涛的回声一直在我的人生中回荡，它曾经让我清醒过来，让我看到那在食橱上空环绕的灿烂的光晕，而如今它再也不会动摇我所拥有的东西了。

"因此现在，假如我自诩已经对事物的奥秘烂熟于心，我当然不需要从原地离开，不需要从我所坐的椅子上离开，就可以像个侦探一样四处打探了。我可以欣赏远处荒漠的边缘，那里有坐在篝火旁的野蛮人。白天到了，那位女郎把中心火红的水晶宝石挂在额上；太阳光直直地照射着进入梦乡的房屋；海浪的条条波纹的色彩越发暗了，它们不停地拍打着海岸，浪花四处飞溅，海水四处弥漫，那些小船和海冬青都被包围了。鸟儿齐齐欢唱，昏暗的通道在花茎间延伸，房屋被辉映得变成了白色，进入梦乡的人伸着懒腰，慢慢地，所有事物都开始动荡。屋里有了光线，阴影的面积越来越小，最后变成难以置信的一团，在那里悬着。那团阴影的中心把什么东西包裹在其中呢？是有某种东西，还是空无一物？我不清楚。

"哦，可是你的脸在那里。我和你的目光相遇了。我，曾经认为自己很博大，就如同一座神庙、一座教堂、整个宇宙，自由自在，可以肆意地抵达所有事物的边缘，包括眼下这个地方，可是如今，我只是你所看到的样子———一个年事已高的人，极其笨拙，两鬓斑白，这个人（我在镜子里看到了我自己）在桌子上支着一条胳膊，左手举着一杯陈年白兰地。这就是你带给我的打击。我曾经在走路时和一个邮筒相撞，我踉踉跄跄的。我伸手摸了下脑袋，帽子不翼而飞了——我已经把我的手杖弄丢了。我已经让自己变得如此恐怖，所以遭到过路人的嘲讽也就不奇怪了。

　　"天哪，生活真是太令人讨厌了！它肆意地嘲弄我们，一会儿无拘无束，一会儿又变成这种样子。在这儿，我们再次身处面包屑和弄脏了的餐巾之间。那把餐刀上满是油污。杂乱、污秽不堪，还有腐败，在我们周围弥漫。我们不停地往嘴里塞着一些死去的鸟的尸体。而我们之所以可以维持我们的身体，都要归功于这些油乎乎的面包屑、沾满口水的餐巾，以及小小的尸体。总是重新开始，总是遇到敌人，不同的眼睛看着我们的眼睛，不同人的手指和我们的手指缠绕在一起，努力地等待。把侍者叫过来结账。我们一定要大费周章地站起来，从椅子上离开。我们一定要把我们的外套找到。我们得走了，一定，一定，一定——让人讨厌的字眼。我，这个曾经自诩可以独善其身的人，曾经说过'现在我已经把所有这一切都抛开了'的人，发现我已经被海浪掀翻了，从头到脚，我所拥有的东西都被冲得一片狼藉，我得去整理，去汇拢，去收集它们，把我的力量凝聚到一起，起身迎战敌人。

　　"说来真是令人难以置信，我们这些可以顶住那么多压力的人，竟也会让别人遭受那么多的痛苦。真是太奇怪了，一个我几乎完全不了解、只记得在一艘去往非洲的轮船舷梯上有过一面之缘的人的面孔——印象中只有眼睛、面颊、鼻孔的模糊轮廓——竟然可以让我经历这样的屈辱。你四处观望、吃饭、微笑、讨厌、愉悦、生气——我只知道这个而已。可是这个待在我身边一两个小时的幻影，这副有两只眼睛看向外面的面具，却可以让我后退，让我在所有那些陌生的面孔中间动弹不得，把我关押在一间不透气的屋子里，或者强迫我像飞蛾一样持续地飞来飞去。

　　"可是，稍等一下。当他们在屏风后面结账时，请稍微等一会儿。我责骂过你曾经对我沉重的一击，因为你那一击，我曾经踉跄地站在水果皮、面包屑和过时的碎肉渣中不知该如何是好，所以我要用简短的语言记下来。同样是在你那带给我压力的关注下，我如何开始对这个有了体会，对那个有了感悟。这只钟表持续响着，那个女人打了个喷嚏，侍者进来了——事物逐渐汇聚到一起，加速与统一的现象出现。听，汽笛的鸣叫声，车轮的飞驰声，门的铰链转动的吱扭声。我再次有能力感知到复杂、现实和斗争，因此我要对你表示感谢。同时怀着深深的嫉妒和善意，我要和你握握手，祝你晚安。

　　"感谢上苍让我孤身一人！现在我又变得形单影只了。那个几乎完全不熟悉的人已经走了，可能是去赶一班火车，去乘一辆出租车，去某个地方或找某个我根本不了解的人。那张一直盯着我看的面孔已经消失了。现在没有压力了。这里是一些空咖啡杯，这里是一把把拉开的椅子，可是上面没有坐人。这里是一张张空桌子，今晚不会有人再围着它吃饭了。

　　"现在，让我来高唱一曲赞歌吧。感谢上苍让我变得孤单，让我独自一人待着。让我扯下生命的这块纱幕，然后抛开它，还有这片迷雾，只需要受到一点儿微风的吹拂，它就会发生改变，没日没夜地发生变化。当我在这里坐着时，我一直在改变。我发现天空也在变。我看到星星被云彩挡住了，之后星星又露出头来，接下来星星又被挡住了。现在我已经不再留意它们的改变了。现在没有人可以看到我了，我已经不再变化了。感谢上苍让我变得孤单，这样目光不会再给我带来沉重的压力，不再有肉体的诱惑，不再需要撒谎和辞藻。

　　"我那本写满辞藻的笔记本掉到地板上了。它就在桌子下面躺着，等着打杂女工来清理它。每天一大早，她就疲乏地开始寻找碎纸屑、旧电车票，还有随处乱扔的东西，以及等着被清理的一两张便条。有哪些语词和月亮有关？和爱情有关的语词又有哪些？我们要怎么称呼死亡呢？我不清楚。我只需要一种简单的语言，就如同恋人们时常挂在嘴边的那种，只需要那种单音节的简单语言，就如同小孩子进屋看到母亲在缝纫，他就一边把一块颜色艳丽的呢绒碎片、一枚羽毛或一小条印花布捡起来，一边小声嘀咕着的那种语言。我需要咆哮，需要呐喊。当暴风雨从沼泽地经过，从我身上经过——我在一条土沟里躺着，无人问津——时，我不需要说任何话。任何纯粹的东西都不会再出现。任何死死粘在地板上的东西也不会再出现了，任何源于我们的胸膛、在一根根神经之间回荡的共鸣和动听的回声形成癫狂的音乐、假惺惺的鬼话，也不会再出现了。那些语词我已经不需要了。

"安静、咖啡杯、桌子，这一切都太好了，一个人安安静静地坐着，就如同那形单影只的海鸟把翅膀张开，站在一根木桩上一样，这一切都太美好了。就让我一直在这里坐着，和这些纯粹的东西相伴，这个咖啡杯，这把餐刀，这把餐叉，这些东西就是这些东西，我自己也只是我自己。请不要过来提醒我，告诉我什么关门时间到了，该走了。我愿意把身上所有的钱都给你，只求求你不要过来影响我，让我就这样安静地坐下去。

"可是现在，侍者领班自己也把饭吃完了，他紧皱着眉头走出来。他把围巾从他的衣服口袋里掏出来，有意做出要走的样子。他们得走了，得装上窗板，得折叠起桌布，之后把桌子底下用湿拖把擦一擦。

"啊，真是要命。不管对于这一切，我是多么厌烦，我也得强撑着起身，然后把我的那件外套找出来，把我的胳膊塞到袖筒里面，用围巾包裹自己，好抵御夜晚的风，之后从这里离开。我，我，我，无论我多么累，无论我多么没精打采，而且厌倦了用鼻子嗅各种东西，甚至也不管我是一个年事已高的老人，身体变得笨重，受不得一点儿累，都得强迫自己从这里离开，去赶最后一班火车。

"那熟悉的街道再次出现在我的眼前，文明的华盖已经失去了色彩。天空黑漆漆的，就如同打磨光滑的鲸鱼骨头。可是天边闪烁着丝丝亮光，不知道是灯火，还是黎明的曙光。是什么东西在骚动——那是麻雀在哪个梧桐树上啾鸣。有一种天快要亮了的感觉。我不想用黎明称呼它。城市的黎明对于一个站在大街上、有些头晕地望着天空的年事已高的老人来说，代表着什么？黎明代表着天空出现了鱼肚白，代表着一种新的开始。又是一个白天，又是一个星期五，又是一个一月、三月，或者九月的二十日。又是一次芸芸众生纷纷醒来。星星慢慢失去了光彩，海浪之间的道道波纹的颜色越发深了。田野上弥漫的薄雾越发浓了。玫瑰花上出现了一抹红晕，卧室窗前那棵淡白色的玫瑰上甚至都出现了红晕。有一只小鸟在歌唱。在农舍里住的人把他们清晨的蜡烛点燃了。没错，这就是永恒的周而复始，不断的潮涨潮落。

"我的胸中也涌起浪潮。它把头扬得高高的，弓着背，一跃而起。我又感觉到一种簇新的欲望，有某种东西在我心中升腾而起，如同一匹高傲的骏马，骑手先用马刺刺激了它一下，之后用力把马头勒住。现在，我骑在你背上，当我们把身子挺得直直的，在这段跑道中准备尝试一下时，那正冲向我们的敌人是谁呀？那是死亡。死亡就是那个敌人。我冲向死亡，平端着长矛，头发迎风飞舞，就如同一个年轻人——当年在印度骑马奔腾的珀西瓦尔。我用马刺驱赶着马快速向前奔跑。噢，死亡啊，我要勇猛地扑向你，决不屈服，决不投降！"

海浪拍岸，声声碎。

图书在版编目（CIP）数据

海浪 ／（英）弗吉尼亚·伍尔夫著；木梓译．—北京：
台海出版社，2022.7

ISBN 978-7-5168-3235-6

Ⅰ．①海… Ⅱ．①弗… ②木… Ⅲ．①长篇小说－英
国－现代 Ⅳ．① I561.45

中国版本图书馆 CIP 数据核字 (2022) 第 034750 号

海 浪

著　　者：［英］弗吉尼亚·伍尔夫　　　译　　者：木　梓

出 版 人：蔡　旭　　　　　　　　　　封面设计：胡椒设计
责任编辑：王　萍

出版发行：台海出版社
地　　址：北京市东城区景山东街 20 号　　邮政编码：100009
电　　话：010-64041652（发行、邮购）
传　　真：010-84045799（总编室）
网　　址：www.taimeng.org.cn/thcbs/default.htm
E－mail：thcbs@126.com

经　　销：全国各地新华书店
印　　刷：天津旭非印刷有限公司
本书如有破损、缺页、装订错误，请与本社联系调换

开　　本：880 毫米 ×1230 毫米　　1/32
字　　数：200 千字　　　　　　　　印　　张：8
版　　次：2022 年 7 月第 1 版　　　印　　次：2022 年 7 月第 1 次印刷
书　　号：ISBN 978-7-5168-3235-6

定　　价：39.80 元

版权所有　　翻印必究